KB164089

적의 연작
살인사건

적의 연작
살인사건

이동원 추리소설

1판 1쇄 발행 │ 2020. 1. 20

발행처 │ **Human & Books**
발행인 │ 하응백
출판등록 │ 2002년 6월 5일 제2002–113호
서울특별시 종로구 삼일대로 457 1009호(경운동, 수운회관)
기획 홍보부 │ 02–6327–3535, 편집부 │ 02–6327–3537, 팩시밀리 │ 02–6327–5353
이메일 │ hbooks@empas.com

ISBN 978-89-6078-718-6 03810

적의 연작
살인사건

이동원 추리소설

Human & Books

"여호와의 사자가 떨기나무 가운데로부터 나오는 불꽃 안에서 그에게 나타나시니라. 그가 보니 떨기나무에 불이 붙었으나 그 떨기나무가 타버리지 아니하는지라."

- 출애굽기 3장 2절

프롤로그 : 타고난 살인자

1997년 12월 30일, 한국에서 마지막으로 사형이 집행되었다. 집행 대상자는 스물여섯 명. 전원이 살인자였다. 한국에 있는 마흔두 개의 구치소 중에 사형집행이 이뤄지는 구치소는 서울, 대전, 광주, 대구, 부산까지 다섯 곳뿐이다. 그날, 서울구치소에서 일곱 명의 사형이 집행되었다. 보안과장 곽한진이 현장에서 사형집행을 감독했다. 곽한진은 청송 구치소에서 근무하다가 사형집행 보름 전에 서울 구치소로 발령을 받았다. 보안과장이라는 직함을 달고 있었지만 처음이자 마지막으로 경험하는 사형집행이었다.

"과장님, 형이 집행되는 순간에 고개를 숙이셔야 합니다. 끝까지 보고 있으시면 안 됩니다."

부하 교도관이 형 집행 전에 곽한진에게 말했다.

영화에서는 악당이 죽어가는 모습을 통쾌하게 연출하지만 흉악범이라도 사람이 죽어가는 모습을 보는 것은 결코 유쾌한 경험이 아니다. 사형집행에 참석했다가 한동안 악몽에 시달리는 교도관도 있었다. 곽한진은 부하 교도관의 조언을 고맙게 받아들였다.

집행 시간이 되자 교도관들이 첫 번째 사형수를 사형장으로 이송했다. 사형수는 험악한 죄수들도 건드리지 못하는 특별한 존재다. 사형수를 뜻하는 붉은 명찰이 해병대의 붉은 명찰이라도 되는 것처럼 그들은 위엄 있게 교도소를 누비고 다녔다. 하지만 사형장으로 가는 길을 걷는 사형수의 모습은 초라하고 볼썽사나웠다. 사형수들은 다가오는 죽음을 조금이라도 늦추려고 될 수 있는 한 천천히 걸었다. 일부러 신발이 벗겨지게 해서 몇 걸음이라도 되돌아가는 사형수도 있었다. 사형장이 가까워질수록 사형수는 두려움에 짓눌렸다. 계단을 오르는 다리에 힘이 풀려 교도관이 양 옆에서 사형수를 끌어올렸다. 마침내 사형장 안으로 들어가 자신의 생명을 빼앗을 밧줄 앞에 서게 되면 대부분의 사형수는 혼이 나가버렸다. 극심한 공포에 오줌을 지리는 사형수도 있었다. 형을 집행하기 전, 입회한 검사가 사형수의 신원과 그가 저지른 범죄를 확인했다. 사형수들은 떨리는 목소리로 '네'라고 대답하거나 말 한마디 못하고 고개만 끄덕였다. 죽음도 두렵지 않다는 듯 허세를 부리는 사형수도 있었지만 부질없는 노력이었다. 마지막으로 담배 한 대만 피겠다고 담담하게 말을 해보아도 떨리는 손과 눈동자는 어쩌지 못했다.

다섯 명의 사형집행이 끝나고, 여섯 번째 사형수가 한 쪽 다리를 절며 사형장으로 들어왔다. 사형수 한바로는 하얗게 샌 머리와 깊게 패인 주름 때문에 노인처럼 보였지만 마흔을 갓 넘긴 나이였다. 사형 판결이 날 때까지 범행을 인정하지 않는 사형수도 있지만, 한바로는 순순히 범행을 시인했다. 하지만 자신의 살인행각을 죄라고 부르는 것은 거부했다. 한바로는 자신이 타고난 살인자라고 주장했다.

'누구도 사자가 양을 먹어 치우는 것을 죄라고 부르지 않는다. 나는 살인자로 태어났고, 살인을 하지 않는 나는 내가 아니다. 나는 나로 살아가기 위해 살인을 했을 뿐이다.'

한바로 살인 사건은 해외에서도 화제가 되어 외신 기자들까지 법정을 찾았다. 외신 기자들이 대동한 통역까지 합세해 재판장은 시끌벅적했다. 한바로는 범행을 자백하는 죄수가 아니라 자신의 식성을 소개하는 미식가 같았다. 통역이 '늙은 양은 누린내가 나지요. 저는 어린 양의 고기만 먹습니다'라고 전달해도 어색하지 않을 분위기였다. 하지만 통역이 각 나라의 언어로 기자들에게 전달한 이야기는 입맛이 싹 달아나는 내용이었다.

한바로는 초등학교도 입학하지 않은 남자 아이 여섯 명을 죽였다. 법정에 선 한바로는 자신의 범행을 조금도 숨기지 않았다. 한바로에게서 죄책감은 찾아볼 수 없었다. 한바로는 다른 살인자들과 자신을 구별했다. 자신은 상대조직원을 도륙한 건달이나 여성을 강간하고 살해한 쓰레기와는 엄연히 다른 존재라고 주장했다. 살인자로 태어나서 어쩔 수 없이 사람을 죽였지만 한바로는 결코 아이들을 함부로 대하지 않았다고 했다.

한바로가 범행대상으로 택한 아이들은 하나같이 불행한 삶을 살고 있었다. 부모에게 제대로 돌봄을 받지 못하거나 심지어 학대를 받았다는 것이다. 물론 이는 한바로의 일방적인 주장으로 학대 사실이 확인된 바는 없었다. 피해 아이들이 이미 한바로의 손에 죽었기 때문에 조사를 할 수도 없는 형편이었다. 하지만 한바로는 이 대목을 이야기하며 진정으로 아이들의 아픔에 공감하는 눈치였다.

"저는 아이들을 고통뿐인 삶에서 구해주었을 뿐입니다. 그 아이들과 저는 서로를 구원한 것이지요. 저는 아이들을 사랑했습니다."

한바로는 아이들을 죽일 때도 가능한 고통을 느끼지 않게 했다고 엄숙하게 말했다.

사형이 확정되자 한바로는 언론과의 인터뷰에서 소회를 밝혔다.

"어쩔 수 없는 판결이었겠지요. 우리 사회가 저 같은 존재를 받아들일 수 없다는 사실을 이해하고 받아들이겠습니다. 이 사회가 규정한 법에 의하면 저는 죄를 지은 것이 분명하니까요. 하지만 저와 같은 타고난 살인자는 분명히 존재합니다. 법이 현실을 담아내지 못한다면 바뀌어야 하지 않겠습니까."

사형장에 들어온 한바로는 상기된 얼굴이었다. 검사가 신원과 사형 판결을 확인하자 한바로는 "네"라고 답했다. 먼저 집행된 다섯 명의 사형수와는 다른 분위기였다. 한바로는 죽음을 고대하는 것 같았다. 검사가 확인 절차를 끝내자 곽한진이 한바로에게 남기고 싶은 말을 물었다.

한바로가 잠시 생각을 하다 불쑥 말했다.

"그 아이가 보고 싶네요."

서기를 담당한 교도관이 한바로의 말을 받아 적다가 고개를 들었다.

"뭐라고?"

곽한진이 얼굴을 찌푸리며 되물었다.

"지금은 얼마나 컸을라나…."

한바로가 추억을 되새기는 듯 말했다.

"당신이 죽이지 못한 아이를 말하는 거야?"

검사가 끼어들었다. 사형 집행에는 관행상 공판부의 막내 검사가 입회했다. 악을 척결하겠다는 포부를 갖고 이제 막 검사가 된 젊은이는 분노를 감추지 못했다.

한바로는 일곱 번째 범행 대상으로 택한 아이를 죽이지 못했다. 한바로가 범행에 실패한 유일한 사건이었고, 그 실패가 곧 그의 목에 밧줄을 걸 것이었다.

한바로가 삐딱하게 웃으며 검사를 바라보았다. 도발하는 것 같은 미소에 검사가 발끈한 순간, 곽한진이 팔을 뻗어 검사를 막았다.

"그 아이 누나는 안 보고 싶나?"

곽한진이 말했다.

한바로의 얼굴이 순식간에 일그러졌다. 곽한진이 관짝에 못을 박듯이 덧붙였다.

"너를 잡은 아이 말이야. 네가 살려달라고 빌었다며? 혹시 오줌도 지렸나?"

한바로가 숨을 거칠게 몰아쉬더니 몸을 들썩거렸다. 당장이라도 달려들 기세였다. 곽한진이 고갯짓을 하자 양옆에 선 교도관이 한바로를 밧줄 아래로 끌고 갔다. 한바로는 거세게 저항했지만 소용이 없었다. 교도관이 한바로의 목에 밧줄을 걸고, 흰 복면을 한바로의 얼굴에 덮었다. 한바로는 복면 속에서 상처 입은 짐승처럼 씩씩거렸다.

"집행하세요."

곽한진이 말했다.

교도관이 스위치를 내렸다. 한바로가 앉은 의자 바로 아래 바닥이 열렸다. 한바로는 순식간에 바닥 아래로 사라졌다. 팽팽히 당겨진 줄이 잔뜩 성난 뱀처럼 꿈틀거렸다. 곽한진은 줄이 멈출 때까지 눈을 돌리지 않았다.

1 탑 위에 갇힌 남자

사거리 신호등에 빨간불이 들어왔다. 데님조끼를 입은 남자가 할리 데이비슨을 타고, 횡단보도에 앞바퀴를 걸쳤다. 남자는 얼굴이 열린 헬멧을 쓰고, 담배를 피워댔다. 남자의 오른팔 어깨부터 손목까지 용 문신이 이어졌다. 타들어간 담배가 검지와 중지 사이에서 위태롭게 흔들렸다. 남자가 담배를 도로에 버리려는데, 은색 볼보 SUV가 옆 차선에 들어왔다. 운전석 앞쪽에 붙은 물고기 모양 장식이 눈에 띄었다. 볼보 SUV는 남자가 탄 할리 데이비슨과 나란히 서더니 진하게 썬팅된 차창을 내렸다. 머리가 백발인 남자가 운전석에 앉아 있었고, 그 옆엔 남자의 딸 정도로 보이는 젊은 여자가 있었다.

백발 남자가 용 문신을 한 남자에게 말했다.

"도로에 버리시면 안 돼요. *끄세요.*"

용 문신을 한 남자가 선글라스를 슬쩍 내렸다. 백발 남자는 누가 봐도 은퇴가 얼마 남지 않은 나이였다.

"신경이나 *끄고* 갈 길 가세요. 영감님."

용 문신을 한 남자가 보란 듯이 담배를 다시 물었다. 백발 남자가 미소를 지으며 차창 밖으로 빈 커피 캔을 내밀었다.

"버릴 데 없으면 여기다 버리세요."

"아이 씨, 노인네가 귀가 먹었나. 말귀를 못 알아먹어…."

용 문신을 한 남자가 선글라스를 벗으며 상소리를 퍼부으려다 입을 다물었다. 용 문신을 한 남자는 자신도 모르게 백발 남자에게 고개를 숙였다. 처음 만났지만 아는 얼굴이었기 때문이다. 용 문신을 한 남자는 30분 전쯤에 늦은 점심을 해결한 식당 티브이에서 백발 남자를 봤다. 세 번째 시즌을 맞이하며 인기리에 방송 중인 리얼리티 예능 프로였다. 연예인들이 탐정 역할을 맡아 실제 사건을 바탕으로 연출된 상황극 속에서 범인을 잡는 프로그램이었다. 백발 남자는 사건에 개입하지 않으면서 아마추어인 출연자들을 이끌어주는 멘토 역할을 맡았다.

황옥호는 머리가 하얗게 샐 동안 경찰 인생 대부분을 현장에서 보냈다. 관할 내에서 노련한 형사로 인정받았지만 유명인사는 아니었다. 연기파 배우 리암 니슨이 〈테이큰〉을 찍고, 액션스타로 거듭난 것처럼 황옥호는 6년 전 세상을 뒤흔들었던 사건을 해결하며 스타 형사로 떠올랐다. 황옥호를 모델로 쓴 소설이 베스트셀러가 됐고, 소설을 원작으로 만들어진 영화는 범죄 스릴러 영화 기록을 갈아치웠다. 황옥호는 어딜 가나 사인 공세에 시달려 잠복 수사는커녕 탐문 수사도 못할 지경이 됐다. 결국 황옥호는 수사 일선에서 물러났다. 현재 황옥호는 경찰 홍보단 소속으로 방송 활동에 전념 중이다. 황옥호는 한마디로 대한민국에서 가장 얼굴이 팔린 경찰이다.

용 문신을 한 남자가 울상이 되어 두 팔을 공손하게 뻗었다. 옥호가 커피 캔을 건넸다. 남자의 팔에 새겨진 용문신이 비를 맞은 지렁이처럼 꿈틀거렸다. 남자가 꽁초를 캔에 집어넣자 '치익' 하는 소리와 함께 불씨가 꺼졌다.

'얼굴에 감정이 드러나는 순간은 참으로 신기하다.'

옥호 옆에 앉은 광심은 용 문신을 한 남자의 얼굴이 변해가는 모습을 지켜봤다. 광심은 배우가 표정을 연습하듯 백미러를 보며 슬며시 미소를 지어봤다.

"정지선도 지키시고요. 안전운전 하셔야지."

옥호가 마지막까지 웃는 낯으로 말했다.

용 문신을 한 남자는 대답도 못하고, 신호가 바뀌자마자 도주하듯 사라졌다.

옥호가 다시 운전대를 잡고 광심에게 말했다.

"부럽나?"

"조금요. 경찰인 걸 밝혀도 여자라고 무시하는 경우가 있거든요."

"못나서 그래. 어리면 어리다고, 늙으면 늙었다고, 조금만 약해보이면 으르렁대는 놈들은 알고 보면 다 못난 놈들이야. 못나서 그게 얼마나 추한 일인지 몰라."

광심이 거울을 보며 연습한대로 웃어보였다. 광심은 평생을 범죄자와 마주해온 옥호에게 자기 얼굴이 어떻게 보일지 궁금했다.

"그래도 난 오 경위가 부럽다. 자유가 있잖아. 유명해진 덕에 이런 차도 몰고 다니지만 나는 집 앞 슈퍼도 맘 편히 못 다닌다니까."

옥호가 별 생각 없이 말했다가 급히 말을 덧붙였다.

"오 경위는 나처럼 방송에 나가는 게 아니니까 부담 가질 필요 없어. 오 경위 존재를 밖에 알리지도 않을 거고, 혹 어찌 알아내서 연락이 와도 거절하면 그만이야. 무엇보다 이제 곧 만날 친구는 프로야. 도와준 사람에게 피해 입힐 행동은 하지 않아. 오 경위도 프로답게 행동하면 돼. 그래도 아니다 싶으면 언제든 그만 둬도 되고."

"네."

광심이 웃으며 말하고, 차장 밖으로 고개를 돌렸다. 광심은 갑갑한 가면을 벗어버리듯 빠르게 지나가는 풍경들 앞에 진짜 얼굴을 내보였다.

휴가가 절정에 다다른 여름. 길거리엔 차도, 사람도 보이지 않았다. 광심의 얼굴을 보는 사람은 아무도 없었다.

'완도는 떠들썩하겠지.'

광심은 떠나온 고향을 떠올렸다. 여름은 완도가 겨우내 숨겨왔던 본래의 모습을 보여주는 계절이다. 밤이 되면 불빛 하나 찾기 힘든 섬이 방파제와 부두 앞에 늘어선 낚시 등불로 반짝였고, 이른 새벽부터 출항을 알리는 뱃고동 소리가 잦아졌다. 휴가철에 몰려든 관광객은 검은 바다 위를 빛으로 물들였다. 어린 광심은 사람들이 만들어낸 빛의 물결 속에 스며들고 싶었다.

'그러면 내 안의 어둠이 사라지지 않을까.'

광심은 해마다 찾아오는 낯선 사람들 속에 섞여 그들과 함께 흔적도 없이 사라지기를 꿈꿨다. 모두가 서로를 아는 완도를 떠나 아무도 자신을 모르는 곳에서 살고 싶었다. 스무 살이 된 광심은 바다를 건너 밤에도 불빛이 휘황한 도시에 숨어들었다. 하지만 광심은 숨겨지지 않았다.

하늘이 어두워졌다. 빗방울이 차창 위로 떨어졌다.

"태풍이 온다더니 비가 오네."

옥호가 얼굴을 찌푸리며 말했다.

광심이 앞을 살폈다.

"다 왔나요?"

"어. 저 앞이야."

옥호가 손을 들어 가리켰다. 거대한 성처럼 보이는 주상 복합 아파트가 고만고만한 아파트 단지 위로 솟아있었다.

"제일 위층엔 저주에 걸린 공주가 갇혀 있을 것 같지 않나?"

옥호가 에메랄드 캐슬의 꼭대기를 보며 말했다.

"그런가요?"

광심은 미소를 지으며 옥호가 한 말을 농으로 받았다. 하지만 옥호는 진지하게 말했다.

"공주는 아니지."

주해환. 광심이 곧 만나게 될 사람의 이름이다. 황옥호 만큼이나 유명하지만 얼굴을 아는 사람은 온 세상에 둘 뿐이라는 남자.

'그도 나처럼 저주에 걸렸는가. 그래서 아무에게도 얼굴을 보이지 않고, 저 위에 숨어 사는 것인가.'

광심은 목이 아플 정도로 높은 꼭대기를 쳐다보며 탑 위에 갇힌 남자를 생각했다.

2 도킹(docking)

주도는 완도 앞바다에 있는 섬이다. 항구에서는 200미터 거리, 수영을 잘하는 사람은 맨몸으로도 오가고, 수영을 못하는 사람도 항구와 배 사이를 오가는 공용 뗏목을 사용하면 어렵지 않게 다녀올 수 있다.

하지만 주도엔 아무도 가지 못한다. 울창한 난대림이 원시 상태로 보존되어 있어 연구 목적 외엔 출입이 제한되었기 때문이다. 어른들은 금지된 장난에 끌리는 아이들에게 어려운 설명 대신 주도에 이무기가 산다는 전설을 들려주었다.

하지만 이무기 전설은 오히려 아이들이 주도에 다녀와야 할 이유가 되었다. 완도에서는 해마다 어린이 장보고 선발 대회가 열렸지만, 아이들은 어른이 뽑은 바다의 왕을 인정하지 않았다. 아이들은 주도 꼭대기에 있는 제사 터에 자신이 아끼는 물건을 놓고 온 사람을 그 해 바다의 왕으로 추대했다. 제사 터에 두고 온 물건은 다음에 바다의 왕이 될 아이가 주도를 다녀왔다는 징표이자 전리품이었다.

에메랄드 캐슬은 유명한 식당과 각종 운동시설, 쇼핑센터, 극장까지 모든 편의시설이 내부에 있어 밖에 나가지 않고도 생활이 가능했다. 편리함 못잖게 보안도 강력했다. 하층부 상가 구역은 외부인도 다닐 수 있지만 상층부 주거 구역은 엘리베이터가 따로 운영되었다. 승인을 받지 못한 사람은 위로 올라가지 못했다.

광심과 옥호는 엘리베이터를 타고, 주거구역 최상층에 내렸다. 초등학생으로 보이는 남자 아이가 복도 제일 바깥 쪽 문 앞에 서있었다. 광심은 아이를 보며 주도를 떠올렸다. 외부인이, 그것도 저런 아이가 여기까지 오는 것은 불가능했다. 하지만 저 집은 아이가 사는 곳이 아니다. 저 집의 주인을 아는 사람은 집 주인의 친형과 광심 옆에 있는 옥호뿐이니까.

광심이 생각한 대로 아이가 노려보는 집은 에메랄드 캐슬에 사는 아이들에게 주도와 같은 장소였다. 그 집의 주인은 에메랄드 캐슬에 첫 번째로 입주한 사람이라고 했다. 하지만 그의 얼굴을 제대로 본 사람은 없었다. 한밤중에 짙게 선팅된 차를 타고 지하주차장을 뱅뱅 돈다거나 중간층에 마련된 정원에 맹견을 끌고 나타났다는 목격담이 돌아다닐 뿐이다. 이웃사촌이란 말이 무색해진 시대지만 에메랄드 캐슬은 놀이시설과 유치원까지 단지 내에 있어 그곳에 사는 아이들은 자연스럽게 친해졌다. 어른이든 아이든 사람이 모이는 곳엔 소문도 모여든다. 소문은 아이들 특유의 상상력과 결합되어 괴담 수준으로 부풀었다.

'에메랄드 캐슬 꼭대기에 인간의 형상을 한 괴물이 산다.'

괴담은 학교를 거점으로 에메랄드 캐슬 근처에 사는 아이들에게까지 전파되었다. 아이들은 괴물의 정체를 밝혀 자신이 얼마나 용감한지 증명하길 원했다. 하지만 아직까지 괴담의 주인공을 만나본 아이는 없었다.

아이는 얼마나 긴장을 했는지 옥호와 광심이 바로 뒤에 올 때까지도 문만 노려봤다. 옥호가 아이의 어깨 너머로 손을 뻗었다. 아이는 뒤에서 뱀이라도 튀어 나온 것처럼 소리를 지르며 도망쳤다. 옥호는 익숙한 일인 듯 아무렇지 않게 지문인식기에 손가락을 갖다 댔다. 기계음과 함께 잠금이 해제되었다.

"들어가지."

옥호가 문을 열고 비켜서자 광심이 먼저 안으로 들어갔다. 광심이 들어가자 개 한 마리가 뛰어나왔다. 괴담과 달리 아담한 몸집을 가진 요크셔 테리어였지만 광심은 조금 놀란 눈치였다. 옥호가 따라 들어와 개를 들어올렸다.

"이 놈이 왜 밖에 나와 있나? 괜찮아?"

옥호가 개와 광심을 번갈아보며 말했다.

"네."

광심이 고개를 끄덕였다.

"이 노무 시끼. 가만 안 있어! 주인한테 가 있지, 왜 혼자 있어?"

옥호는 개가 답할 수 없는 질문을 던지며 버둥거리는 개를 데리고 소파에 앉았다. 광심은 소파에서 떨어져 주방 의자에 자리를 잡았다.

옥호가 광심의 안색을 살피며 말했다.

"개를 싫어하나?"

"아니요. 개가 절 싫어할 것 같아서요."

광심이 웃으며 말했다.

"냉장고에 마실 거 있으니까 꺼내 먹어. 죄다 건강해지는 맛 밖에 없지만."

소파에 누운 개가 배를 뒤집었다. 옥호가 개의 배를 긁어주었다. 옥호는 자기 집인 것처럼 편안해보였다. 광심이 자리에서 일어나 냉장고로 갔다. 냉장고 옆 바닥에 소형 소화기가 있었다. 복도도 아니고, 집 안에 소화기가 있는 모습이 낯설었다. 광심이 냉장고를 열었다. 냉장고 안은 광고의 한 장면처럼 깔끔했다. 오이와 당근, 양배추, 양파, 마늘, 파프리카, 브로콜리 등의 음식이 손질된 상태로 용기에 담겨 있었고, 형형색색의 과일이 가득했다. 가공식품은 하나도 없었고, 술이나 탄산음료도 보이지 않았다. 약초를 달인 물과 차를 만들려고 절여놓은 생강이 전부였다. 광심은 냉장고 문을 닫고 주위를 둘러봤다. 주방엔 물기 하나 없고, 바 형태로 만들어진 식탁 위에 미니 생수병 두 개와 견과류를 담은 그릇이 보였다. 이 집의 주인은 한여름에도 차가운 물을 마시지 않는 모양이었다.

"그렇게 말을 해도 커피 하나 안 갖다놓는구나, 네 주인은."

옥호가 개와 장난을 치며 들으라는 듯 말했다.

광심이 병뚜껑을 열어 물을 마셨다. 물이 목을 타고 넘어가는데 몸이 으슬으슬 떨렸다. 식탁 위에 있던 물인데도 생각보다 시원했지만 추위를 느낄 정도는 아니었다. 광심은 약속을 잡던 날에 왜 옥호가 겉옷을 챙기라고 했는지 알았다. 에어컨 바람이 지나치게 강했다. 집안의 온도는 늦가을 정도였다. 게다가 거실 한쪽에선 한 겨울에나 어울릴 대형 가습기가 운무를 뿜어냈다. 서늘하고 습한 기운이 박쥐가 숨어사는 동굴 같았다.

그러고 보니 옥호는 아파트에 들어서면서 재킷을 걸친 상태였다. 광심도 챙겨 온 카디건을 입었다.

"조금 있으면 나올 거야. 칼 같은 녀석이니까."

옥호가 벽시계를 봤다. 시침과 분침이 2시 58분을 가리켰다. 약속시간은 3시였다.

광심이 양 팔로 몸을 감싸고, 거실로 나왔다. 주방과 이어진 거실은 테니스 코트처럼 길쭉한 직사각형 형태였다. 최고급 아파트답게 바닥엔 대리석이 깔려 있었고, 천장 높이는 일반 아파트의 갑절이었다. 소나기가 그치자 통으로 만들어진 거실 유리창으로 햇빛이 쏟아져 들어왔다. 실내를 가득 채운 서늘한 공기와 운무 때문에 눈부신 햇살이 홀로그램처럼 느껴졌다. 옥호는 개를 무릎에 앉히고, 종이신문을 읽었다. 옥호의 맞은편엔 티브이 대신 족히 천 권은 넘을 책의 장막이 펼쳐졌다. 천장 높이에 맞춰 제작된 책장과 이동이 가능한 사다리가 북카페 같은 분위기를 풍겼다. 현관을 열면 바로 옆에 보이는 화장실을 제외하고 다른 공간은 보이지 않았다. 곧 나타날 거라는 집 주인이 귀신이 아니라면 아마도 책장 너머엔 거실만큼 넓은 공간이 있을 것이다. 거실의 벽면을 가득 채운 거대한 책장은 무대를 가리는 커튼이었다. 책으로 만든 커튼이 열리면 주인공이 나타날 터였다. 광심은 비밀 입구를 찾는 요원처럼 손으로 책장을 훑다가 책 네 권이 놓인 칸에서 멈췄다. 한 권도 읽어보지 않았지만 전부 다 광심이 아는 책이었다. 세 권은 책장의 다른 책들처럼 세로로 가지런히 서있었다.

'주해환 미스터리 시리즈.'

각기 다른 제목을 가진 책 세 권은 이 집의 주인이 쓴 소설이었다. 작가 주해환이 발표한 첫 번째 소설은 옥호가 유명세를 얻은 사건을 옆에서 본 것처럼 생생하게 그려내며 베스트셀러가 됐다. 두 번째와 세 번째로 발표한 소설도 크게 성공해 영화와 드라마로 만들어졌다. 주해환은 이름만 대면 누구나 알 법한 유명 작가였다. 그리고 얼굴 없는 작가이기도 했다.

벌써 데뷔 6년차였지만 주해환은 서면 인터뷰 외에 어떤 인터뷰에도 응하지 않았다. 주해환은 오로지 글만 쓸 뿐, 집필 외의 모든 외부 활동은 대리인인 형을 통해서만 진행했다. 형 외에 작가 주해환을 본 사람은 집필을 도운 옥호 밖에 없었다. 옥호가 비밀스런 작가의 집을 자유롭게 드나드는 이유였다.

주해환의 소설 옆에 파란 표지가 보이도록 눕혀진 책이 한 권 있었다. 주해환이 쓴 책들은 다 합쳐 백만 부가 넘게 팔렸지만 파란 표지의 책만큼 널리 읽히진 않았다. 책장에 진열된 책 전부와 비교해도 그럴 것이다. 주해환이 쓴 소설 옆에 있는 책은 파란색 표지에 손때가 묻은 성경이었다. 광심이 성경 위에 손바닥을 올려놓았다. 기계가 맞물리는 소리가 나며 그 칸을 중심으로 책장 일부분이 뒤로 밀려났다. 그리고 사람이 드나들만한 크기의 문이 나타났다. 문 안쪽엔 어둡고 긴 통로가 있었고, 호텔 복도처럼 양쪽으로 방이 늘어서 있었다. 중간중간 천장에 조명이 있었지만 햇빛이 환하게 드는 거실과는 다른 분위기였다. 책장 문 뒤편에서 한 남자가 걸어 나왔다. 멋대로 자란 곱슬머리, 검은색 터틀넥과 회색 바지, 거기에 양말까지. 곧 외출을 할 것 같은 차림새였지만 한여름에 저런 옷을 입고 갈만한 곳은 없었다.

'이 남자에겐 저 안에서 거실로 나오는 게 외출인 것일까.'

광심은 소매 끝으로 나온 남자의 손가락을 보고, 남자의 옷차림과 서늘한 실내 온도와 거실을 떠다니는 운무를 이해했다. 남자의 손가락은 그을려 있었다.

'화상이다. 이 남자는 전신에 화상을 입었다.'

옥호가 읽던 신문을 내려놓고 다가왔다.

"인사하지. 이 친구가 날 유명 인사로 만든 주 작가. 이쪽은 경찰 홍보단 오광심 경위."

"주해환입니다."

해환이 고개를 숙여 인사를 했다.

"오광심입니다."

광심이 습관처럼 손을 내밀었다. 광심의 아버지는 딸이 커가면서 겪을 온갖 상황을 대비해 훈련을 시켰다. 하지만 오늘 같은 경우는 매뉴얼에 없었다. 이미 내민 손을 거둘 수는 없었다. 광심은 해환이 어떻게 반응하는지 보기로 했다. 해환은 잠시 광심이 내민 손을 바라보다가 미소를 지으며 손을 뻗었다. 해환의 손이 우주정거장에서 도킹을 하는 것처럼 천천히 광심의 손을 향했다. 마침내, 해환의 그을린 손이 마른 나뭇가지 같은 광심의 손을 잡았다.

3 소설가의 식탁

옥호는 맞선을 주선한 사람처럼 서둘러 자리에서 일어났다.

"여기 밑에 새로 들어 온 초밥집이 아주 그냥…."

옥호가 엄지손가락을 치켜들었다.

"먹어보지도 않았으면서 그래요."

해환이 말했다.

"꼭 먹어봐야 아나? 일본에서 온 명인이 하는 가게라니까. 별을 세 개나 달았잖아. 형사라면 잡수러 가줘야지. 어떡해? 좀 사와? 생일인데 맛있는 것 좀 먹어야지."

생일이란 말에 광심이 해환을 돌아봤다.

"초밥으로 때우시려고요?"

해환이 말했다.

"인마. 생일 선물은 앞에 모셔왔잖아. 오 경위한테 영감을 팍팍 받아서 소설 한 편 써내면 글쟁이한테 그것만큼 큰 선물이 어디 있나?"

"영감은 아마추어나 찾는 거라니까요."

"아, 됐어. 나오지 마. 영감은 초밥이나 잡수러 갈 테니까."

옥호는 언성을 높였지만 얼굴엔 웃음이 가득했다.

옥호가 나가고, 해환과 광심이 식탁에 마주 앉았다.

"아저씨한테 어디까지 들으셨는지 모르겠네요."

해환은 옥호를 아저씨라 불렀다. 두 사람은 먼 친척뻘이었다. 첫 번째 소설에 도움을 준 이유도 그런 인연 때문이었다. 여기에 더해 광심이 옥호에게 들은 거라곤 해환이 여자 형사를 주인공으로 소설을 쓰려 하니 취재에 응해달라는 말뿐이었다. 해환이 옥호를 모델로 쓴 소설은 부패 경찰을 다룬 이야기가 대부분이던 시기에 발표돼 신드롬에 가까운 성공을 거뒀다. 덕분에 경찰의 이미지는 투기지역 집값처럼 치솟았다. 그해, 경찰 지원자가 갑절로 늘어날 정도였다. 경찰 지휘부는 해환이 준비하는 신작에도 적극 협조하라는 지시를 내렸다.

　　"오늘이 생일이신가요?"

　　광심이 말했다.

　　"아, 진짜 생일은 아니에요."

　　"그럼?"

　　"죽다가 살아난 날입니다."

　　해환이 핸드프린트를 찍는 시늉을 하며 그을린 손을 식탁 위에 펼쳤다.

　　"아…."

　　광심이 입을 다물었다.

　　"사고 전과 후가 다른 인생이라고 해도 좋을 정도로 바뀌어서요. 저에겐 다시 태어난 생일 같은 느낌이에요. 촛불 키고 축하할 날은 아니지만."

　　해환이 슬픈 표정 지을 필요 없다는 듯 웃어보였다. 광심이 어색하게 따라 웃었다.

　　"네에…."

　　"그럼 시작해볼까요."

경찰이 취조를 할 때는 용의자가 흘리는 말 한마디, 사소한 몸짓조차 놓치지 않기 위해 영상을 녹화한다. 광심은 취재도 비슷할 거라고 생각했다. 하지만 해환 앞에는 노트북은커녕 노트도 없었다.

"안 적으셔도 괜찮나요?"

광심이 말했다.

"악필이라 나중에 보면 몰라요. 연필로만 글을 써야 했으면 데뷔도 못했을 걸요."

"그럼 녹음을 하시나요?"

광심이 말했다.

식탁 위엔 녹음기도, 휴대폰도 보이지 않았다. 해환이 고개를 저었다.

"집중해서 들을 겁니다. 그런데도 기억에 남지 않는다면 쓸 만한 이야기는 아니겠지요."

광심이 고개를 끄덕였다.

'그래, 소설에 써먹을 이야기만 기억하면 되겠지. 이건 취조가 아니라 취재니까.'

"근데 여기서 하나요?"

광심이 계속 질문을 했다.

"네, 저는 글도 여기서 써요."

"그러세요? 전 작업실이 따로 있을 줄 알았어요."

광심이 문이 닫힌 책장 쪽을 보며 말했다.

"글쓰기는 요리와 비슷해요."

"요리요?"

"독서를 마음의 양식이라고 하잖아요. 음식이 몸에 영향을 끼치듯이 우리가 읽는 책도 우리 마음에 영향을 끼치죠. 읽는 사람의 마음을 건강하게 하는 책도 있지만 암을 유발하는 나쁜 먹거리 같은 책도 있어요. 작가라면 읽는 맛이 나는 글을 쓸 뿐만 아니라 마음의 건강에 대해서도 신경을 써야 한다고 생각해요. 그렇게 생각하면 주방에서 글을 쓰는 게 이상한 일은 아니죠."

광심은 아까 열어봤던 냉장고 안을 떠올렸다.

"마음뿐 아니라 몸의 건강에도 신경을 많이 쓰시나 봐요."

"네?"

"냉장고를 봤거든요. 야채하고 과일만 잔뜩 있는 것 같아서요. 고기 같은 건 안 드세요?"

"아니요. 골고루 먹어야죠. 고기도 좋아해요. 구워먹기보단 삶아먹는 편이죠."

"암을 유발하니까요?"

광심이 웃으며 물었다.

"굽는 냄새가 싫어서요. 사람 살이 탈 때도 고기 굽는 냄새 같은 게 나거든요."

'즐거워하는 자들로 함께 즐거워하고, 우는 자들로 함께 울라.'

광심이 완도를 떠나던 날, 아버지가 적어준 성경 구절이다. 광심은 아버지가 건넨 쪽지를 잊지 않았다. 같이 울어주진 못해도 피해자의 곁을 지켰고, 즐겁지 않아도 동료들을 따라 웃었다. 해환은 악수를 나눈 순간부터 지금까지 광심을 웃는 얼굴로 대했다. 광심은 늘 하던 대로 함께 웃어주려 했지만 쉽지가 않았다.

"제가 불쌍해 보입니까?"

해환이 어정쩡한 얼굴을 한 광심에게 말했다.

"아니요."

광심이 말했다.

진심이었다. 광심은 사람을 불쌍히 여기지 않았다. 광심이 불쌍히 여기는 존재는 자신뿐이었다. 광심은 해환이 불편했다. 해환을 어떻게 대해야 할지 몰랐기 때문이다.

"막상 닥치기 전에는 누구도 자신에게 장애가 생길 거라고 생각하지 않아요. 그래서인지 장애를 입은 사람을 보면 반응이 비슷하죠. 동정어린 시선으로 선을 그어버려요. 자신과는 다른 세계에 사는 사람이라고요."

해환이 먼지라도 닦는 것처럼 손가락으로 식탁 위를 스윽 그었다.

"저는 몸이 불편할 뿐이지 불쌍한 사람은 아닙니다. 편하게 대해주셨으면 좋겠어요."

"특별히 작가님이라서 어려운 건 아니에요. 저는 모든 사람이 어렵거든요."

광심은 평소 말이 많지 않았다. 말이 많아지면 실수가 생기고, 실수라도 있는 그대로의 모습을 보여주면 아무도 광심을 받아주지 않을 테니까. 이번에도 그냥 '네'라고 답하면 충분했다. 하지만 광심은 불필요한 말을 덧붙였다.

광심이 속내를 드러낸 것은 해환이 정말 다른 세계에 산다고 느꼈기 때문이다. 태양은 세상에 빛으로 존재하지만 선글라스 없이는 보기가 힘들다. 해환이 가진 명성은 눈부시게 빛났지만 사람들은 해환의 존재를 검은 활자를 통해서만 인식했다. 해환은 분명히 존재하나, 보이지 않는 사람이었다.

광심도 보통 사람과는 다른 세계에 속했지만 해환과는 차이가 있었다. 광심은 지구와 같은 주기로 도는 달처럼 평범한 사람들과 함께 살아갔다. 지구에선 달의 뒤편을 보지 못하듯이 사람들은 매일 광심을 보면서도 광심이 숨긴 얼굴을 보지 못했다. 광심은 그렇게 사람들 사이에 섞여 살았다.

'내가 해환에게 한 말은 전부 불타버릴 것이다. 검은 재처럼 남은 글에서 내 흔적을 찾을지는 모르지만 나와 연결시키진 못한다.'

광심이 생각을 정리하며 평안을 찾으려 할 때, 해환이 달의 뒤편에서 불쑥 나타났다.

"모든 사람이 어렵다고요?"

"네. 안 되나요?"

"아니요. 그럴 수도 있지요. 하지만 경찰은 사람을 불편해하는 사람이 택할 직업으로는 적당하지 않은 것 같아서요. 경찰이 되신 특별한 계기가 있나요?"

"아버지가 권하셨어요."

"경찰이셨나요?"

"아니요. 고향에서 전파사를 하세요. 그 전엔 배를 타셨고요."

광심이 고개를 저으며 말했다.

"그런데 왜 하필 경찰이었을까요?"

"저한테 어울린다고 생각하셨나 봐요. 제가 어릴 때부터 겁이 없었거든요. 어쨌든 공무원이 되는 것이니까 안정된 길이라는 생각도 하셨겠죠."

"바로 받아들이셨어요? 따로 하고 싶었던 건 없었나요?"

광심이 눈을 돌려 벽면을 가득 채운 책을 보았다.

"어릴 때는 작가가 되고 싶었어요. 대학에 가서 포기했지만요."

예상치 못한 답이었는지 해환의 눈이 동그래졌다. 해환이 호기심

어린 미소를 감추지 않고 물었다.

"그래요? 왜 포기하셨는데요?"

광심은 대답할 말을 고르다 이미 적당한 답이 나왔다는 것을 알았다.

"사람을 불편해하는 사람이 택할 직업으로는 적당하지 않은 것 같아서요."

해환은 한방 먹었다는 듯 잠시 헛웃음을 지었다.

"진지하게 답하자면 사람을 불편하게 여겨도 괜찮습니다. 저도 그런 편이고, 심지어 사람이 싫어질 때도 많으니까요. 제 생각엔 사람을 버리지만 않는다면 괜찮을 것 같아요. 자기 자신도 포함해서요."

'사람을 버린다라. 사람이 사람을 버리고 할 수 있는 일은 범죄자가 되는 것뿐 아닐까.'

강력반 형사 중에는 경찰이 되지 않았다면 건달이 되었을 것이란 소리를 듣는 인물들이 있다. 광심은 범죄자가 된 자신을 상상해봤다. 어렵진 않았다. 자신과 닮은 범죄자를 본 적이 있었기 때문이다.

"홍보단에 오기 전에는 청소년계에 계셨다고요?"

"정확히는, 여성청소년계입니다. 여성과 청소년을 대상으로 하는 모든 사건을 다루지요."

"분리가 돼있군요?"

"네, 피의자나 피해자나 여성은 여성이 상대하는 편이 용이하니까요. 여자 경찰만 있지는 않지만요."

"저도 그런 이유로 경위님 도움을 받고 있지요. 아무래도 남자 작가는 여성의 심리를 그리는 데 서투니까요. 그럼 첫 번째로 해결하신 사건부터 이야기해볼까요?"

"네, 그러죠."

광심은 흔쾌히 고개를 끄덕이고는 다소 딱딱한 말투로 처음 맡았던 사건을 이야기했다.

"경찰서 근처 고등학교에서 여고생 한 명이 사망한 사건이었습니다. 사인은 심장마비였습니다. 태어날 때부터 장애가 있던 아이였죠. 언제 멈춰도 이상하지 않을 심장을 갖고 태어났어요. 하지만 심장이 멈춘 장소와 시간이 이상했어요."

"어떤 면에서요?"

"방과 후 음악실이었거든요. 그 아이는 특수반 학생이라 그 시간에 음악실에 갈 이유가 없었어요. 열쇠도 따로 관리가 되었고요. 사망 당시 음악실에 함께 있던 일반 학급의 남자 아이가 신고를 했는데 충격을 받았다는 걸 감안해도 태도가 이상했어요."

광심은 기억을 더듬어 담담히 말을 해나갔다. 해환은 몸을 앞으로 기울여 광심의 이야기를 들었다. 하지만 몸짓과 달리 광심의 이야기에 그다지 관심이 있어 보이진 않았다. 차라리 광심이 작가가 되고 싶었다는 말을 했을 때가 훨씬 흥미로워보였다.

"이 사건은 별로 도움이 안 될 이야기일까요?"

광심이 말했다.

"아니요. 재밌는데요."

해환이 웃으며 말했다.

광심은 조용히 따라 웃을 뿐, 더는 이야기를 하지 않았다. 해환이 난처하다는 듯 머리를 긁적거렸다.

"안 믿는 눈치네요. 진짜 재밌는데. 정말 책으로 써도 좋겠다 싶어요. 그렇긴 한데…그게 첫 번째로 해결하신 사건은 아니잖아요."

"무슨 말씀이신지…."

"경찰이 되기 전에 살인범을 잡으신 적이 있지요."

광심이 해환을 노려보았다. 그렇잖아도 서늘한 실내의 공기가 싸늘하게 얼어붙었다. 하지만 해환은 광심의 시선을 피하지 않았다.

"한바로 말입니다."

해환이 불꽃같은 눈으로 광심을 보며 말했다.

4 한여름에 내린 눈

"솔직히 이해가 안 됐어요."

광심이 거실을 떠다니는 연무를 보며 입을 열었다.

"왜 나일까? 나보다 경력이 풍부한 여자 형사는 얼마든지 있을 텐데 왜 나를 택했을까?"

광심은 이제야 알겠다는 듯 고개를 끄덕였다.

"연쇄 살인마의 손에서 살아남아 형사가 된 아이의 이야기. 확실히 화제는 되겠네요. 워낙 유명했던 사건이었으니까요. 당사자인 제가 취재에 협조한다면 리얼리티는 보장된 거고, 정말 대박이 날 것 같기도 하네요. 그런데 어쩌죠?"

광심이 마시던 생수병의 뚜껑을 닫고 자리에서 일어났다.

"저는 경찰 홍보단 소속으로 이 자리에 나온 겁니다. 한바로 사건의 생존자가 아니라요. 이건 마시던 거니까 가져갈게요. 잘 모르시겠지만 밖은 엄청 더워서요."

광심이 생수병을 흔들어 보였다.

해환이 팔짱을 끼며 말했다.

"오해를 하신 거 같네요."

"변명은 듣고 싶지 않은데요."

"설명입니다. 변명이 아니라. 일단 앉아서 제 설명을 들어보시고,

변명 같거든 그 물을 제 얼굴에 뿌려버리고 새 걸로 갖고 가시죠."

해환이 식탁 위에 있는 새로운 생수병을 내밀며 덧붙였다.

"밖은 엄청 덥다면서요. 저야 잘 모르지만."

광심은 잠시 해환을 바라보다 모래시계를 뒤집듯이 반쯤 마신 생수병을 식탁에 내려놓았다.

"서서 듣겠습니다."

광심이 태도를 분명히 하자 해환은 지체 없이 설명을 해나갔다.

"한바로 사건 때문에 경위님을 섭외한 건 맞습니다. 하지만 딱히 뒷조사를 한 건 아닙니다. 면접을 보실 때 기록으로 남아있더군요."

광심이 입술을 깨물었다. 경찰 시험은 다른 공무원 시험과 달리 경찰 정보과에서 면접시험 전에 응시자의 배경을 조사한다. 전과 기록과 생활기록부 열람은 기본이고, 반드시 확인해야 할 사항이 있다면 응시자의 가족이나 지인에게 연락을 하기도 한다. 광심은 필기시험과 체력 테스트 성적만으로도 충분히 합격할 거라고 믿었지만 아버지는 확실한 카드를 꺼내 쓰길 바랐다. 열세 살 때 연쇄 살인범을 제압해 경찰에 넘겼다는 것보다 극적인 에피소드는 없을 테니까.

"저는 한바로 사건을 자극적으로 사용할 생각이 없습니다."

해환이 말했다.

"그 말을 어떻게 믿지요?"

"한바로가 저지른 범행 수법이나 잔혹함에 대해선 묻지도 않을 겁니다. 제가 알고 싶은 건 하나 뿐이니까요."

"그게 뭔데요?"

"한바로는 타고난 살인자입니까?"

"네?"

광심이 인상을 찌푸렸다. 해환은 광심이 내려놓은 생수병을 집어 뚜껑을 열었다.

"한바로가 그랬잖아요. 자기는 타고난 살인자라고. 경위님도 그렇게 생각하세요?"

"그러니까 지금 저한테 한바로가 사이코패스냐고 물으시는 건가요? 이해가 안 가네요. 한바로가 사이코패스인 것은 누구나 아는 사실인데…."

"그건 한바로의 범행이 밝혀지고 나서지요. 처음 한바로를 마주했을 때는 아무런 정보도 없었잖아요. 어떤가요? 경위님이 만나본 한바로는 정말로 보통 사람과는 다른 타고난 살인자였나요?"

해환은 지난 주말 드라마의 내용을 묻는 것처럼 질문을 던졌다. 해환이 말을 마치고, 컵에 물을 따랐다. 병에서 흘러나온 물이 컵 안으로 사라졌다. 광심이 오래도록 봉인해두었던 기억이 스멀스멀 삐져나왔다.

보름달이 밝던 날이었다. 달빛에 비친 한바로의 얼굴은 겁에 질려있었다. 한바로는 살인을 저지르기 전 머릿속으로 수없이 살인을 연습했다. 연습에는 시체의 뒤처리와 도주까지 포함되어 있었다. 하지만 연습과 실전은 달랐다. 한바로는 첫 번째 범행에서 실수를 연발했다. 체포된 뒤에 한바로가 했던 실수들이 밝혀지며 허술했던 경찰 초동수사가 커다란 비판을 받았을 정도였다. 하지만 한바로는 범행을 반복하며 점차 능숙한 살인자가 되어갔다. 한바로는 전국을 다니며 다섯 명의 남자 아이를 살해했다. 그리고 여섯 번째 범행 대상으로 점찍은 남자 아이를 데리고, 완도 앞 바다에 떠있는 주도로 들어갔다. 한바로는 아이에게 수면제를 먹이고 바다에 수장시킬 계획이었다. 아이는 아무런 의심 없이 한바로가 건넨 음료수를 먹고 잠들었다. 광심이 나타나기 전까진 모든 것이 순조롭게 진행되었다.

한바로는 한여름에 내리는 눈이라도 본 사람처럼 광심을 쳐다봤다. 그만큼 광심의 등장은 현실감이 없었다. 주도는 출입이 통제된 섬이었고, 그날은 태풍의 영향으로 아침부터 비가 내려 날씨도 궂었다. 대체 어린 아이가 무슨 이유로 혼자 주도에 나타난 것인지 알 수가 없었다. 한바로는 광심이 귀신인지 사람인지도 분간이 가지 않았다. 그러는 사이에 광심은 물에 젖은 몸을 오들오들 떨면서 한바로에게 다가갔다. 한바로는 가까워지는 광심을 보면서도 아무런 반응을 하지 못했다. 광심은 한바로의 발 앞까지 다가가 힘이 다한 듯 풀썩 주저앉았다. 한바로는 그제야 물에 젖은 머리칼 사이로 드러난 광심의 얼굴을 알아봤다. 한바로의 뇌가 몸에 명령을 내리기 전, 광심의 몸이 먼저 움직였다. 광심이 바지 뒤춤에 숨기고 있던 형광색 손잡이의 물체를 꺼냈다. 어둠 속에서 빛나는 물체가 번뜩이자 차가운 눈이라도 닿은 것처럼 서늘한 기운이 한바로의 오른쪽 발목을 휘감았다. 무언가 '뚝' 하고 끊어지는 느낌과 함께 강렬한 통증이 고속 엘리베이터처럼 발목에서부터 머리끝까지 올라왔다. 한바로는 비명을 지르며 바닥을 굴렀다. 한바로는 고통 속에서도 재빨리 전투태세를 갖추고, 힘겹게 몸을 일으켰지만 한바로의 앞에는 아무도 없었다. 광심은 눈이 땅 속에 스며들듯 모습을 감추었다. 한바로는 문득 식당 아주머니에게 들었던 이무기 전설이 떠올랐다.

'천년 묵은 이무기가 둔갑이라도 한 것인가.'

오싹한 기운이 몰려왔다. 무언가 뒤에서 한바로의 목을 구렁이처럼 휘감았다. 한바로는 흠칫하며 그대로 굳어버렸다. 한바로의 눈앞에 가냘픈 여자 아이의 손목이 보였다. 광심이 형광색 손잡이의 낚시 칼로 한바로의 목을 거누고 있었다. 한바로는 감히 광심의 팔을 붙잡지 못했다. 매끄럽게 연결된 광심의 공격은 실제 상황을 가정하고 무수히 연습을 해오지 않았다면 나올 수 없는 동작이었다. 한바로는 잠시라도 엉뚱한 생각을 했다가는 바로 자신의 목에 칼이 들어올 것을 알았다. 광심이 칼로 한바로의 목을 살짝 누르자 한바로의 고개가 뒤로 젖혀졌다. 광심이 붉은 달을 배경으로 한바로를 내려다보았다. 한바로는 이 아이야말로 타고난 살인자라고 생각했다.

"제가 무슨 수로 한바로가 사이코패스인 줄 알았겠어요. 저는 동생이 낯선 남자를 따라갔다는 말을 듣고 쫓아갔을 뿐입니다."

광심이 말했다.

"칼을 들고 가셨잖아요. 위험한 인물이라고 생각하신 거 아닌가요?"

"아버지가 주신 조그만 낚시 칼이었어요. 평소에도 늘 지니고 다녔던 거고요. 그전엔 한바로를 본 적도 없어요. 감이 안 좋긴 했어요. 동생이 어떤 아저씨가 줬다면서 먹을 걸 가져온 적이 몇 번 있었거든요. 하지만 그게 전부예요."

해환이 잠시 광심을 바라보다 다시 입을 열었다.

"한바로는 어떻게 제압하신 거예요?"

"운이 좋았을 뿐이에요."

"성공한 사람이 말하는 운이 좋았단 말은 보통 겸손의 표현이던데요."

"전 그때 열세 살이었어요. 제가 뭘 알았겠어요. 그저 급박한 상황에 몸이 움직이는 대로….'

광심이 말끝을 흐렸다. 해환이 광심이 미처 뱉지 못한 말을 완성했다.

"본능을 따랐을 뿐이다? 그런 말씀인가요?"

"천운이 따른 거겠죠. 암튼 한바로에게서 특별한 뭔가를 느끼지는 못했어요. 애초에 찬찬히 살펴볼만한 여유도 없었고요."

"그럼 정희가 사이코패스라는 건 어떻게 알아보셨나요? 그땐 여유가 있었나요?"

해환의 말에 광심이 허물어지듯 식탁 의자를 잡았다.

"힘들면 앉으세요."

해환이 말했다.

광심은 의자를 들어 해환을 후려치고 싶었다. 충동이 몸을 지배하기 전, 광심은 오른손으로 머리끈을 풀었다. 특별한 장식이 없는 검정색 고무로 된 끈이었다. 광심이 소매를 걷자 왼쪽 손목에 똑같은 종류의 하얀색 머리끈이 감겨 있었다. 광심은 검정색 머리끈을 오른쪽 손목에 차더니 왼쪽 손목에서 하얀색 머리끈을 빼내어 다시 머리를 묶었다. 광심이 어려서부터 익혀온 마음을 다스리는 비법이었다. 머릿속에 분노가 차오를 때면 광심은 머리를 비우듯 머리끈을 풀었고, 다른 색깔의 머리끈으로 다시 머리를 묶으며 마음을 다잡았다. 그러는 동안에 광심은 충동에 몸을 맡겼던 기억과 그 행동이 가져온 결과를 떠올렸다. 광심이 연필로 남자 아이의 손에 구멍을 냈을 때 학교에 불려왔던 아버지의 얼굴 같은 것이었다. 광심은 의자를 빼내고 자리에 앉았다.

"홍보단으로 오기 직전에 맡으셨던 사건이었죠? 그 사건 때문에 자리를 옮기신 걸로 아는데요."

해환이 말했다.

"여고생이 같은 반 여자 아이를 납치, 감금, 살해한 사건이었죠. 이미 알고 계신 것 같지만요."

"오 경위님은 그 아이가 다른 살인 사건도 저질렀다고 믿으셨다죠?"

"믿는 게 아니라 압니다."

"증명은 못하셨고요."

"증거가 없다고 범인이 아닌 건 아니죠."

"경위님은 그 아이를 사이코패스로 확신하고 계시지요. 그래서 다소 무리한 방식으로 혼자 수사에 나서셨고요. 징계까지 받으면서요. 하지만 수사팀 중에 그런 생각을 한 사람은 경위님뿐이었습니다. 경위님은 왜 그 아이가 사이코패스라고 생각하셨죠?"

피 냄새가 났다. 한바로에게서 맡았던 것과 똑같은 종류의 냄새였다. 정희는 선량한 인간의 가면을 쓰고 있었지만 그 아이가 입을 열어 거짓을 늘어놓을 때마다 피 냄새가 풍겼다. 왜 사람들이 정희의 실체를 몰라보는지 이해가 되지 않을 정도로 진한 냄새였다. 광심은 회식 자리에서 동료들의 대화를 듣다가 그 이유를 알았다. 전날에 마무리된 치정 사건에 관한 이야기였다.

'아니 딱 봐도 양아치잖아. 음흉하고, 능글맞은 기운을 풀풀 풍기는데 여자들은 왜 그런 놈들한테 속아 넘어가지?'

'속이는 놈이 나쁜 거죠. 그리고 남자들은 뭐 달라요? 꼬리를 대놓고 흔드는 여우한테 간이고 쓸개고 다 빼주면서.'

구석에 있던 광심이 '아' 하고 수저를 내려놓자 동료들이 일제히 광심을 바라봤다. 광심은 놀란 눈으로 자신을 돌아본 동료들을 보며 깨달았다.

동류가 아니면 보이지 않는다. 평범한 인간은 인간의 껍질을 두르고 있지만 인간이 아닌 것의 존재를 알아채지 못한다. 광심은 열 살 때부터 살의를 품고 살았다. 아이들이 흔히 내뱉는 '죽을래' 같은 공갈과는 다른 것이었다. 광심은 실제로 사람을 죽일 생각을 했고, 어떻게 사람을 죽일 수 있을지 연구했다. 광심은 한바로와 정희를 알아보았고, 한바로와 정희도 광심을 알아보았다.

'언니도 나랑 같잖아요. 왜 날 그런 눈으로 봐요?'

기억의 늪 속에서 정희가 했던 말이 떠올랐다. 광심이 딛고 선 바닥이 한순간에 무너지며 늪 속으로 빨려 들어갔다. 축축한 진흙이 순식간에 무릎과 허리를 지나 목까지 차올랐다. 광심은 손과 발을 허우적거렸지만 속절없이 가라앉았다.

그때, 누군가 던져준 로프처럼 해환의 목소리가 툭하고 떨어졌다.

"저는 사이코패스를 믿지 않아요."

해환이 새 생수병을 따서 광심에게 건넸다. 얼결에 생수를 받은 광심이 말했다.

"방금 전까지 하시던 말씀은 다 뭔데요?"

"사이코패스의 존재를 부정하진 않아요. 하지만 사이코패스로 태어난다는 말은 믿지 않아요. 언제 멈출지 모를 심장을 갖고 태어난 아이는 있어도, 살인자의 심장을 갖고 태어난 아이는 없습니다."

광심이 해환을 빤히 보며 말했다.

"단정하시네요. 만나본 적도 없으실 텐데요."

"모르죠. 벌써 만나봤는지도."

해환의 목소리가 사냥꾼이 당기는 활 소리처럼 들렸다. 두 사람 사이에 긴장감이 팽팽해졌다. 광심은 저도 모르게 발가락을 오므렸다.

"경위님이 보시기에 그 아이는 타고난 악인입니까?"

"그 아이는 또 사람을 죽일 겁니다."

"그럴 수밖에 없다는 건가요? 그렇게 태어났다?"

"질문만 하지 마시고 작가님이 말씀해보시죠. 원래 사람은 다 선하게 태어났는데 환경의 영향을 받아서 사이코패스가 됐다는 건가요?"

"아니요. 굳이 말하자면 반대입니다."

"네?"

"누구나 마음속엔 악의 씨앗을 갖고 있어요. 가장 선하다는 사람도요. 그러니까 우리는 최고의 선인도, 최고의 악인도 될 수 있습니다. 저도, 경위님도 그런 범죄자가 될 수 있다는 말이죠."

광심은 한바로와 정희를 떠올렸다. 한바로와 정희가 평범하게 살아가는 모습은 도무지 그려지지 않았다. 그건 자신도 마찬가지였다.

"진짜 사이코패스가 그런 말을 들으면 화낼 것 같네요."

"무엇 때문에요?"

"정체성을 부정당한달까? 그런 기분이 들 것 같아요. 차라리 사이코패스가 되는 길밖에 없었다는 말이 낫지 않을까요."

"그럴 수도 있겠네요. 나는 사이코패스로 태어났을 뿐이다. 그러니어쩔 수 없다. 이게 내 본성이다. 그렇게 믿는 편이 더 편할 테니까. 그런 식으로 아무런 가책도 없는 살인마가 되어가는 거겠죠. 하지만 아직 양심이 살아있는 사람은, 이래서는 안 된다는 생각이 있는 사람이라면, 아마 기뻐할 겁니다. 벗어날 길이 있다는 뜻이니까요."

"태어나는 게 아니라 만들어진다고? 해병대인가요? 사이코패스로 분류되는 범죄자들은 어릴 때부터 공통된 특징이 있어요. 그건 어떻게 설명하죠?"

"압니다. 동물학대가 가장 흔하지요. 기르던 개를 죽이는 것이 대표적이죠. 분명 개를 죽이는 아이들은 흔치 않아요. 하지만 잠자리 날개를 뜯거나 개구리에 돌을 던지는 녀석은 어떨까요? 꽤 많을 걸요? 동물뿐 아니라 또래 아이들을 괴롭히는 경우도 빈번합니다. 아이들은 의외로 잔인한 면이 있죠. 그렇다고 그런 아이들이 다 범죄자가 되진 않아요."

해환이 견과류가 담긴 그릇을 끌어 광심에게 권했다. 광심은 고개를 젓고, 생수를 마셨다. 아까부터 입이 바짝 말랐다.

해환이 해바라기씨를 먹으며 말을 이었다.

"진짜 공통점은 따로 있어요. 사이코패스로 분류되는 범죄자는 대부분 어릴 때부터 상처를 받고 자랐다는 거죠. 누구보다 자신을 보호하고 사랑해야 할 부모에게 학대를 받고, 인격적으로 살인을 당하며 자라난 사람이 남을 학대하고 실제로 죽이게 되는 건 이상한 일이 아니죠."

"결국 환경 때문이란 말씀이네요."

"범죄자가 되기 쉬운 기질은 존재한다고 생각해요. 그것까지 부정하지는 않습니다. 하지만 비슷한 기질을 갖고 있어도 전혀 다른 길을 걸을 수도 있어요."

"다른 길이요?"

"예를 들면, 경찰이라든가."

광심이 쥐고 있던 생수병이 찌그러졌다. 생수병에서 물이 튀어나왔다. 해환은 옆에 있던 각 티슈를 뽑아 아무렇지 않게 물을 닦았다.

"폭력성은 보통 환영받지 못하지만, 링 위에서만 폭발시키면 장점이 될 수 있죠. 링은 합법적으로 사람을 때려도 되는 장소니까요. 같은 이유로 사이코패스 성향이 있는 사람이 군인이나 경찰이 되는 경우가 있다고 하더군요. 통제가 된다면 오히려 뛰어난 요원이 될 수도 있을 테니까요."

해환은 아버지가 광심에게 경찰을 권한 이유를 옆에서 들은 것처럼 읊었다. 광심은 두려움이란 감정을 몰랐다. 동생을 구하기 위해 밤중에 홀로 주도를 향했을 때도 광심은 거침이 없었다. 죽을지도 모른다는 생각이 들었지만 개의치 않았다.

'죽음은 고통에서 벗어나는 것이니까.'

광심은 삶에 애착이 적었고, 광심의 심장은 주인의 마음과 하나가 된 듯 늘 고요했다. 하지만 이 순간 광심의 심장은 세차게 뛰었다.

'이 작자가 겨누고 있는 과녁은 나인가.'

광심은 사냥꾼의 기척을 느낀 짐승처럼 감각을 곤두세웠다. 광심은 지금껏 나눈 대화를 복기해보았다. 해환은 광심을 만나기 전부터 광심의 존재를 파악한 것 같았다. 광심은 어떻게 그런 일이 가능한지 이해가 되질 않았다. 분명한 사실은 눈앞에 있는 정체불명의 남자가 광심에게 위협이 된다는 것이었다.

광심은 등 뒤편의 칼꽂이에 네 개의 칼이 꽂혀있다는 것을 알고 있었다. 광심은 머릿속으로 재빨리 몸을 돌려 칼을 뽑는 자신의 모습을 그려보았다. 막연한 상상이 아니라 확실한 계산이었다. 한바로의 판단은 정확했다. 광심은 겨우 열 살 때부터 사람을 죽이는 연습을 해왔다. 연습은 습관으로 자리 잡았다. 체인을 들고 있던 폭주족을 상대할 때도, 동거녀를 폭행한 건달이 덤벼들 때도, 광심은 습관을 따라 머릿속에서 상대를 죽였다.

"무슨 생각해요?"

해환의 말과 동시에 도어락이 해제되며 현관문이 열렸다. 광심이 뒤를 돌아보며 자리를 박차고 일어났다. 문을 열고 들어온 사람은 옥호였다. 옥호는 나갈 때와는 전혀 다른 얼굴로 돌아왔다. 예능 프로에 나온 경찰 아저씨의 얼굴이 아니라 범행 현장을 덮치는 형사의 얼굴이었다.

5 악인들의 도시

"미안하네."

옥호가 세 번째로 말했다.

해환의 집에서, 주차장으로 내려가는 엘리베이터 안에서, 어둑해진 도로를 달리는 차 안에서 옥호는 광심에게 거듭 사과했다.

"괜찮습니다."

광심이 말했다.

아는 사람이 나를 좋아하는 것 같다는 착각은 누구나 해봄직한 것이지만 광심은 한 번도 그런 착각에 빠져본 적이 없었다. 대신 광심은 누군가 자신의 실체를 알아본 것 같다는 두려움에 사로잡혔다. 옥호가 문을 열고 들어섰을 때, 광심은 덫에 걸렸다고 생각했다. 여느 때처럼 착각이었지만 광심은 어느 때보다 심각해졌다.

'통제력을 잃어가고 있다.'

사람들은 시력이나 청력에 문제가 생기면 큰일이 났다고 생각하지만 자신을 통제하는 능력이 부족한 것은 나쁜 습관 정도로 여긴다. 중한 병을 얻으면 몸을 가누지 못하는 것처럼 자신을 통제하는 능력을 잃어버린다는 것은 마음에 병이 들었다는 증거다. 광심이 앓고 있는 마음의 병은 목숨을 앗아갈 정도로 중했다. 광심이 통제력을 잃을 경우 누군가 죽을 수도 있었다.

사람들은 형사라는 말을 들으면 액션영화 속의 장면부터 떠올린다. 하지만 대부분의 경찰은 일 년에 네 번 실시하는 정기 사격훈련 외엔 총을 쏠 일이 없다. 총기 소지가 불법인 한국에서 사람을 총으로 쏠만한 사건은 좀처럼 일어나지 않았고, 그 편이 모두에게 좋았다.

동료들은 광심에게 사건 운이 좋다고 말했다. 운이라기보다는 운명처럼 광심에겐 사건이 따라붙었다. 청소년 범죄도 강력 범죄가 늘어나는 추세지만 광심처럼 시체를 자주 만난 형사는 드물었다. 광심은 마지막 사건에서도 시체를 만났다.

"이 씨발, 나보고 어쩌라고!"

스물셋 남자가 총에 맞았다. 액션 영화와는 달랐다. 남자는 한 순간 영혼이 빠져나가듯 풀썩 쓰러졌다. 광심은 불을 끄고 침대에 누울 때마다 뒤로 넘어가던 남자의 얼굴이 떠올랐다. 영상을 되감아 보는 것처럼 광심은 몇 번이고 쓰러지는 남자의 얼굴을 돌이켜보다 잠이 들었다.

용의자가 경찰의 총을 빼앗아 자살했다. 언론이 좋아할 뉴스거리였다. 광심이 용의자를 사살하고, 자살로 위장했다는 음모론도 있었다. 광심은 한동안 조사를 받아야 했다. 결국은 광심의 해명이 인정되었지만 얼마 지나지 않아 광심은 홍보단으로 자리를 옮겼다. 사람들은 저마다 자기 생각이 진실인양 떠들어댔다.

'소명이 됐는데 왜 쫓겨난 거야?'

'총을 빼앗긴 일 자체가 현장에 있을 자격이 없다는 거지.'

'그것보단 독단으로 수사를 해서 그런 거 아니야? 지가 뭐라고 혼자 나서.'

'주범은 따로 있다는 주장이 무시당하니까 자기 맘대로 저질러 버린

거지. 자기 잘난 맛에 사는 인간은 조직에 필요 없어.'

사람들이 없던 말을 지어낸 것은 아니었다. 광심은 죽은 남자가 아니라 그의 여자 친구인 정희가 범행을 주도했다고 생각했다.

정희는 법정에 서서 남자 친구가 그럴 줄은 몰랐다며 울먹였다. 하지만 정희는 면회를 온 광심에게 미소를 지으며 속삭였다.

"언니, 총으로 사람을 죽이면 어떤 느낌이에요?"

새로 나온 틴트 색깔이 어떠냐고 묻는 것 같았다. 광심은 해맑게 웃는 정희를 보며 현장을 떠나야겠다고 결심했다.

'다른 누군가를 죽이기 전에, 이 아이처럼 돼버리기 전에.'

옥호의 차가 빗속을 뚫고 달렸다. 광심은 어릴 적에 읽었던 요나 이야기가 떠올랐다. 요나는 악인들의 도시인 니느웨로 가서 심판을 선포하라는 신의 명령을 받았다. 하지만 요나는 배를 타고 반대 방향으로 도망쳤다. 신은 풍랑을 일으켜 자신을 거역한 요나를 바다에 던졌고, 큰 물고기에게 명해 요나를 삼켜 니느웨로 가게 했다. 광심은 사건을 피해 홍보단으로 도망쳤지만, 결국 옥호의 차에 실려 악인들의 도시로 돌아갔다.

옥호가 차를 세운 동네는 부촌 주택가였다. 옥호와 광심은 차에서 내리자마자 비를 피해 대문 처마로 뛰어들었다. 옥호가 인터폰을 누르자 문이 열리고 안쪽에서 사람이 나왔다. 집의 안주인, 천현숙이었다. 천현숙은 당장 울 것 같은 얼굴로 나타나 옥호와 광심을 데리고 집안으로 들어갔다.

"오셨습니까?"

오십 대로 보이는 남자가 거실 소파에 앉아 있다가 일어났다.

"아직 소식은 없습니까?"

옥호가 남자와 악수를 나누며 말했다.

남자는 옥호 옆에 선 광심을 보고 놀란 눈치였다.

"네, 같이 오신 분은?"

"홍보단 소속입니다. 이런 사건엔 저보다 더 도움이 될 겁니다."

남자는 고개를 끄덕이면서도 광심의 존재가 마음에 들지 않는 듯했다. 옥호가 눈치를 챘는지 말을 이었다.

"모든 사건이 그렇지만 특히 실종사건은 시간 싸움입니다. 저희 선에서 해결하지 못한다면 빠른 시간 안에 공개수사를 해야 합니다."

광심은 옥호와 남자가 대화를 나누는 동안 집을 구경하러 온 사람처럼 거실을 훑었다. 진열장 위에 가족사진들이 보였다. 부부에겐 외동딸이 있었다. 사진 속엔 딸이 초등학교와 중학교, 고등학교를 졸업하고 대학에 입학하는 순간까지 가족의 역사가 담겼다. 숙녀가 된 딸은 부모의 옆에서 웃고 있었다.

천현숙이 차를 내왔다. 광심이 부부를 번갈아 살폈다. 아내는 누가 봐도 딸을 잃어버린 엄마처럼 보였지만 남편은 놀라울 정도로 침착했다. 정계가 주목하는 인물답기도 했고, 무정한 아버지처럼도 보였다.

퀭한 눈으로 뭔가를 생각하는 고보경은 이 집의 주인이자 학자이며 작가였다. 고보경은 젊은 시절부터 재능을 인정받았지만 몇 년 전에 방송에 출연하고부터 대중에 널리 알려졌다. 방송국은 인문학의 대중화 바람을 타고 먹물이되 먹물 같지 않은 사람을 찾고 있었다. 곧은 자세로 붓을 들고 흐트러짐 없이 글을 쓰는 사람이 아니라 상대의 얼굴에 먹물을 끼얹고는 낄낄거리며 붓질을 해댈 사람, 고보경은 방송국이 찾던 인물이었다. 고보경의 말과 글은 항상 좌나 우로 치우쳤다. 고보경의 극단성은 그를 싫어하는 이들에게는 선정성으로, 좋아하는 이들에겐 선명함으로 다가왔다. 고보경은 방송에 나와 결혼 제도를 부정하고, 완전한 자유연애를 주장했다. 그의 주장은 어떤 이들에겐 책임감 없는 파렴치한의 헛소리로 여겨졌고, 어떤 이들에겐 사랑에 죽고 사는 낭만주의자의 고백으로 들렸다. 그 사이로 아슬아슬한 줄타기가 가능했던 이유는 권위를 부정하고, 도덕을 위선으로 여기면서도, 사회가 범법이나 일탈로 규정하는 것들과는 거리가 먼 삶을 살았기 때문이다. 고보경은 점잖은 외모를 가졌고, 튀는 옷차림을 하지도 않았다. 가정주부인 아내와는 30년 가까이 결혼생활을 유지했고, 외동딸은 명문대에서 미술을 전공했다. 가끔 여성지나 티브이 아침 프로그램에 소개된 고보경 가족의 일상은 평화로웠다. 고보경에게서 권위적인 태도는 찾아볼 수 없었다. 고보경은 아내와 딸을 사랑했고, 아내와 딸은 남편과 아버지를 따랐다. 방송에서 보여준 그림은 분명 그랬다.

스타강사로 떠오른 고보경은 강연뿐 아니라 예능 프로까지 영역을 넓혔다. 높은 화제성과 젊은 세대의 지지, 깔끔한 사생활까지 갖춘 고보경을 정가에서 가만히 놔둘 리가 없었다. 다음 총선에 고보경이 비례대표 후보로 공천될 거란 소문이 방송 관계자들 사이에 떠돌았다.

"별일 아닌데 유난을 떠는 건지 모르겠습니다."

'쨍' 하는 소리가 고보경의 말 뒤에 마침표처럼 찍혔다.

천현숙이 테이블 위에 찻잔을 내려놓는 소리였다.

"조심하지 않고…."

고보경이 말했다.

천현숙은 대꾸 없이 다른 찻잔을 테이블 위에 올려놓았다. 광심은 천현숙도 함께 이야기를 나눌 거라고 생각했지만, 천현숙은 찻잔만 내놓고 집 안쪽으로 들어가 버렸다. 광심이 앞에 놓인 찻잔을 잡았다. 고급스러운 자기 찻잔은 천현숙의 거친 손길에도 따뜻한 차를 잘 품어냈다. 하지만 고보경과 천현숙의 사이는 분명 깨져 있었다.

고보경이 두 손으로 찻잔을 감싸며 말했다.

"워낙 자유분방한 녀석이라…아까도 말씀드렸지만 작품 준비할 때는 거의 집에 들어오지 않습니다. 연락도 안 되고요. 예술 하는 사람들이 다 그렇지 않습니까?"

고보경은 부드럽게 웃어 보이려 했지만 그의 미소는 시간이 지나 딱딱하게 굳어버린 빵 같았다.

"작업실이 따로 있나요?"

광심이 물었다.

"집에 공간을 따로 마련해줬지만 작업은 주로 학교에서 해요. 잠은 학교 근처 친구 집이나 호텔을 이용하기도 하겠죠. 용돈은 충분히 주고 있어요. 학교에 연락을 해봤는데 방학에다 휴가 기간이 겹쳐서 딸아이 말고도 자리를 비운 학생들이 많다고 하네요."

"전에도 연락이 안 될 때가 많았다면 왜 이번엔 다르다고 생각하신 거죠?"

고보경이 광심을 힐끗 보더니 아내가 들어간 쪽을 살폈다.

"꿈자리가 사납다나…집사람이 계속 전화를 했는데 연락이 되지를 않아서요. 뭐라도 해보라고 난리를 치는데, 제가 좀 알려진 사람이다 보니 불확실한 일로 신고를 하기도 뭐해서…고민하던 차에 황 형사님이 생각나서 연락드렸습니다. 솔직히 방송국에서 몇 번 뵌 것이 다인데 어려운 부탁을 드려서 죄송스럽네요."

고보경이 소리를 죽여 말했다. 천현숙이 사라진 방향을 노려보는 고보경의 눈빛엔 불만이 가득했다.

"아닙니다. 저도 아직 경찰인 걸요. 잘 찾아주셨습니다."

옥호가 말했다.

광심이 옥호를 봤다. 차를 타고 오면서 옥호는 광심에게 수사를 맡기겠다고 말했다. 광심은 말로는 맡긴다고 하면서 현장에선 딴 말을 하는 사람을 수도 없이 봐왔다. 하물며 옥호는 평생 현장을 누빈 베테랑이다. 까마득한 후배인 광심이 못 미더워 보일 수 있다. 하지만 옥호는 다시 입을 다물었다. 옥호의 침묵은 광심에게 '이것은 너의 사건'이라고 말하는 것 같았다.

광심이 고보경에게 질문을 던졌다.

"따님을 마지막으로 보신 건 언제인가요?"

"글쎄요. 집에 오지 않은 지는 좀 됐지요. 저도 강연이다 방송이다 요즘엔 새 책까지 준비하느라 정신없이 바빴고요. 딸아이나 저나 한참 집중할 때는 불이 나도 모를 정도라."

광심은 말이 이어지길 기다렸지만 고보경의 답은 그게 끝이었다. 광심이 다시 물었다.

"기억이 안 날 정도로 오래 되었다는 말씀인가요?"

고보경이 쓰게 웃더니 찻잔을 놓고 말했다.

"형사님은 아버님을 자주 찾아뵙니까?"

"멀리 계셔서요."

"연락은 자주 하세요?"

"네, 주로 아버지가 연락을 하시지만 통화는 자주 합니다."

"그래요? 하긴 험한 직업이니까 걱정이 돼서 그러시겠죠. 근데 나는 이렇게 생각해요. 영혜는 내 딸이기 전에 하나의 독립된 인간이란 말입니다. 성인이고요. 남들이 보기에는 우리 사이가 좀 별나 보일지도 모르지만 영혜는 제 친구고, 제자입니다. 제가 그렇게 키웠어요. 아무 것에도 얽매이지 않고, 자유롭게 생각하고 행동하도록요. 아내는 그걸 이해 못해요. 나중에 만나면 물어보세요. 영혜에게 제가 어떤 존재인지요.”

광심은 고보경과 딸의 관계가 별나 보이지 않았다. 가출은 흔해 빠진 사건이고, 부모와의 불화는 식상할 정도로 평범한 가출 사유다. 물론 고영혜가 가출을 했는지는 아직 모르지만 부녀의 관계가 진열장 위의 사진과 다르다는 것은 분명했다.

“실례지만 따님을 입양하신 걸로 압니다.”

광심이 말했다.

“실례일 게 있나요. 제가 숨긴 적도 없고, 다 아는 사실인데요. 입양이 무슨 문제라도 되나요?”

고보경의 말대로 고영혜는 부부의 친딸이 아니고, 입양 사실을 방송에서 밝힌 바가 있다.

“입양이 문제는 아니죠. 하지만 성인이 되고 난 후에라도 친부모가 찾아오거나, 반대로 따님이 친부모를 찾고 싶어 할 경우, 가족 사이에 문제가 되기도 할 것 같아서 여쭤본 겁니다.”

“그런 일은 없습니다. 앞으로도 없을 거고요.”

고보경이 잘라 말했다.

광심은 몇 가지 질문을 더 했지만, 고보경의 대답은 시원찮았다. 고보경은 네모난 화면 속에서 청년들의 마음을 누구보다 헤아렸지만, 정작 자기 딸에 대해선 아는 것이 별로 없었다. 광심은 안쪽으로 사라진 영혜의 엄마, 천현숙의 이야기를 듣고 싶었다.

"혹시 따님 방을 좀 볼 수 있을까요?"

광심이 말했다.

"네, 그럼요. 근데 아까 말씀드렸지만 집에 잘 들어오질 않아서요."

"그래도 봤으면 좋겠습니다."

"그러시죠."

고보경이 자리에서 일어났다.

"어디인지 말씀해주시면 저 혼자 가 봐도 됩니다."

광심이 따라 일어서며 말했다.

"2층입니다."

고보경이 광심이 한 말을 무시하고 앞장섰다. 때마침 안쪽에서 천현숙이 나왔다.

"제가 모시고 갈게요. 밖으로 나가서 가야 돼요."

천현숙은 남편의 말을 기다리지 않고 현관으로 나갔다. 광심이 냉큼 뒤따랐다. 천현숙은 남편을 신뢰하지 않았다. 천현숙은 고보경에게 전부 맡기는 척하며 자리를 피했지만 실은 광심과 고보경의 대화를 엿듣고 있었다. 광심은 밖으로 나가며 자신의 등을 쏘아보는 고보경의 따가운 시선을 느꼈다.

"오래된 집이라 구조가 좀 불편해요. 원래 세를 주기도 했었는데 영혜가 온 뒤로 리모델링을 해서 영혜 혼자 쓰게 했어요."

천현숙이 앞장서 걸으며 말했다.

두 사람은 옆으로 난 계단을 올라 2층으로 올라갔다. 2층에 올라가 문을 열자 바로 고영혜의 침실이 보였다.

"이쪽은 공부방이에요. 그림도 그리고요."

천현숙이 침실 맞은편 방을 가리켰다. 방과 방 사이 공간에는 2인용 소파와 티브이, 간단한 조리가 가능한 주방이 있었다. 굳이 1층에 갈 필요가 없을 정도로 독립된 공간이었다. 광심은 공간이 가족 간의 단절을 만들어낸 것인지 가족 간의 단절이 공간으로 나타난 것인지 궁금했다.

광심이 천현숙에게 말을 걸려는데, 벽면에 붙은 인터폰이 울렸다. 오래된 인터폰에서 고보경의 목소리가 새어나왔다.

"여보, 안내해드렸으면 잠깐 이리 와 봐요."

광심이 아내와 대화하는 것을 방해할 목적이었다면 더할 나위 없는 타이밍이었다. 천현숙이 초조한 얼굴로 광심을 돌아봤다. 광심은 천현숙의 불안이 그저 꿈자리가 사나워서가 아님을 알았다. 동료들에겐 늘 운이 좋았다고 말했지만 광심에겐 행동의 근거가 명확했다. 천현숙도 마찬가지였다. 천현숙의 두려움엔 이유가 있었고, 그 눈빛엔 광심과 두려움을 나누고 싶은 마음이 가득해 보였다.

"일단 내려가시죠."

광심이 말했다.

천현숙이 마지못해 고개를 끄덕이고 돌아갔다. 광심은 천현숙을 내려보내고 영혜의 침실로 들어갔다. 침실은 크기에 비해 공간이 너무 휑했다. 바닥에 누워 자는 스타일이었는지 침대조차 없었고, 가구라고는 이불이 들어 있는 옷장과 화장대가 전부였다. 옆에 있는 작업실도 다를 바 없었다. 책상과 방을 둘러싼 책장 말고는 아무것도 없었다. 광심은 책장을 살펴보다 책 한 권을 꺼내 들었다. 해환이 쓴 소설이었다. 수십만 부가 팔린 책이니 해환의 책이 거기 있는 것이 딱히 놀라운 일은 아니었다. 광심은 책을 살펴봤다. 책은 중고로 팔아도 좋은 가격을 받을 만큼 깨끗한 상태였다. 페이지를 넘겨보니 책 삼분의 일 정도 지점에 책갈피가 꺼있었다. 펼쳐진 페이지엔 밑줄이 그어져 있었다. 광심은 밑줄이 처진 문장을 휴대폰으로 찍었다. 그리고 원래 있던 자리에 책을 꼽아놓았다. 광심은 한 걸음 물러서 책장 전체를 뚫어져라 쳐다봤다. 해환의 책장처럼 비밀의 문이 열리고, 그 뒤에서 영혜가 나타날 리는 만무했다. 하지만 뭔가 위화감이 있었다. 광심은 찾는 책이라도 있는 사람처럼 다시 한 번 책장을 훑더니 갑자기 뒤를 돌아 방을 둘러보았다. 주인 말고도 이 방에서 사라진 것이 더 있었다.

6 경험자의 확신

　사람은 경험을 쌓으며 단단해진다. 경험은 어떤 상황을 만나도 흔들리지 않는 벽이 되어 마음을 지켜준다. 하지만 세월과 함께 건고함은 완고함으로 변질되기도 한다. 자신의 경험으로 만든 벽에 둘러싸이면 다른 사람의 목소리가 들리지 않는다.

　"어떻게 생각해?"

　옥호가 광심에게 의견을 구했다.

　옥호는 수많은 경험을 바탕으로 누구나 인정하는 최고의 형사가 됐다. 모두가 옥호가 하는 말을 경청했다. 하지만 옥호는 언제나 들을 줄 알았다.

　옥호는 은밀히 수사를 진행하기엔 너무 유명했고, 당장 방송 스케줄도 줄줄이 잡혀있었다. 광심이 수사를 맡아야만 하는 상황이었다. 옥호는 지시를 내리면 되는 위치였지만 광심에게 미안함과 고마움을 표현했다. 옥호는 유명해지기 전에도 노련한 형사였지만 세상에 이름을 알린 후에 더욱 겸손해졌다.

　"뭐든 좋으니 편하게 말해봐."

　옥호는 광심이 어려워한다고 생각했는지 재밌는 이야기라도 해달라는 아이처럼 졸랐다. 옥호와 광심은 고보경의 집을 나와 차를 타고 큰 길로 나섰다. 저녁시간이라 차가 제법 막혔다. 광심은 옥호의 질문보다 우측 뒤에 따라 붙은 흰색 쏘나타가 신경 쓰였다.

'0824'

광심은 쏘나타의 번호를 외웠다. 고보경의 집골목 어귀에 주차되어 있던 차였다. 국산차가 오히려 눈에 띄는 동네였다.

'고보경의 뒤를 캐는 기자일까?'

고보경의 정계 진출에 대한 소문이 퍼지면서 언론의 관심도 커지고 있었다. 고영혜가 정말로 사라졌다면, 그것도 범죄에 휘말려 실종되었다면, 분명 특종이었다.

'만에 하나 고보경이 고영혜의 실종에 연루되어 있다면.'

실종 사건이 벌어지면 가장 먼저 가족의 알리바이부터 체크해야 한다. 아직 뚜렷한 혐의점은 없었지만 고보경은 딸이 스스로 사라졌을 가능성을 외면하고 있었다.

'정계 진출을 앞두고 있기 때문이겠지. 고보경의 딸이 가출 같은 짓을 해서는 곤란하니까. 고보경은 화목한 가정을 가꾼 아버지여야만 하니까.'

"아직은 잘 모르겠습니다."

광심은 따라붙은 차의 존재도, 고보경에 대한 생각도 말하지 않았다. 아둔해 보일 필요도, 영민해 보일 필요도 없었다. 아버지는 광심이 보통 사람으로 살아가길 바랐다. 그것은 광심이 꿈꾸는 삶이기도 했다. 하지만 사건 속에 들어가면 광심은 자신을 억제하기 어려웠다. 자신이 남들보다 훨씬 빠르다는 것을 알게 된 아이는 누가 시키지 않아도 달리게 된다. 해환이 말했던 것처럼 광심의 타고난 기질은 일종의 재능이었다. 하지만 광심은 그런 재능을 원치 않았다.

"제가 맡아도 되는 걸까요? 정말 사건이라면 한시가 급한데요."

수사에서 빠지고 싶어 한 말만은 아니었다. 영혜의 실종은 자연스럽지 않았다. 나무가 사라진 산 같고, 물이 증발해버린 호수 같았다. 기이한 자연현상은 변덕스런 신의 장난처럼 보이지만 실은 인간의 욕망 때문에 일어나는 경우가 많았다.

"실종사건을 맡은 적도 있지 않나?"

"그렇긴 합니다만…."

광심이 말끝을 흐렸다.

옥호는 광심의 이력을 꿰고 있었다. 한바로 사건부터 시작해 처음부터 광심을 취재 대상으로 선정하고 조사한 것이 분명했다. 당연히 해환은 광심에 관한 모든 자료를 옥호에게 건네받았을 것이다.

"그 사건 말고도 활약이 대단했던데?"

"경감님께 그런 말씀을 들으니 민망하네요."

"내 명성은 다 주 작가 덕분이야."

옥호가 잘라 말했다. 단호한 말투였다.

"실화를 바탕으로 한 소설이잖아요. 경감님이 안 계셨으면 소설은 나오지도 못했을 텐데요."

옥호가 말없이 웃다가 백미러를 확인하더니 핸들을 틀었다. 옥호도 미행을 눈치 챈 것이다.

"기자들일까요?"

광심은 아무것도 몰랐다는 듯이 말했다.

"그렇겠지."

옥호가 능숙한 솜씨로 쏘나타를 따돌리고 광심의 집 앞에 차를 세웠다.

"인터뷰는 어땠어?"

옥호가 물었다.

광심은 어색하게 웃는 것이 가장 적당한 반응이라 생각했다. 하지만 굳어버린 얼굴이 좀처럼 펴지지 않았다.

해환과 대화하는 동안 광심은 평정심을 잃어버렸다. 광심은 해환이 작가가 아니라 옥호의 파트너인 경찰이란 생각까지 했다. 주해환 경찰설은 경찰들 사이에 떠도는 소문이기도 했다. 현장을 떠난 걸로 알려진 옥호가 비밀스런 파트너와 함께 미궁에 빠진 사건을 수사하고 있다는 내용이었다. 주해환이 쓴 소설은 사실상 두 사람이 함께 한 수사기록이라는 주장이었다. 옥호 같은 형사가 현장을 떠난다는 것은 커다란 손실처럼 느껴졌기에 은연중에 이런 소문을 믿고 싶어 하는 사람이 많았다. 옥호가 심각한 얼굴로 들이닥쳤을 때는 소문이 진짜인 줄만 알았다. 하지만 옥호는 광심의 손목에 수갑을 채우기는커녕 수사를 맡겼다. 비밀스런 파트너가 광심이란 것만 빼면 허무맹랑한 소문만은 아니었던 셈이다. 덕분에 소문의 실체를 파악했지만 광심은 긴장을 풀지 못했다. 해환이 경찰일지도 모른다는 생각은 착각이었지만 해환이 광심에게 했던 말들은 취재라기보다는 취조에 가까웠다. 해환은 자신을 알고 있는 것 같은데 광심은 해환이 어떤 인물인지 알 수가 없었다.

옥호가 다 안다는 듯 고개를 끄덕였다.

"그놈이 좀 불편하지? 오랫동안 사람을 만나보질 않아서 그래. 나는 오 경위가 그놈을 좀 도와주면 좋겠어."

"제가 도움이 될까 모르겠네요."

"무슨 소리야. 존재만으로도 도움이 되지."

옥호의 목소리가 갑자기 굵어진 빗소리처럼 커졌다. 옥호도 스스로 놀랐는지 다시 언성을 낮추고 차분히 이야기를 했다.

"그놈은 십 년 째 집안에 틀어박혀 있어. 얼굴 보고 대화를 나누는 사람이라곤 친형이랑 나뿐이고, 거기에 오 경위가 더해진 거야. 이 넓은 세상에 그놈을 아는 사람이 고작 세 명뿐이란 말이야. 자네가 그집에 가서 앉아 있는 것만 해도 엄청난 도움을 주고 있는 거야."

광심은 완도를 떠난 후에도 사람을 사귀질 못했다. 광심이 친구라고 부를만한 사람은 한 명뿐이었다. 대학 시절 내내 광심과 함께 학교 생활을 해준 친구였다. 아빠가 서울에 올라왔을 때, 광심은 친구와 함께 아빠를 만났다. 아빠는 친구의 손을 덥석 잡고, 고개를 숙여 인사를 했다. 아빠는 눈물이 글썽해서는 생명의 은인이라도 만난 것처럼 좀처럼 친구의 손을 놔주지 않았다.

"나는 그놈이 사람답게 살았으면 좋겠어."

옥호는 해환의 신작에 관심이 없었다. 취재는 핑계일 뿐, 옥호는 광심이 해환의 친구가 되어주길 바란 것이다.

'하지만 어쩌나. 차라리 사이코패스에 대한 취재라면 도움을 줄 수도 있겠지만 사람답게 사는 데에는 아무런 도움도 안 될 텐데.'

어차피 해줄 수 없는 일. 게다가 도무지 모르겠는 해환의 꿍꿍이를 생각해보면 단칼에 관계를 끊어야 했다. 하지만 언어 신경이 마비된 것처럼 광심의 입에선 마땅히 뱉어야 할 거절의 말이 나오지 않았다. 대신 옥호가 해준 말만이 광심의 머릿속을 맴돌았다.

'존재만으로 도움이 된다.'

광심은 아빠와 동생의 얼굴을 떠올렸다. 가족에게조차 존재만으로 근심이 된 삶이었다. 광심이 자신이 누군가에게 도움이 될 것이란 생각을 해본 적이 없었다.

'얼굴을 마주하는 것만으로 도움이 된다면 한 번은 더 봐도 좋지 않을까.'

"그놈을 도와주면 오 경위가 도움을 받을 날이 있을지도 몰라."

광심이 고민하는 것처럼 보였는지 옥호가 급히 덧붙였다. 쇼 호스트가 흔들리는 시청자를 붙잡으려 사은품을 내놓은 것 같았다.

'남는 장사야. 그냥 지르라고.'

얼핏 솔깃한 소리였지만 대부분의 사은품처럼 매력이 없었다. 옥호는 대한민국에서 가장 유명한 경찰이지만 조직 내에서 옥호가 가진 힘은 대단하지 않았다. 정치력으로 지금의 위치에 올라선 것도 아니고, 정년이 얼마 남지도 않았다. 게다가 광심은 욕심도 없었다. 그저 조용히 지내고 싶을 뿐인 광심에게 옥호의 제안은 아무런 도움도 되지 못했다. 하지만 이어진 옥호의 말은 예상하지 못한 것이었다.

"아, 내가 자넬 돕는다는 건 아니야. 뒷방 늙은이가 무슨 힘이 있나."

"무슨 말씀이신지…."

"자네가 그놈을 도우면 그놈도 자네를 도울 수 있다, 그런 말이야."

옥호가 빙긋이 웃었다. 제대로 써본 적도 없는 제품을 극찬하며 소개하는 쇼 호스트의 미소가 아니었다. 옥호의 미소엔 직접 경험해본 사람만이 가진 확신이 가득했다.

7 미스터리(Mystery)

대중은 해환이 누구인지 궁금해했다. 옥호에게 잡힌 범죄자가 교도소에서 글을 쓴다는 주장도 있었고, 명망 높은 노 작가가 필명으로 발표한 작품이라는 말도 있었다. 주해환 경찰설에서 한 발 더 나아가 옥호가 해환이라는 소문까지 돌아다녔다. 소문의 숲을 헤매다 지친 사람들은 해환에게 화살을 돌렸다. 해환은 한 일간지를 통해 발표된 서면 인터뷰에서 철 지난 신비주의라는 비난을 반박했다.

'애초에 작가의 삶은 신비와 거리가 멉니다. 여러분과 다를 것이 없어요. 작가는 글을 쓰는 직업을 가진 사람일 뿐입니다. 오히려 신비주의를 조장하는 쪽은 미디어죠. 여러분이 작가라는 단어를 들으면 떠오르는 이미지는 어디서 온 겁니까? 영화나 드라마, 방송을 통해서 묘사되는 작가의 모습 아닌가요? 그게 진짜일까요? 저는 그런 모습이야말로 신비주의라는 필터를 거쳐 만들어진 이미지라고 생각합니다. 저는 좋은 미스터리 소설을 쓰고 싶을 뿐, 저 자신을 미스터리한 존재로 포장하고 싶은 생각은 추호도 없습니다.'

사람들은 대체로 작가란 족속을 태생부터 다른 존재로 여긴다. 흡혈귀도 아닌데 항상 밤에 깨어 있고, 술과 담배를 달고 지내며, 피폐한 육신 안에 예민한 영혼을 가두고 살 것만 같다. 물론 밤에 글을 쓰는 작가는 얼마든지 있고, 술과 담배를 즐기며, 몸을 챙기지 않다가 요절하는 작가도 있다. 하지만 밤에만 글을 써야 할 이유는 없다. 술과 담배를 멀리하고, 매일 꾸준히 운동을 한다고 글이 써지지 않는 것도 아니다. 그저 선택일 뿐이다.

해환은 낮을 선택했다. 해환의 인생을 송두리째 바꾼 불을 만난 후로 해환은 오랫동안 밤을 상실해야 했다. 고통과 고통 사이에 기절하듯 쓰러진 것이 해환에겐 잠이었다. 해환은 겨우내 봄을 기다리는 사람처럼 잃어버린 밤을 되찾길 소망했고, 다시 찾은 밤을 다른 무엇에도 빼앗기고 싶지 않았다. 해환은 밤 11시에 잠자리에 들었다. 너무 늦게 일어나지 않게 알람을 맞춰놓았지만 보통은 방 안으로 들어오는 햇빛을 받으며 자연스레 깨어났다. 해환은 아침에 직장인이 출근을 준비하듯 씻고, 옷을 갈아입었다. 해환은 사적인 공간과 일하는 공간을 철저하게 분리했다. 책장 안쪽에선 편한 옷차림으로 지냈지만 글을 쓸 때만큼은 손님을 맞을 때처럼 옷을 갖춰 입었다. 해환은 옷을 갈아입으며 '이제 글을 쓰러 간다'라고 스스로 다짐하듯 속삭였다. 8시가 되면 해환은 책장의 문을 열고 주방에 나와 식사를 했다. 식사를 마친 후엔 설거지를 하고, 냉장고에서 차를 꺼내 마셨다. 해환은 9시부터 식탁에 앉아 정오가 되기까지 글을 썼다. 진도가 나가지 않아도 해환은 점심시간이 되면 글쓰기를 멈췄다. 점심을 먹고 난 후에는 책장 안으로 들어가 책을 읽거나, 소설 작업에 필요한 자료를 조사했다. 그리고 일주일에 한두 번은 형이나 옥호를 만났다.

저녁 식사 후엔 항상 운동을 했다. 해환은 글쓰기만큼이나 운동을 중요하게 여겼다. 글은 주방에서 쓰면서도 운동만을 위한 방을 따로 마련했을 정도다. 바닥에는 매트가 깔려 있고, 벽면에는 운동을 하면서 자세를 체크할 수 있도록 거울이 붙어 있었다. 스쿼트랙과 로잉머신, 다양한 무게의 케틀벨, 실내용 철봉과 자전거도 구비되어 있었다. 해환은 사고 후에 피부이식 수술만 열두 번을 받았다. 70킬로그램이 넘던 몸무게는 48킬로그램까지 빠졌다. 이식한 피부는 오그라드는 성질이 있어 자꾸만 몸을 잡아당겼다. 오그라드는 피부를 따라 고개가 돌아가고, 척추가 휘어질 정도였다. 운동을 게을리 하면 관절과 근육이 돌아간 상태로 굳어버린다. 해환은 살기 위해서 운동을 했다. 형은 악마 같은 조교가 되어 포기하려는 해환에게 '한 번 더'를 수없이 외쳤다. 스트레칭만으로 생살이 찢어지는 고통을 느꼈지만 해환은 매일 비명을 지르면서도 운동을 멈추지 않았다. 서서히 고통에 익숙해지며 비명은 줄어들었고, 운동이 가져다 준 변화가 몸에 나타났다. 해환은 특히 다리와 손을 심하게 다쳐 처음엔 혼자 일어서지도 못했다. 하지만 지금은 옷만 입혀놓으면 건강한 사람처럼 보였다. 여전히 아침이 되면 몸이 굳었지만 이미 습관으로 자리를 잡은 운동은 내일도 일어날 수 있다는 자신감을 심어주었다.

해환은 운동이 끝나면 휴식을 취하다 잠자리에 들었다. 잠들기 전 두 시간 동안은 휴대폰을 포함해 어떤 전자 기기도 만지지 않았다. 하루의 시작부터 끝까지 형이 '초원'이라고 이름 붙인 요크셔테리어가 해환과 함께 했다. 해환은 운동선수가 루틴을 지키는 것처럼 매일 같은 생활 패턴을 고수했다.

오늘도 어제와 똑같은 하루였다. 햇살을 받으며 일어나, 정해진 시간 동안 글을 썼다. 점심을 먹고, 책장 안으로 들어갔다가 오후 3시에 거실로 나와 옥호를 만났다. 평소와 다른 점이라곤 옥호가 동행을 데리고 왔다는 것뿐이었다.

그로부터 12시간이 지난 새벽 3시, 해환은 침대가 아닌 운전석에 앉아 있었다. 도무지 잠이 오지 않았다. 가끔 잠을 설치는 날이 있었다. 지나치게 생각이 많거나 여전히 해환을 괴롭히는 화상의 후유증이 찾아올 때면 해환은 잠자기를 포기하고 드라이브를 했다. 예전엔 아파트 밖으로 나가 텅 빈 도로를 달렸지만 옥호에게 따라붙은 기자들이 에메랄드 캐슬을 주시한다는 정보를 듣고부터 단지를 벗어나지 않았다. 에메랄드 캐슬은 주차장만 해도 규모가 어마어마했다. 그래봐야 낼 수 있는 속도는 뻔했지만 해환은 속도에 관심이 없었다. 해환은 날렵한 스포츠카보다는 험로를 헤치고 나가는 오프로드 차량을 좋아했다. 벤츠G클래스. 60도 경사의 언덕을 오르고, 60cm 깊이의 물속을 달리는 차였다. 해환은 이 슈퍼카로 주차장 과속방지턱이나 넘어 다녔다.

해환이 시동을 끄고, 조수석에 놓인 서류더미를 집었다. 광심의 인사 자료와 그동안 맡았던 사건 파일이었다. 광심을 만나고 12시간이 지났지만 해환의 머릿속엔 온통 광심 생각뿐이었다.

해환이 사건 파일을 넘겨보았다. 첫 페이지에 한바로 사건을 다룬 자료들이 나타났다. 경찰 내부 자료는 옥호를 통해 입수했고, 해환이 고용한 프리랜서 편집자가 직접 완도를 다니며 조사한 자료를 덧붙였다. '필립'이라는 이국적인 이름을 가진 편집자는 해환이 밖을 나다니지 못하기에 원고 편집뿐 아니라 자료 조사까지 도왔지만 불만을 내비치지 않았다. 금전적인 보상도 충분했지만 해환과 일하는 것에 만족했기 때문이다. 그건 해환도 마찬가지였다. 필립은 해환의 소설을 잘 이해했고, 불필요한 말은 한 마디도 하지 않는 성격이었다. 얼굴

없는 작가인 해환에게 딱 맞는 파트너였다.

해환은 필립이 재구성한 그날의 동선을 머릿속으로 그려봤다. 광심은 저녁 시간이 되어도 동생이 돌아오지 않자 밖으로 나갔다. 광심이 처음에 들렀던 곳은 옆집 금씨네였다. 금씨는 광심의 아버지가 완도에 가서 처음으로 사귄 이웃이었다. 딱 봐도 허풍이 세고, 진실해 보이진 않았지만 완도에 정착하는데 꽤나 도움을 준 사람이었다. 당시, 광심의 어머니는 암으로 투병 중이었고, 아버지는 어머니를 돌보느라 광주의 대학병원에 있는 시간이 많았다. 아버지는 금씨에게 돈을 쥐어주고 남매를 챙겨주길 부탁했다. 광심은 옆집에 동생이 없다는 것을 확인하고 바로 동네 슈퍼로 향했다. 광심은 슈퍼에 도착하자마자 '동생이 낯선 남자와 함께 오지 않았느냐'고 물었다. 주인은 텔레비전에 시선을 고정하고 파리를 쫓아내듯 손을 휘적거렸다. 지금은 말을 섞을 기분이 아니니 사라지란 몸짓이었다. 주인은 새벽부터 내린 비 때문에 축제 기간인데도 매상이 시원치 않아 짜증이 났다. 하지만 주인은 곧 놀란 눈으로 광심을 돌아보았다. 광심이 텔레비전 코드를 뽑아버렸기 때문이다.

지금은 편의점으로 간판을 바꿔달고 아들에게 가게를 물려줬지만 당시 슈퍼 주인이었던 노인은 광심과 마주한 순간을 또렷하게 기억했다.

- 째깐한 년이 눈에 살기가 무장 찼드라니까 사람 눈이 아니어 사람 눈이. 독기가 한나 찬 것이.

광심은 질문을 바꿔 다시 물었다. 초콜릿이 발라진 비스킷, 하얀 우유, 콜라와 얼음알갱이로 만들어진 아이스크림을 사간 남자가 없었냐고. 주인은 잠시 생각하더니 손뼉을 치며 남자의 얼굴을 떠올렸다. 동생은 종종 초콜릿이 발라진 비스킷과 우유로 끼니를 때웠고, 얼음알

갱이가 든 아이스크림에 콜라를 부어먹는 것을 좋아 했다.

당시엔 휴대폰이 아닌 호출기로 연락을 주고받던 시대였고, 그마저 사용하지 않는 사람도 많았다. 아버지는 병원을 다니며 의사들이 차고 다니는 호출기를 유심히 살폈고, 남매를 위해 긴급연락용으로 호출기를 마련했다. 광심은 텔레비전 옆에 있던 전화기를 집어 아버지에게 음성메시지를 남겼다. 어떤 남자가 동생을 주도에 데려간 것 같고, 자신이 가서 확인해 보겠다는 내용이었다.

'정황상 동생이 한바로와 함께 있다는 것은 추측할 수 있었겠지만 주도에 데려간 것은 어떻게 알았을까.'

면접 기록에도 남아있는 질문이었다. 광심은 동생이 주도에 함께 가주면 안 되냐는 말을 자주 했었다고 답했다. 동생은 귀여운 외모에 항상 웃는 얼굴이었다. 덕분에 어른들에게 사랑을 많이 받았지만 또래 남자 아이들에겐 무시를 받기 일쑤였다. 동생은 주도에 다녀와 바다의 왕으로 인정받으면 아무도 자신을 무시하지 않을 거라고 생각했다.

광심은 전화기를 내려놓고 바로 항구로 뛰어갔다. 광심은 항구에 도착하자마자 공용뗏목을 찾아다녔다. 공용뗏목은 레일 위를 오가는 기차처럼 정박된 배 사이를 오가는 데만 사용하도록 줄로 고정되어 있다. 하지만 성인 남자라면 충분히 떼어낼 수 있다. 항구에 있던 공용뗏목은 다섯 개, 광심은 그 중 하나가 없어진 것을 확인했다. 동생이 주도에 있다고 확신한 순간이었다. 광심은 바다에 뛰어 들었다.

해환은 곧 태풍이 닥칠 바다를 헤엄쳐가는 광심을 상상해봤다. 열세 살의 소녀가 아니라 지금의 광심이라 해도 쉽지 않은 판단과 행동이었다. 광심이 하나라도 잘못된 판단을 내렸거나 조금이라도 주저했다면 동생은 죽었을지도 몰랐다. 하지만 광심은 전투준비태세가 갖춰진 군인처럼 신속하고 정확하게 대응했다. 광심은 운이 좋았다고 말했지만 어리바리하던 이병이 능숙한 병장이 되려면 그만큼의 시간과 반복된 훈련이 필요하다. 해환은 운을 믿지 않았다. 한바로는 초등학생이었던 광심과 별 차이가 없을 정도로 왜소한 체격이었지만 건설현장에서 단련된 육체를 갖고 있었다. 그리고 다섯 아이의 목숨을 빼앗은 살인자였다. 한바로가 방심을 했다고 해도 열세 살짜리 아이가 한바로를 제압해낼 확률이 얼마나 될까. 하지만 광심은 일격에 한바로의 아킬레스건을 끊었다. 과장된 이야기 같지만 분명 기록이 남아 있었고, 당시 현장에 출동했던 해양구조대 대원을 포함해 증인도 여럿이었다. 해환은 믿기 어렵다고 의심하기보다는 어떻게 그런 일이 가능했을지 생각해보았다. AK소총을 든 아이들의 사진이 떠올랐다. 아프리카 내전 지역이나 남미 슬럼가의 아이들은 연필 대신 총을 들고 자라난다. 폭력이 곧 법인 땅에서 아이들은 무법자로 성장하는 법이다. 무법 지대에서 상대가 아이라고 얕봤다가는 목숨을 부지하기 어렵다. 하지만 광심이 태어난 곳은 경찰조차 총을 기피하는 대한민국이다.

'대체 열세 살짜리 아이가 이 정도의 경계심과 공격성을 갖게 된 이유가 뭘까.'

광심의 '준비된 공격성'은 경찰이 되고 난 후에도 여러 차례 드러났다. 테이저건이 보급되면서 그렇잖아도 총기 사용에 부담이 있던 경찰들은 대부분 권총을 내려놓았다. 하지만 광심은 사비를 들여서 개인 훈련까지 할 정도로 총기 사용을 고집했다. 그리고 한 사람이 광심의 총에 맞아 죽었다.

해환이 중간을 건너 뛰어 자료의 제일 뒤편을 펼치자 당시 사건 현장이 담긴 사진이 보였다. 보고서에 따르면 범인은 무릎을 꿇은 상태에서 얼굴에 총격을 맞고 사망했다. 광심은 용의자가 권총을 빼앗아 광심을 향해 한 발을 쏜 후, 자살을 했다고 주장했다. 광심의 증언은 구체적이었고, 총탄의 발사각도 광심의 증언과 일치했다. 하지만 해환은 납득이 되질 않았다.

'광심은 고작 열세 살 때 몰래 칼을 숨기고 접근해 연쇄살인범을 제압했다. 그런 광심이 자살할 정도로 패닉에 빠진 사람에게 그리 쉽게 총을 빼앗겼을까?'

해환은 기록에 나와 있지 않은 질문을 품고, 밤새도록 씨름을 했다. 하지만 미스터리는 좀처럼 풀리지 않았다.

8 감정의 온도

"네, 괜찮아요. 아빠."

광심의 아버지는 딸이 완도를 떠난 후 매주 한 번씩 전화를 걸었다. 바빠서 통화를 못할 상황이면 문자를 남겼다. 전화건 문자건 아버지가 하는 말은 소소했다.

홍보단은 어떠냐?
거기도 많이 바쁜가?
밥은 챙겨 먹고 다녀.
나는 잘 있다.

광심은 어려서부터 감정 표현이 적었다. 아이답지 않게 무엇을 요구하지도 않았다. 아버지는 광심이 아픈 엄마 때문에 일찍 철이 들었다고 생각했다. 아버지는 어른스러운 광심을 믿었고, 집을 비울 때마다 동생을 잘 챙기라고 말했다. 고속버스 안에서 광심의 호출을 확인한 아버지는 터미널에 도착하자마자 공중전화로 뛰어갔다. 집이 멀지 않는데도 즉시 메시지를 확인한 이유는 호출기를 마련한 후로 광심이 보낸 첫 번째 메시지였기 때문이다. 광심은 결코 호들갑을 떠는 아이가 아니었고, 웬만한 문제는 다 자신이 알아서 해결했다. 동네에서 골목대장 노릇을 하던 녀석이 동생을 괴롭혔을 때에도 광심은 아버지를 부르는 대신 녀석의 손등에 뾰족한 연필을 박아 넣었다. 덕분에 학교에 불려갔지만 아버지는 광심을 혼내기보다는 앞으론 무슨 일이 생기면 꼭 연락을 하라고 가르쳤다.

"뭐?"

아버지는 녹음된 광심의 목소리를 들으며 통화를 하는 것처럼 되물었다. 터미널에서 주도 앞 항구까지는 차로 5분 정도 거리였다. 아버지는 택시를 잡아타고 항구에 도착해 곧바로 해양 구조대가 사무실로 쓰는 컨테이너 박스를 찾아갔다. 해양 구조대는 해병대 전역자로 이뤄진 민간 구조대였지만 동력 보트를 보유하고 있었다. 말썽꾸러기 녀석들이 주도에 들어가는 일은 꽤나 흔한 사건이었다. 아버지의 말을 듣고 구조대원 두 사람이 함께 보트에 올랐다. 보트는 순식간에 아버지를 주도로 데려다주었다. 완도가 생일케이크라면 주도는 컵케이크 정도의 크기였다. 수색할 곳은 빤했다. 아버지와 구조대원들은 보트로 외곽을 돌아본 후 주도에 상륙했다. 그리고 곧바로 주도 정상에 있는 제사터 쪽으로 올라갔다. 구조대원들의 랜턴에서 불빛이 뿜어져 나왔고, 아이들의 이름을 부르는 아버지의 목소리가 자그만 섬에 울려 퍼졌다.

'여기요! 살려주세요!'

아버지의 부름에 응답한 사람은 광심이 아니었다. 어떤 남자가 자신을 살려달라고 울부짖었다. 구조대원과 아버지는 남자의 목소리가 들린 곳으로 올라갔다. 제사터에 다다르자 한쪽 구석에서 수면제를 먹고 잠든 막내 광복이 보였다. 구조대원들이 급히 광복을 안아들었다. 하지만 아버지는 아들에게 가지 못했다. 믿지 못할 광경이 눈앞에 펼쳐졌기 때문이다. 광심이 한 남자의 목에 칼을 대고 있었다. 남자의 얼굴은 땀과 눈물로 가득했고, 무릎을 꿇고 있는 남자의 다리 주변엔 피가 그득했다.

'사…살려주세요!'

남자는 광심의 아버지가 자신을 구출하러 온 사람인 것처럼 애원했다. 아버지는 감히 딸의 이름을 부르지도 못했다. 구조대원이 앞으로 나서 광심에게 칼을 치워줄 것을 부탁했다. 광심은 순순히 칼을 거두고 뒤로 물러섰다. 위협에서 벗어나자 남자는 아픈 다리를 끌고, 미친 사람처럼 기어갔다. 광심은 무표정한 얼굴로 그 모습을 지켜보았다.

한바로의 정체가 밝혀지자 취재 요청이 쏟아졌다. 집 앞에 진을 친 기자들은 아버지에게 주도에서 딸을 만났을 때의 소감을 물었다. 하지만 아버지는 그날의 광경을 어떤 말로도 설명할 수가 없었다. 아버지는 설명되지 않는 딸의 존재가 두려웠다. 아버지는 모든 취재 요청을 거절하고 광심을 꽁꽁 숨겼다. 그리고 군 시절 알고 지냈던 해군 출신의 교수를 찾아갔다. 교수는 심리학자이자 언어학인 상담 전문가였다. 베트남전에서 돌아와 후유증에 시달리던 아버지를 도와주었던 사람이기도 했다. 교수가 광심과 면담을 하는 동안, 아버지는 아내의 검사결과를 기다렸던 때처럼 초조한 마음으로 대기실을 서성였다. 아무 일도 아니라는 말을 듣고 싶었지만, 의사는 아내의 암이 재발했고, 더는 손 쓸 도리가 없다고 말했다.

'당신 딸은 망가졌습니다. 당신이 전장에서 봐온 사람들처럼요, 훌륭한 군인이 되기 위해서가 아니라 사람을 죽이고 싶어 전쟁터에 나온 사람들처럼 말입니다. 결코 이 사회에 섞일 수 없고, 섞여서도 안되는 그런 존재입니다. 그러니 포기하십시오.'

아버지는 교수가 나와 이렇게 말할 것 같았다. 하지만 교수는 단 한 문장으로 길었던 아버지의 두려움을 몰아냈다.

"광심이는 감정의 온도가 조금 낮네요."

말이 사람을 살리기도, 죽이기도 한다. 교수의 사려 깊은 표현 덕분에 광심은 설명되지 않는 두려운 존재에서 따뜻한 사랑이 필요한 딸의 자리로 되돌아갔다.

그해 가을, 아내가 숨을 거두자 아버지는 배를 타는 일을 관두고, 새집을 사서 이사를 했다. 일제강점기에 지어진 2층짜리 목조 건물이었다. 최초의 집주인이었던 일본인은 해방과 함께 도망쳤고, 그 후로 여러 주인의 손을 거쳐 마침내 광심 가족의 집이 되었다. 공간이 넓지는 않았지만 제법 공을 들여 만든 집은 오랜 세월이 흘렀는데도 튼튼했다. 아버지는 1층을 가게 공간으로 만들어 전파사를 차렸다. 광심, 광복과 함께 시간을 보내기 위해서였다. 한바로가 말한 것처럼 아이들을 학대한 적은 없었지만 아이들의 곁을 지켜주지 못한 것은 사실이었다. 아버지는 가능하면 아이들과 많은 시간을 보내기로 결심했다. 예전이었다면 배를 타러 나갈 시간에 아버지는 교회에 나가 아이들을 위해 기도를 했다. 그리고 끼니때마다 따뜻한 밥을 해서 먹였다. 거기에 감정의 온도가 낮은 딸을 위해서 약을 구해다 먹였다. 교수가 처방해준 약은 책이었다.

"선을 그어주는 작업입니다. 선악과 이야기 아시죠? 창조주는 아담과 하와에게 에덴동산의 다른 과실은 다 먹되 오직 선악과는 건드리지 말라고 합니다. 아담과 하와가 넘어선 안 되는 선을 그은 것이죠. 하지만 두 사람은 뱀의 꼬임에 빠져 선을 넘고 맙니다. 타락의 시작이죠. 우리는 화가 난다고 다른 사람을 연필로 찔러서는 안 된다는 것을 알고 있어요. 그것은 선을 넘는 행동이죠. 하지만 광심이는 선이 흐릿해요. 선을 분명히 그어줄 필요가 있습니다. 그렇다고 자, 여기가 선이니까 넘어가지 마, 라고만 해선 안 됩니다. 왜 이런 행동을 하면 안 되는지 인내심을 갖고 전해줘야 해요. 금방 이해하지 못해도 아버지가 자신을 사랑한다는 것만큼은 분명히 알게 해줘야 합니다. 그게 가장 중요합니다. 자신이 사랑받고 있다는 것을 아는 아이는 잘못되지 않습니다."

교수가 책장에서 책을 꺼내주었다. C. S. 루이스가 쓴 '나니아 연대기'였다.

"좋은 책은 세월이 흘러도 변치 않는 가치를 품고 있지요. 혼란스런 세상에서 중심을 잡게 해줍니다. 다른 사람의 마음을 헤아리는 데도 도움이 될 거고요. 지금 광심이 나이에 읽기 괜찮은 책입니다. 선물로 드리죠."

버스를 타고 집으로 돌아가는 길, 광심은 옆 좌석에서 한 마디 말도 하지 않고 책을 읽었다. 아버지는 책을 읽는 광심을 보며 그 책의 문장마다 찍혀있는 마침표들이 모여 광심의 마음을 지켜주는 선이 되길 기도했다.

광심은 다행히 책 읽기를 좋아했다. 광심이 커감에 따라 교수가 권하는 책의 종류도 다양해졌다. 광심은 중학교를 졸업하며 톨킨이 쓴 반지의 제왕과 체스터턴이 쓴 추리소설 시리즈를 완독했고, 고등학교에 올라가선 도스토예프스키 전집과 톨스토이 전집을 읽었다. 광심은 책 속의 세계에서 가상의 인물들과 만나며 현실 세계의 사람들과 어울려 살아가는 법을 배웠다. 성격이 안정되면서 성적이 올라갔고, 여전히 친구는 잘 사귀지 못했지만 다른 사람을 공격하는 일은 없어졌다. 고등학교에선 학교 대표로 전라남도 백일장 대회에 출전해 입상을 하기도 했다. 광심은 좋은 책들과 함께 질풍노도의 시기를 무사히 지나가는 것 같았다. 하지만 아버지의 마음속에선 불안이 사라지지 않았다.

'지금은 태풍의 눈 속에 있는 시간이 아닐까. 이곳을 벗어나면 평안이 깨지지 않을까.'

광심이 대학에 합격해 완도를 떠나던 날, 아버지는 거친 바다를 두려운 눈빛으로 바라보았다. 반면 광심은 완도를 벗어난다는 것만으로 기쁨을 감추지 못했다. 하지만 대학 생활은 광심의 기대와는 전혀 달랐다.

"네, 아빠, 이제 가야 돼요."

광심은 고영혜가 다니는 대학에 들어서며 전화를 끊었다. 광심은 대학 입학식장에서 부모와 함께 사진을 찍었던 고영혜를 떠올렸다.

'고영혜에게 대학은 어떤 곳이었을까. 고영혜는 이곳에서 누구를 만났고, 어떤 일들을 겪었을까.'

광심이 언덕을 올라 미대 건물로 향했다. 태풍이 지나간 하늘은 맑고 푸르렀지만 땅에선 열기가 올라왔다. 새로 지은 건물 뒤편에 그늘이 진 오래된 건물이 보였다. 미대 담벼락답게 입구로 향하는 벽면에는 그라피티가 가득했다. 광심이 건물 안으로 들어섰다. 방학 중인데다 시간이 일러서인지 사람이 보이지 않았다. 광심은 주위를 둘러보며 천천히 걸었다. 갑자기 코너에서 검은 덩어리가 튀어나왔다. 광심은 민첩하게 몸을 피했지만 어깨가 살짝 부딪혔다. 검은 군복 바지에 손등을 덮는 길이의 검은 티셔츠, 얼굴을 반쯤 가린 흑발, 보기만 해도 더워지는 남자였다. 검은 남자는 미안하다는 말도 없이 계단을 올라갔다. 무례하다기보다는 무언가에 몰두해 광심을 인식하지 못한 것 같았다. 광심이 검은 남자를 뒤따랐다. 남자는 키가 훌쩍 컸고, 몸은 비쩍 말랐다. 옷을 입었다기보다는 걸쳤다는 표현이 어울릴 정도였다. 허수아비가 비틀거리며 걷는 것 같았다. 검은 남자가 문이 열린 방 안으로 들어갔다. 그곳은 고영혜가 다니는 서양화과의 과방이었다. 광심이 과방 안으로 들어갔다. 일부러 멋이라도 부린 것처럼 다양한 색의 물감이 바닥과 벽에 흩뿌려져 있었다. 어디서 끌어왔는지 모두들 다양한 물품으로 파티션을 만들어 작업 공간을 확보했다. 아예 과방에서 생활을 하는 학생도 여럿이었다. 간이침대에 엎어진 남학생 밑에는 라면 냄비와 버너가 보였고, 그 옆에 빈 소주병이 누워있었다. 반대편의 낡은 소파엔 여학생이 너부러져 있었고, 그 앞에는 몇 개의 캔 맥주가 구겨져 있었다. 검은 남자는 창가 반대편 구석에 펼쳐진 검은 천막 안으로 사라졌다. 뱀이 뱀을 잡아먹는 것처럼 어둠이 어둠을 삼키는 것 같은 장면이었다.

혹시나 해서 파티션 사이를 다녀봤지만 딱히 말을 걸 만한 사람은 보이지 않았다. 광심은 예나 지금이나 해야 할 행동이 정해지면 주저하지 않았다. 광심이 천막에 다가가 검은 남자를 불러내려 했다.

그때, 누군가 뒤에서 광심을 불렀다.

"저기요."

광심이 돌아보자 한 여학생이 천막을 가리키며 말했다.

"아는 사이세요?"

광심이 '아니요'라고 말하며 고개를 젓는 찰나, 여학생은 수갑을 채우는 것처럼 광심의 손목을 잡고 밖으로 나갔다. 광심은 영문을 몰랐지만 순순히 여학생을 따랐다. 여학생은 복도 계단까지 가서야 광심을 놔줬다.

"제가 구해드린 거예요."

여학생이 의기양양하게 말했다.

황당한 행동이었지만 기분 나쁘게 느껴지진 않았다. 광심이 웃으며 물었다.

"뭐로부터요?"

"눈이 썩을 위기로부터요."

"어떤 남학생이 들어가던데요. 여기 학생 아닌가요?"

"변태예요. 그것도 완전 개또라이 상변태."

여학생은 생각만 해도 진저리가 난다는 듯 온몸을 부르르 떨었다.

"뭘 어쨌길래요?"

"미친놈이 그 안에서 다 벗고 그림을 그리잖아요."

여학생은 주변을 돌아보더니 한 걸음 더 다가와 속삭였다.

"지가 그린 그림을 보면서 자위를 한대요."

"직접 보신 건가요?"

광심의 질문에 여학생은 슬쩍 뒤로 물러섰다.

"친구가요. 진짜예요. 걔 충격 받아서 그 후로 학교도 안 나오잖아요."

"혹시 그 친구가 고영혜 씨는 아니죠?"

낯선 사람 손목을 끌고 와선 십년지기 친구에게 말하듯 조잘대던 여학생은 같은 과 학생의 이름을 듣자 경계심을 드러냈다.

"근데 누구세요? 어떻게 오셨어요?"

광심이 경찰 신분증을 내보였다. 고보경의 입장을 생각해서 비밀 수사를 하고 있지만 광심에게는 고보경보다 고영혜가 중요했다. 실종 사건은 48시간이 지나면 실종된 사람을 찾을 확률이 급격히 떨어진다. 정체를 숨기고 둘러댈 시간에 질문 하나라도 더하는 편이 나았다. 물론 전부 다 솔직히 말할 필요는 없었다.

"맡고 있는 사건 때문에 고영혜 씨한테 물어볼 게 있는데 연락이 안 돼서요. 혹시 어디 계신지 모르나요? 아니면 알만한 친구라도…."

"영혜랑은 별로 안 친해서요. 제가 알기론 딱히 친한 사람도 없어요."

"한 명도요?"

"네, 수업만 듣지. 우리랑은 어울리질 않아서요."

여학생은 여기까지 말하고 다이어트를 결심한 사람처럼 입을 다물었다. 하지만 남의 말을 하는 것은 별미를 즐기는 것과 같다고 했던가. 여학생은 달콤한 뒷담화의 유혹을 이기지 못하고 결국 입을 열었다.

"과방보다는 교수님 방을 자주 들락거리죠."

"교수님 방이요?"

"네, 그것 때문에 오신 거 아니에요?"

"무슨 말씀이신지?"

"성추행 사건…아니에요?"

"……."

여학생은 광심의 침묵을 통해 자신이 뱉은 말의 무게를 알아챘다. 영혼의 저울 위에 올라선 그녀의 낯빛이 급격히 어두워졌다.

9 지옥에 어울리는 얼굴

　재활치료실의 에어컨이 시원한 바람을 내뿜었다. 하지만 환자들의 이마엔 땀방울이 흘렀다. 여기저기서 신음소리가 터져 나왔다. 전형수가 허리까지 오는 평행봉을 붙잡고 비틀거리며 걸었다. 바를 붙잡은 양팔에 힘줄이 튀어나왔다. 광심은 통유리로 된 벽 너머에서 고작 걷기 위해 땀을 쏟는 전형수를 지켜봤다. 전형수가 마지막 걸음을 힘겹게 내딛고 휠체어에 앉았다. 광심이 숨을 몰아쉬는 전형수에게 다가가 음료를 내밀었다. 전형수는 음료를 받는 대신 질문을 던졌다.

　"누구십니까?"

　광심이 말없이 경찰신분증을 보여주었다.

　"그 미친년이 고소라도 했습니까?"

　한때는 존경받던 교수의 입에서 거침없이 상스런 소리가 튀어나왔다.

　전형수는 바닥을 모르고 산 인물이었다. 태어나 보니 부모가 부자였고, 교양도 있었다. 대대로 예술가를 배출해온 집안의 영향 때문에 전형수는 자연스럽게 미술학도가 됐다. 재능에 성실함이 더해지고, 부모의 뒷받침까지 든든하니 일이 술술 풀렸다. 전형수는 명문대 서양화과에 수석으로 입학했고, 같은 과에서 아내가 될 여자를 만났다. 졸업 후엔 양가의 축복 속에서 결혼을 했고, 아내와 함께 유학을 떠났다. 유학 후에는 모교로 돌아와 교수가 되었다. 잘 세공된 유리구슬이

평평한 대로를 굴러가는 것 같았다. 동료 교수나 학생들의 평가도 칭찬 일색이었다. 전형수는 무시당하기 일쑤인 시간강사에게도 친절했고, 어린 제자들도 함부로 대하지 않았다. 전형수에겐 품격이 있었다. 전형수를 아는 사람이라면 누구나 그를 좋은 사람이라고 기억했고, 지금까지 살아온 것과 마찬가지로 전형수의 앞날도 평탄할 거라고 생각했다. 전형수 자신도 마찬가지였다. 고영혜가 교수 연구실로 들어왔던 순간에도 전형수는 자신의 미래를 의심하지 않았다. 그날, 전형수는 의자에서 일어나 반갑게 고영혜를 맞았다.

"교수님."

광심이 다급히 불렀지만 전형수는 휠체어를 타고 치료실을 빠져나갔다. 광심이 뒤를 쫓았다.

"난 이제 교수도, 뭣도 아닙니다!"

전형수가 바퀴를 돌리는 팔에 속도를 높였다. 광심이 달려와 휠체어를 강제로 세웠다. 전형수는 분한 눈으로 광심을 노려보다 하얗게 센 머리를 감싸며 울음을 터뜨렸다.

"난 아무 짓도 안 했어요."

전형수가 울음을 삼키며 말했다. 광심이 전형수의 눈높이에 맞춰 무릎을 꿇었다.

"그 사건 때문에 온 게 아닙니다. 교수님."

"네?"

전형수가 눈물범벅인 얼굴로 고개를 들었다.

그날, 고영혜는 고개를 숙이고 한참을 울었다. 면담을 신청한 학생이 울기만 하자 전형수는 적잖이 당황했다. 열심히 달래보았지만 고영혜는 울음을 그치지 않았다. 전형수는 손수건을 꺼내 고영혜에게 건넸다.

"감사합니다."

고영혜가 말했다.

전형수는 섬뜩한 기분을 느꼈다. 우는 목소리가 아니었기 때문이다. 고영혜는 손수건을 들고, 전형수를 바라봤다. 고영혜의 눈가엔 눈물을 흘린 흔적이 없었다.

"저를 원망하진 마세요. 죗값은 결국 치르게 돼있는 거니까."

고영혜는 그 말을 마지막으로 전형수가 건넨 손수건을 자신의 입에 밀어 넣었다. 당황한 전형수가 고영혜의 입에서 손수건을 빼내려고 했다. 고영혜는 입으로 들어온 전형수의 손가락을 깨물었다. 전형수가 비명을 지르자 고영혜가 틈을 노려 전형수를 밀었다. 전형수는 엉덩방아를 찧었다. 고영혜가 자리에서 일어났다. 전형수는 쓰러진 상태에서 고영혜를 올려다봤다. 고영혜가 입고 있던 하얀 셔츠는 헝클어졌고, 타이트한 검정 스커트는 아슬아슬한 위치까지 말려 올라갔다. 고영혜는 전형수가 준 손수건을 뱉어 손에 쥐었다.

"…왜?"

전형수는 얼이 나간 얼굴로 아직도 답을 듣지 못한 질문을 했다.

고영혜는 신고 있던 구두 한쪽을 벗어놓고 전형수의 방에서 뛰쳐나갔다. 고영혜의 울음소리가 복도에 울려 퍼졌다.

"내 말을 믿습니까?"

전형수가 말했다.

광심과 전형수는 병원 옥상에 마련된 휴게실 벤치에 마주 앉았다.

더운 날씨 탓에 담배를 피우는 두어 사람 빼고는 사람이 없었다.

"도움이 됐습니다."

광심이 말했다.

"믿느냐고 물었습니다."

"믿지 않으면 또 뛰어내리실 건가요?"

광심의 말에 전형수가 난간 쪽으로 고개를 돌렸다.

고영혜가 교수 연구실에서 나가고, 퇴근 시간이 될 때까지 아무런 일도 벌어지지 않았다. 전형수는 낮잠을 자다가 꿈을 꾼 것 같았다. 도무지 현실감이 없었다. 전형수는 멍한 상태로 차를 몰고 집에 가다가 접촉사고까지 냈다. 전처는 귀신에 홀린 사람처럼 식탁에 앉아있던 남편을 생생하게 기억했다. 전형수는 당시 아내에게 아무 말도 하지 않은 것을 후회했다. 믿기 어려운 이야기였지만 그때 바로 말했어야 했다고.

다음 날, 고영혜는 경찰이 아닌 학내 성폭력센터와 총학생회에 전형수를 고발했다. 애초에 고영혜는 이 사건을 법정에서 다툴 생각이 없어 보였다. 고영혜는 전형수가 공식적으로 사과하고 스스로 사임하라고 요구했다. 전형수는 결백을 주장하며 자신을 고소하라고 맞섰다. 학교 측도 정식으로 절차를 밟아 수사를 진행하고 결과에 따라 처분을 내리겠다고 입장을 밝혔다. 하지만 총학생회는 언론에 정보를 흘리고 연일 캠퍼스 내에서 규탄집회를 열며 학교 측을 압박했다. 교수 연구실에는 둘만 있었으니 증인은 존재하지 않았다. 고영혜의 증언은 일관성이 있었고, 피가 배어나온 손수건도 있었다. 헝클어진 옷차림으로 울면서 뛰어가는 고영혜를 본 사람도 여럿이었다. 전형수는 게시판에 글을 올려 억울함을 호소했다. 학생들은 댓글로 갑론을박을 펼쳤다. 이때만 해도 여론은 비등비등했다. 총학생회가 앞서간다는 비판도 있었다. 하지만 기다렸다는 것처럼 등장한 출처 불명의 대자보가 전형수를 막다른 길로 몰았다. 납치범이 보내는 편지처럼 글자를 오려내 만든 대자보는 컬러풀하고 눈에 쏙 들어오는 글자의 배치가 미술작품 같았다. 대자보를 쓴 이가 신분을 밝히진 않았지만 미대 학생의 솜씨처럼 보였다. 대자보는 전형수의 다른 성추행 의혹을 고발했다. 고영혜뿐 아니라 성추행 피해자가 더 있고, 그 중엔 남학생도 있다는 폭로였다. 전형수는 수업을 가는 길에 대자보를 확인하고 연구실로 돌아갔다. 방을 정리한 전형수는 옥상에 올라갔다. 운동장에서 전형수의 사퇴를 요구하는 학생들의 집회가 열리는 것이 보였다. 학생 무리 중 누군가가 전형수를 발견하고 손을 들어 가리켰다. 그게 신호라도 되는 것처럼 전형수는 몸을 던졌다.

즉사할 만한 높이였지만 전형수는 건물 앞 나무에 몸이 두 번 걸리며 간신히 목숨을 건졌다. 전형수는 병원에 있는 동안 사표를 내고 학교를 떠났다. 그리고 다신 두 다리로 걷지 못하게 됐다.

"놀라운 게 뭔지 알아요? 대자보를 보니까 정말 내가 그랬나라는 생각이 들기 시작했다는 거예요. 아니, 내가 정말 몹쓸 짓을 한 게 아니라면 어떻게 그런 글이 붙었나 말이에요. 나도 나를 못 믿겠더라고. 연구실에 가서 정말 내가 뭔가 잘못한 건 아닌가 생각까지 했다니까요. 그러다 깨달았죠."

"뭘요?"

"내가 정말 나쁜 짓을 했든 아니든 상관없다는 걸요. 이미 판결은

나버렸고, 사람들이 원하는 건 사실이 아니죠."

"그럼 뭘 원하나요?"

"처벌이요."

전형수는 그것도 모르냐는 얼굴로 광심을 바라보며 말했다.

"생명을 걸고라도 결백을 주장하려고 하신 게 아니었나요?"

"결백을 주장하려면 끝까지 싸워야죠. 그땐 그냥 내 삶은 끝났구나라는 생각 밖에 들지 않았어요. 어차피 끝날 거라면 마침표는 내가 찍고 싶었죠. 그것도 잘되진 않았지만."

전형수가 자신의 다리를 만지며 계속 말했다.

"이 다리론 이제 뛰어내리는 것도 쉽지 않겠죠."

"아직도 죽고 싶으세요?"

"왜요? 형사님이 도와주시게?"

광심은 자신의 총을 입에 물었던 남자를 떠올렸다. 총성과 함께 남자의 머리 뒤편으로 튀었던 피의 색깔이 선명했다.

"누구나 한 번쯤은 죽고 싶단 생각할 수 있죠. 하지만 진짜로 저지르는 건 전혀 다른 영역의 일입니다. 한 번이라도 죽으려고 했던 사람은 내 말을 이해할 겁니다."

전형수가 말했다.

"어떤데요?"

"몸이 허공에 붕 뜬 순간, 그러니까 이젠 이걸 멈추지 못한다는 걸 인식한 순간에 말입니다. 속았다는 걸 알았어요."

"속아요?"

"네, 상황에 속았죠. 별로 놀라운 일도 아닙니다. 지성인이랍시고 잘난 척을 하지만, 자기 눈으로 보면서도 속는 게 인간이에요. 분명 파란색인데 다른 사람이 전부 빨간색이라고 하면 스스로를 의심하게 되지요. 죽음 앞에 가니까 머리가 맑아지더군요. 난 성추행 따윈 한 적이 없다는 걸 알았죠. 하지만 바닥은 눈앞에 있었어요. 땅이 입을 쩍 벌리고 나를 맞이하는 것 같았습니다. 형사님, 지옥이라는 게 정말 있다면 아마 그게 지옥의 입이었을 겁니다. 틀림없어요."

"지옥을 믿으세요?"

"모르겠어요. 고영혜가 어디로 사라졌는지도 모르겠고요. 하지만 지옥이 있다면 고영혜는 거기 있을 겁니다. 지금은 아니라도 지옥에 가게 될 거에요. 그년이야말로 지옥에 어울리니까."

전형수가 지옥에 어울리는 얼굴로 말했다.

10 형사의 밥상

광심이 탁자 위에 '완도반찬'이라고 적힌 봉지를 내려놓았다. '완도반찬'은 근처 시장에 있는 반찬 전문점이다. 광심은 고향을 떠나왔지만 고향의 맛까지 잊지는 못했다. 광심이 봉지 안에서 팩으로 포장된 반찬을 꺼냈다. 꽃게무침과 꼬막무침이었다. 직접 하기도 힘들고, 식당에서 보기도 힘든 반찬이다. 가게에서 파는 음식인 만큼 간이 조금 강했지만 입맛이 떨어진 지금은 딱 적당했다. 광심은 아버지가 보내준 김을 꺼내 탁자 위에 올려놓고, 티브이를 켰다. 마침 드라마에서 식사 장면이 나왔다. 광심이 좋아하는 드라마였다. 멜로드라마에 먹방의 요소를 더해 식사 장면이 자주 나왔는데 남녀 주인공의 먹는 모습이 보기 좋았다. 보고 있으면 입맛이 돌았다.

광심은 식당에 가면 '같은 걸로'라는 말을 입에 달고 살 만큼 먹는 것에 무관심해보였지만 실은 식사를 중요하게 여겼다. 입이 까다롭다기보다는 한 끼를 먹어도 제대로 챙겨먹는 편이었다. 식사를 대충 때우면 기분이 우울해졌다. 완도에서 보냈던 어린 시절, 엄마는 병원에 있는 시간이 많았고, 아버지가 배를 타면 밥을 챙겨줄 사람이 없었다. 금씨 부부는 아버지의 부탁을 받고 한동안 식사를 잘 챙겨주었다. 하지만 언젠가부터 통조림과 즉석요리 같은 것들만 던져주었다. 맡아놓은 개한테 사료라도 주는 것 같은 태도였다. 광심은 아버지에게 차라리 집에서 밥을 해먹겠다고 했다. 하지만 안타깝게도 광심은 요리에 재능이 없었다. 동생 광복이 군것질에 맛을 들인 데는 그런 이유도 있었다.

아버지가 전파사를 차리고부터 광심은 늘 아버지와 함께 밥을 먹었다. 광심은 아버지와 밥 먹는 시간을 좋아했다. 경찰이 되고 나서 끼니를 챙기지 못하는 경우가 많아졌지만 집에서만큼은 그 시절을 떠올리며 밥을 차려먹었다.

광심이 사는 곳은 기획도시에 세워진 원룸 오피스텔이었다. 넓지는 않지만 필요한 물품이 전부 갖춰져 있어 혼자 살기에 편했다. 오피스텔 근처엔 대규모 연구단지가 들어설 예정이라 건물이 계속 올라갔다. 주변 상인들에게는 한몫 잡을 기회였지만 재개발이 시장까지 이어진다면 상인들도 이곳을 떠나야 할지 몰랐다. '완도반찬' 주인도 재개발 문제 때문에 요즘 표정이 어두웠다. 완도반찬이 이사를 가는 것은 광심에게도 달갑지 않은 일이었다. 하지만 익숙한 가게가 사라지는 일은 어딜 가도 피하기 힘든 문제였다. 재개발은 끝이 없기 때문이다. 재개발하면 떠올리게 되는 달동네는 이제 얼마 남지 않았지만 노후한 아파트를, 빌라를, 논과 밭을 재개발하는 움직임은 멈추지 않았다. 엄마의 몸속에서 장기들을 옮겨가며 증식했던 암세포처럼 콘크리트 더미들이 땅을 덮어갔다. 그나마 순조롭게 재개발이 진행되면 광심이 사는 동네처럼 깔끔한 모습으로 탈바꿈을 하지만, 원주민들과 협상이 이뤄지지 않은 지역은 폐허처럼 방치되었다. 빈 집이 많은 동네는 우범지역이 되기 마련이다. 광심이 현장에서 맡은 마지막 사건도 방황하는 아이들의 아지트가 되어버린 재개발지구에서 일어났다.

상천동. 하늘 위에 있는 동네라는 지명처럼 지역 대부분이 고지대를 따라 형성된 곳이었다. 높이만큼이나 면적도 넓어서 무려 다섯 개의 행정구역으로 나눠졌다. 해환이 사는 에메랄드 캐슬은 상천1동에 속했고, 광심이 맡은 마지막 사건은 상천5동에서 벌어졌다. 재개발이 끝난 1동과는 달리 5동은 아직 첫 삽도 뜨지 못했다.

상천5동은 '천덕사'라는 사찰의 땅이었다. 주지스님이 한국 전쟁 후 오갈 데 없는 국가유공자들에게 저렴한 지대를 받고 토지를 빌려주면서 마을이 형성됐다. 자신들이 직접 산에 길을 내고, 집을 만들었으니 주민들이 땅에 대해 가지는 애착은 특별했다. 이사를 가는 사람은 흔치 않았고, 오랜 세월 함께 지낸 이웃들은 가족처럼 지냈다. 천덕사와 주민들의 사이도 좋았다. 주민들은 스스로 나서 사찰 일을 거들었고, 절기에 맞춰 천덕사의 행사에 참석했다. 가난했지만 활기가 넘쳤던 시절이었다. 세월이 흐르고 주지 스님과 전쟁을 경험한 세대들이 세상을 떠났다. 상천동 일대에 재개발 바람이 불면서 일부 주민이 중심이 되어 상천5동에서 재개발을 추진했다. 구청은 재개발 신청을 승인했다. 주민들은 공적 개발 형태로 재개발이 진행되기를 바랐다. 그래야 이주비용과 임대아파트 제공이 보장되기 때문이다. 하지만 돈 냄새를 맡고 뛰어든 아세안 주택은 무엇도 보장하지 않는 민간개발을 원했다. 아세안 주택은 천덕사에서 땅을 사들여, 주민들과 협상에 나섰다. 말이 협상이지 퇴거 명령이나 마찬가지였다. 주민들은 저항했지만 철거 용역을 앞세운 아세안 주택을 막아내지 못했다. 상천5동은 전쟁 중에 폭격을 맞은 지역처럼 폐허가 되었다. 격렬했던 철거 과정에서 주민 한 사람이 죽었다. 여론이 들끓었고, 기자들이 달려들면서 아세안 주택과 천덕사, 구청이 얽힌 비리가 밝혀졌다. 천덕사 이사장은 아세안 주택 대표에게 뒷돈을 받고 상천5동 일대의 땅을 시세보다 비싼 가격에 팔았다. 뇌물을 받은 구청 담당과장은 주민들이 신청한 조합설립인가를 지연시키며 아세안주택을 도왔다. 검은 커넥션이 밝혀지며 비리에 연루된 인물들이 구속되자 재개발도 멈춰버렸다. 삼백 세대가 넘게 살았던 상천5동은 폭력사태 후 칠십 세대 정도만 남았고, 나머진 빈집이 된 채로 버려졌다. 여전히 소유권을 가진 아세안 주택이 출입을 금한다는 표식을 붙여 놓았지만, 오가는 사람을 전부 관리하지는 못했다. 주변에 사는 갈 곳을 잃은 아이들이 과자 부스러기를 찾는 개미떼처럼 깨진 창과 무너진 담을 넘어 빈 집으로 스며들었다. 빈 집들은 떠난 주민들이 남긴 분노와 아이들이 가져온 증오로 채워졌다. 어두운 에너지가 가득한 곳에서 사건이 일어나는 것은 당연한 수순이었다.

2년 전 가을, 열여덟 살이 된 선미가 빈 집에서 시체로 발견되었다. 선미는 상천5동의 빈 집에서 손과 발이 테이프로 묶인 채 발견됐다. 옷은 발가벗겨진 상태였다. 몸싸움을 한 흔적은 있었지만 성폭행의 증거는 없었다. 정확한 사인은 젖산 중독에 의한 질식사였다. 수사는 신속하게 진행됐다. 신고자가 목격자였기 때문이다. 잠시 용의자로 의심받았던 목격자는 상천5동에 살다가 쫓겨난 대학생이었다. 목격자는 아직 상천5동에 사는 친구를 만나러 왔다는 사실이 확인되면서 혐의를 벗었다. 무엇보다 증언이 확실했다. 목격자는 선미가 같은 교복을 입은 아이와 빈 집에 들어가는 모습을 봤다고 했다. 빈 집을 들락거리는 아이들이 한둘이 아니기에 목격자는 신경을 쓰지 않고 친구를 만나러 갔다. 하지만 친구를 만나고 돌아오던 길에 빈 집 안에서 쓰러진 선미를 발견했다. 목격자가 없었다면 초동수사에 어려움이 많았을 것이다. 목격자의 활약은 그게 끝이 아니었다. 목격자는 학생부 사진을 보고 선미와 함께 있던 아이를 지목해냈다. 이름은 정희. 선미와 같은 반 학생이었다.

당시 담임교사는 정희가 확실하냐고 몇 번이나 물었다. 담임교사는 정희와 선미가 접점이 없다고 말했다. 정희는 임원을 도맡는 학생이고, 얌전한 성격으로 사건 사고와는 거리가 멀었다. 담임교사는 정희와 선미가 친한 사이도 아닌데 왜 그런 곳엘 함께 갔는지 모르겠다며 은근슬쩍 선미가 정희를 데리고 간 것 같다는 말을 했다.

"선미는 뭐랄까. 크게 사고는 치지 않았지만 종잡을 수 없는 애였어요. 반 아이들하고 사이도 좋지 않고…, 정희가 워낙 착해서 말도 잘 들어주고 하니까 골려주려고 한 게 아닐까 싶은데."

담임교사는 정희와 선미를 대하는 온도 차가 뚜렷했다. 하지만 담임교사의 주장이 억지만은 아니었다. 목격자도 선미가 앞장을 섰고, 정희는 겁먹은 얼굴로 따라갔다고 증언했기 때문이다.

살인 사건이라 강력계가 주축이 됐지만 지휘부는 겁먹은 여고생을 상대하기엔 여자 형사가 낫겠다고 판단했다. 수사팀은 광심이 소속돼 있던 여성 청소년과에 지원을 요청했다. 미성년자 조사는 부모에게 협조를 구해야 하지만, 정희의 부모는 3년 전 일어난 강도 사건으로 양친 모두 사망한 상태였다. 담임교사는 자신의 입회하에 조사를 진행해달라고 요구했다. 결국 광심이 방과 후에 학교 상담실에서 정희를 조사하게 됐다.

정희가 문을 열고 들어왔다. 정희는 선생님 옆에 앉은 광심을 보고 잠시 의아해하는 눈치였지만 곧 예의바르게 인사를 했다.

"안녕하세요."

10대를 대상으로 한 화장품 광고에 나올 법한 미소였다. 광심은 한

동안 말없이 정희의 미소를 바라봤다. 컷 사인이 떨어지고, 카메라가 멈출 때까지 광심은 인내심을 갖고 정희를 대했다. 오래지 않아 광심은 상대를 알아봤다. 그리고 상대를 알아본 것은 광심만이 아니었다.

밥상 위에서 휴대폰이 울렸다. 모르는 번호였다. 피곤한 하루를 보내고 지금은 혼자 있고 싶었지만 광심은 전화를 받았다. 기다리던 전화였기 때문이다. 어제와 오늘, 광심은 모르는 번호에서 전화가 오길 기다렸다.

"여보세요."

인사를 하는 목소리가 떨렸다. 광심에게 전화를 건 사람은 고영혜의 양어머니, 천현숙이었다.

11 위험한 남자

천현숙은 고영혜의 공부방 바닥에 떨어져 있는 광심의 명함을 보았다. 광심이 방을 나가며 일부러 두고 간 것이었다. 눈에 띄는 위치였지만 광심은 그 편이 좋다고 생각했다. 고보경이 딸의 방에 들어갈 것 같지도 않았지만 설사 고보경이 명함을 발견해도 실수로 흘렸다고 말하면 되었다. 광심의 예상은 적중했다. 천현숙은 광심에게 보여주고 싶은 것이 있다고 말했다. 광심도 천현숙에게 묻고 싶은 것이 있었다. 다음 날 오전, 광심은 차를 운전해 천현숙을 만나러 갔다.

3도어 파란색 해치백. 광심이 첫 번째 차를 구매할 때 남자 동료들은 하나같이 그 차는 아니라고 고개를 저었다. 여자라 뭘 모르고 산다는 반응이 대부분이었다. 하지만 광심은 웬만한 남자들보다 기계에 익숙했다. 전파사를 운영하는 아버지 덕분이었다. 광심의 아버지는 완도 태생이 아니라 외지에서 들어온 사람이었다. 완도에 오기 전, 무슨 일을 했는지는 모르지만 갑자기 전파사를 차린 것을 보면 전부터 비슷한 일을 해왔던 것 같다. 광심은 얼리어답터라는 말이 낯설던 시기부터 아버지 덕분에 온갖 기계를 갖고 놀며 자랐다. 그저 예쁜 차를 샀을 거라는 남자들의 생각과 달리 광심은 실용적인 이유로 차를 선택했다. 차로 사람을 판단하는 문화 때문인지 해치백은 우리나라에서 유독 인기가 없다. 하지만 해치백은 공간이 넓고, 운전하는 재미를 느낄 수 있는 차종이다. 광심이 운전하는 차에 타본 사람은 머쓱한 얼굴로 막상 타보니 좋은 차라는 칭찬을 늘어놓았다. 물론 끝까지 잔소리를 하는 사람도 있었다. 결혼을 하고 아이가 생기면 결국 다른 차를 사야 한다는 말이었다. 광심은 신경 쓰지 않았다. 그 말이 사실이라 해도 결혼할 생각이 없었기 때문이다.

광심은 대학에 들어가기 전까지 남자를 사귄 적이 없었다. 사실은 '친구'라 부를 사람조차 없었다. 완도가 세상의 전부였던 시절, 광심은 유명한, 정확히 표현하면, 악명 높은 아이였다.

광심이 완도 초등학교 짱인 강호의 손바닥에 구멍을 낸 것이 전설의 시작이었다면 홀로 주도에 들어가 연쇄살인범의 손에서 동생을 구해낸 사건은 전설의 완성이었다. 한바로 사건을 계기로 그간 다소 느슨했던 주도의 출입은 엄격하게 통제되었다. 광심은 사실상 주도를 다녀온 마지막 아이이자 영원한 바다의 왕으로 남게 되었다. 실로 영웅적인 활약이었지만 남자 아이들은 광심을 떠받들기보단 두려워하며 거리를 두었다. 허세와 객기가 돌림병처럼 유행하는 중학교 시절에도 감히 광심을 건드리는 아이는 없었다. 봄철에 꽃씨가 퍼지듯 아이들을 따라 일대 중학교에 광심의 소문이 퍼졌다. 2차 성징이 시작되며 광심의 몸은 아이에서 여자로 변해갔고, 학년이 올라갈수록 고왔던 엄마의 얼굴을 닮아갔다. 하지만 좋은 의미로든 나쁜 의미로든 광심에게 접근하는 남자는 없었다. 광심은 개의치 않았다. 광심에겐 아버지와 아버지가 가져다준 책만 있으면 충분했으니까.

광심은 각종 글짓기 대회 수상경력을 내세워 서울에 있는 대학에 특별전형으로 합격했다. 같은 과에 완도 출신은 없었다. 자신을 보며 수군거리는 사람이 없다는 것만으로 학교가 천국 같았다. 하지만 소문보다 심각한 문제가 생겼다. 광심에게 새로운 길을 열어주었던 글이 광심을 버려버렸다. 실상은 어떤지 몰라도 광심은 그리 느꼈다. 책 읽기와 글쓰기는 광심이 가장 좋아하고, 잘하는 일이었다. 작가가 생명을 불어넣은 인물들은 광심의 친구가 되어주었고, 그들은 보잘 것 없는 소문은 들리지도 않을 만큼 넓은 세계로 광심을 데려다주었다. 그곳에서 광심은 사람과 세상을 배웠다. 글은 광심을 보호하면서도, 광심의 지경을 넓혀주었다. 하지만 광심은 대학에 가서 글을 읽지도, 쓰지도 못했다. 읽어야 하는 글은 이해가 되지 않았고, 광심이 쓴 글은 이해되지 못했다.

"책을 많이 읽은 티가 나. 근데 무슨 마음으로 썼는지 잘 느껴지지 않네."

'내가 얼어붙은 마음을 가졌기 때문인가. 그래서 내가 만든 인물들에게 생명이 흘러가지 않는 것일까.'

광심이 고민에 빠져 있을 때, 한 남자가 다가왔다. 남자는 용기를 내어 뜨거운 마음을 고백했다. 남자는 거절당하지 않을까 무척이나 떨었지만 광심은 너무나 쉽게 남자의 마음을 받아주었다. 광심이 그려왔던 이상형이었기 때문이 아니다. 그저 남자의 뜨거운 마음이 자신의 얼어붙은 마음을 녹여주지 않을까 하는 기대 때문이었다. 그러면 글을 다시 쓸 수 있을 것만 같아서.

두 사람은 한 몸이 되었다. 몸을 따라 마음도 서로에게 스며들어갔다. 하지만 두 사람의 마음은 온전히 섞이지 못했다. 변치 않을 사랑을 이야기하던 남자의 열정은 스스로 놀랄 만큼 빠르게 식어버렸다. 남자는 당황했다. 남아있는 불씨에 애써 입김을 불어 넣었지만 공허한 말로는 꺼져가는 마음을 되살리지 못했다. 결국 남자의 불타는 마음은 얼음 위에서 재가 되어 흩어졌다.

　남자가 아는 사랑은 죄다 영화나 드라마, 소설에서 본 것뿐이었다. 세상에 존재하는 수많은 사랑 이야기는 오로지 마음만이 중요하다고 말했다. 서로를 향한 마음만 있다면 무엇이든 해도 괜찮고, 마음이 변해버리면 무엇도 소용이 없었다. 남자는 광심에게 고백을 했던 학교 벤치에서 눈물을 흘리며 이별을 고했다. 광심은 남자의 마음을 받아들였을 때처럼 담담하게 이별도 받아들였다. 남자가 화를 냈다. 남자는 영화에서 보았던 아름다운 이별 장면을 재현하고 싶었던 것이다. 하지만 광심은 남자가 원하는 연기를 해주지 않았다. 감독이 뻣뻣한 신인배우에게 호통을 치듯 남자는 광심에게 비난을 퍼부었다.

　"넌 감정도 없어? 로봇이야? 날 좋아하긴 했니? 남들이 보면 내가 무슨 바람이라도 피고 너한테 사정하는 줄 알겠다!"

　"맞잖아."

　잠자코 듣고 있던 광심이 입을 열었다.

　친구를 만난다는 이야기만 듣고 좀처럼 연락이 되지 않던 날, 광심은 남자의 자취집을 찾아갔다. 남자는 술에 취해 광심이 왔는지도 모르고 다른 여자와 뒤엉켜 있었다.

　남자는 되도 않는 누명이라도 쓴 사람처럼 길길이 날뛰었다. 사랑도, 이별도 연출된 것을 따라하는데 급급했던 남자는 분을 참지 못하고 손을 들었다. 남자의 폭력은 충동적이고, 무모했다. 광심이 남자의 정강이를 걸어찼다. 남자가 비명을 지르며 바닥을 굴렀다. 광심이 다가서자 남자는 떨며 몸을 웅크렸다. 광심을 보는 남자의 눈에 두려움이 서렸다. 광심은 잠시 남자를 노려보다 말없이 자리를 떠났다. 남자는 수치심을 느꼈다. 자신이 저지른 잘못을 수치스럽게 느꼈다면 좋앗을 텐데 여자에게 맞았다는 사실만이 수치스러웠다. 남자는 소문이 퍼질까 두려워 먼저 소문을 퍼트렸다.

'사람들 앞에선 잘 지내다가도 둘만 있을 때면 항상 다른 여자를 만난다고 의심하고, 걸핏하면 물건을 집어던지며 폭력을 휘둘렀다. 완전히 망상에 빠져 있다. 솔직히 말하면 미친 것 같다. 어떻게든 감싸주려고 했지만 더는 감당이 안 된다.'

남자는 정강이에 난 시퍼런 멍을 보여주며 새빨간 거짓말을 했다.

광심이 대학에서 함께 다닌 친구들은 전부 남자 친구를 통해 만난 사람들뿐이었다. 광심은 순식간에 무리에서 떨어져 외톨이가 되어버렸다. 광심은 군이 남자의 말을 반박하지 않았다. 오히려 남자의 거짓말을 받아들여 버렸다.

'내가 미친 건 사실이니까.'

관계가 끊어지며 엮여있던 마음도 찢어졌다. 마음이 찢겨진 면을 따라 날카로운 가시가 돋아났다. 다른 남자들이 가시를 보고서도 돌진했지만, 광심은 더는 누구에게도 마음을 허락하지 않았다.

광심이 운전하는 차가 백화점 앞에 다다랐다. 천현숙은 약속한 대로 횡단보도 앞에 서있었다. 신호가 바뀌면 횡단보도를 건널 것 같은 자세였다. 광심이 정확하게 천현숙 앞에 차를 세웠다. 천현숙이 재빨리 차에 올라타자 광심은 지체 없이 차를 출발시켰다. 광심은 몇 차례 같은 길을 돌며 미행이 붙었는지를 확인했다. 흰색 쏘나타가 계속 따라붙었다. 광심이 쏘나타의 번호판을 확인했다. '0824'였다.

'그 차인가'

기자들이 천현숙까지 마크한다는 것은 건수를 잡았다는 뜻이다. 게다가 저쪽은 이미 옥호와 광심이 고보경의 집에 들어가는 모습도 확인했다. 이쪽이 경찰인 것을 안다면 광심도 주저할 이유가 없었다. 광심은 신호가 걸리는 타이밍을 봐서 경찰 사이렌을 울리며 달려 나갔다. 순식간에 0824가 시야에서 멀어졌다.

"무슨 일이죠?"

천현숙이 불안한 얼굴로 말했다.

"백화점 근처라 너무 막혀서요. 빨리 좀 가려고요."

광심은 천현숙을 안심시키고, 다른 동네로 이동해 한적한 공원 앞에 차를 세웠다. 앉아만 있어도 땀이 흐르는 날씨였다. 공원에는 남매로 보이는 아이들이 그늘이 진 모래밭에서 모래성을 쌓으며 놀고 있었다.

천현숙은 아이들을 보며 입술을 파르르 떨었다. 광심은 쉽게 말을 하지 못하는 천현숙을 기다려줬지만 천현숙은 말을 꺼내기도 전에 울어버릴 것 같았다.

"보여주실 것이 있다고요."

광심이 말했다.

"아, 네."

천현숙이 정신을 차리고, 넉넉한 사이즈의 클러치백을 열어 누런 종이를 꺼냈다. 천현숙은 형편없는 성적표를 내미는 아이처럼 종이를 건넸다. 종이엔 프린트된 글자들이 붙어 있었다. 글자들이 모여 이룬 문장은 '당신의 딸을 데리고 있다'가 아니라 '따님이 위험한 남자를 만나고 있습니다'였다.

대자보.

광심은 영혜를 지지하며 전형수를 고발했던 대자보를 떠올렸다.

'동일인물일까. 자신을 영혜의 수호천사로 생각하는 스토커?'

"두 달 전쯤인가, 우편함에 들어 있었어요."

천현숙이 말했다.

'위험한 남자를 만나고 있다라.'

의외로 평범한 친구일지도 모른다. 메시지를 보낸 자가 스토커라면 영혜 옆에 있는 남자는 모두 위험인물로 여길 테니까. 정작 자신이 가장 위험한 인물인 줄은 모르고.

"꽤 오래 전인데요. 영혜 씨와는 말씀을 해보셨나요?"

"네, 그때도 집에는 잘 안 들어왔지만 연락은 됐어요. 사진을 찍어서 보내주니까 아무 일도 없으니 걱정하지 말라고 했어요. 근데 뭔가 숨기는 분위기였어요. 저는 그렇게 느꼈어요."

"영혜 씨가 만나는 분이 있나요?"

"잘 모르겠어요."

"쫓아다닌 사람이라든가, 남자 때문에 문제가 일어난 적은 없었나요?"

"글쎄요."

이제 막 영어공부를 시작한 학생이 원어민 강사를 대하는 것 같은 말투였다. 고보경은 뻔뻔하기라도 했지만 천현숙은 마음을 숨기지 못했다. 결국 천현숙이 먼저 실토를 했다.

"사실 영혜랑 그리 친하게 지내진 못했어요."

"자식과 친하게 지내는 부모는 많지 않아요. 그걸 정직하게 말해주는 부모도 많지 않고요. 저는 어머님을 평가하러 온 사람이 아닙니다. 방금처럼 솔직하게 말씀해주시면 돼요."

천현숙이 고개를 끄덕였다.

거짓말을 하지 않으면 살 수 없다고 판단한 순간, 사람은 대부분 거짓말을 한다. 하지만 마음 한 구석에선 누구나 진실을 털어놓고 싶어

한다. 거짓말 위에 세워진 삶이란 그 자체가 형벌이기 때문이다.

"다 거짓말이에요. 그 사람이 방송에 나가서 떠드는 말들."

고보경은 자녀를 축복으로 여기는 것은 낡은 시대의 사고방식이라고 말했다. 현대 사회에서 자녀는 부부 간의 안락한 삶을 위협하는 요소이며, 그렇잖아도 치열한 경쟁 사회에 선택권이 없는 아이들을 던져놓는 것은 폭력이란 주장이었다. 고보경은 천현숙과 아이를 갖지 않기로 합의했고, 아이에게 쏟을 애정과 시간을 서로에게 주고 있다고 공공연히 말해왔다.

"그 사람, 불임이에요. 몇 년 동안 임신을 위해서 노력하다가 검사를 받아보고 알았지요. 처음엔 충격을 받은 것 같더니 갑자기 태도가 돌변해서는 그런 이야기를 하고 다니는 거예요."

"그래서 입양을 하신 건가요?"

"영혜를 입양한 건 전적으로 그 사람 뜻이었어요. 어느 날, 갑자기 영혜를 데리고 집에 들어왔지요. 개를 한 마리 키워도 상의를 해야 할 텐데 그전에 말 한 마디 없었어요. 그래놓고 방송에선 결국 제가 아이를 원해서 입양을 했다고 했지요. 아이를 꼭 가져야 한다면 이미 세상에 태어나 버려진 아이를 기르는 것만이 유일한 선택이었다면서요."

낮고 음울한 음색의 가수 같던 천현숙의 목소리가 레코드판이 튕기듯 날카롭게 올라갔다.

"그런 입양을 왜 받아들이신 거죠?"

"제가 입양을 원했던 건 사실이었어요. 다만 저는 아기를 원했지요. 영혜는 열 살이 넘어서 우리 집에 왔어요. 그 사람은 애가 다 컸으니 편하고 좋지 않냐고 했지요. 기가 막혔지만…."

천현숙은 눈을 질끈 감았다. 눈을 감자 영혜의 얼굴이 선명하게 떠올랐다.

"영혜는 정말 예뻤어요."

천현숙이 미소를 지으며 말했다. 입가에 패인 주름을 따라 눈물이 흘러내렸다. 천현숙이 눈물을 훔치며 말을 이었다.

"자는 모습이 처량하면서도 예쁘더라고요. 정말 내 딸이면 좋겠다 싶을 정도로요. 그리고 두 번이나 버림받은 아이를 또 내칠 수는 없었어요."

"두 번이요?"

광심이 차안에 있던 티슈를 건네며 물었다. 천현숙이 가볍게 고개를 숙여 고마움을 표했다.

"네, 그렇게 들었어요."

"영혜 씨 친부모님은 아시나요?"

"아니요. 그냥 아는 사람 딸이라고만 했어요. 그 사람이 불임이 아니었다면 바람을 피운 거라고 의심했겠지만 그게 아닌 건 확실하니까 저도 더 묻지 않았어요. 어차피 마음을 굳혔으니까요."

광심은 친부모 이야기를 꺼냈을 때 고보경의 반응을 떠올렸다. 고보경은 친부모가 영혜의 실종과 연관이 있을 거란 생각은 하지 않는 눈치였다. 광심이 생각을 정리하는 사이, 천현숙이 계속 이야기를 해 나갔다.

"정말 내가 낳은 딸처럼 생각하고, 제 딴에는 최선을 다했어요. 그런데 뭔가 모를 벽 같은 것이 있었어요. 워낙 상처가 많을 테니 당연한 거라고 생각했지만 점점 저도 지치더군요. 영혜가 대학에 들어가면서 작업이다 뭐다 밖에 있는 시간이 많아졌어요. 얼굴을 보기는커녕 연락도 되지 않을 때가 많았지요. 저는 솔직히 그게 좋았어요. 빨리 졸업하고, 시집도 가면 더 좋겠다고 생각했지요."

그런데 갑자기 정체불명의 인물에게서 위험을 경고하는 편지가 온 것이다. 고영혜는 별일이 아니라고 했지만 결국 종적을 감춰버렸다. 스마트폰 화면에 남아있는 고영혜와의 대화는 두 달 전에 주고받은 것이 마지막이었다. 천현숙은 죄책감과 두려움에 울음을 터뜨렸다.

"제가 영혜를 세 번째로 버려버린 거예요. 그렇죠?"

"아직은 어떤 상황인지 모릅니다. 지금은 후회보다는 집중을 해주셔야 합니다."

같이 울어주는 것이 가장 현명한 행동일 때가 있다. 하지만 냉정하게 최선의 길을 판단해야 할 때도 있다. 때를 분별하지 못하면 공감 능력도, 냉철한 이성도 소용이 없다. 천현숙은 광심의 말에 떨리는 호흡을 가다듬었다. 광심이 잠시 기다려주었다가 질문을 던졌다.

"고 선생님과 영혜 씨 사이는 어땠나요?"

평범한 질문이었다. 하지만 광심은 머릿속의 안테나를 바짝 세우고 천현숙의 말뿐 아니라 몸이 내보이는 신호를 잡아내려 했다. 광심은 다른 사람의 마음을 헤아리는데 어려움을 겪었지만, 상처 받아 닫혀버린 마음과 꽁꽁 숨기고픈 거짓말은 잘도 꿰뚫어 보았다. 입양아를 학대하는 사건은 얼마든지 있었다. 위험한 남자 리스트에서 고보경을 제외할 이유는 없었다.

"좋았어요. 어떤 때는 제가 샘이 날 정도로요. 초반에는 어색해했지만 아무래도 남편이 데리고 와서인지 남편을 더 따르는 것 같았어요. 하지만 영혜가 대학에 들어가서는 남편과도 조금씩 거리감이 생긴 것 같아요. 방송이 많아지면서 그 사람도 바빠졌고, 아무래도 얼굴 보기가 힘들어졌으니까요."

천현숙은 자연스럽게 대답했다. 거짓말을 습관처럼 하는 사람은 거짓말 탐지기조차 속여 넘긴다. 거짓말을 하면서도 스스로 그것이 진실이라고 믿어버리는 것이다. 하지만 천현숙은 부끄러움을 아는 사람이다. 바꿔 말하면 진실한 사람이라고 해도 좋았다.

"고 선생님과 영혜 씨가 다투거나 한 일은 없었나요?"

"잘은 모르겠지만 제가 본 적은 딱 한 번 있었어요. 장을 보고 들어갔는데 언성이 높은 것이 분위기가 안 좋아 보여서 무슨 일이냐고 물어봤어요. 그런데 두 사람 다 제대로 말을 해주지 않았어요. 소외당하는 기분이라 저도 기분이 별로 안 좋았어요."

"짐작도 가지 않으시나요?"

천현숙이 잠시 생각하다가 조심스레 입을 열었다.

"잘은 모르겠지만 영혜가 '내가 부끄러워?'라고 소리쳤던 것 같아요. 실은 영혜가 학교에서 사건이 좀 있었어요. 그게….."

천현숙은 망설이는 모습이 역력했다. 광심이 끼어들어 천현숙을 도와주었다.

"성추행 사건 말씀인가요?"

"알고 계셨나요?"

천현숙이 놀란 눈으로 말했다.

"바로 저번에 학교에 갔다가 알게 됐습니다."

천현숙이 고개를 끄덕이고는 한결 편하게 이야기를 해나갔다.

"남편은 사과만 받고, 조용히 끝내자고 했어요. 시끄럽게 만들어서 좋을 것이 없다고요. 영혜는 방송에도 나간 적이 있어서 앞으로 무얼 하든 꼬리표처럼 성추행 사건이 달라붙을 거라고 했어요. 하지만 저는 핑계라고 생각해요. 아니, 틀림없어요. 그래서 영혜도 화를 낸 거예요."

고보경을 향한 정치권의 영입제안이 막 시작되던 때였다. 어떤 형태로든 구설수는 피하는 것이 좋다고 판단했을 것이다.

"남편은 영혜의 말을 완전히 믿는 것 같지도 않았어요. 저한테 전 교수가 그럴 양반이 아닌데라는 말까지 했거든요."

"전형수 교수와 고 선생님은 친분이 있습니까?"

"남편을 방송 쪽에 추천해준 게 그 사람인 걸로 알아요. 남편 입장에선 은인이라고 할 수도 있겠죠. 덕분에 유명인사가 됐으니까요. 그래도 딸이 추행을 당했다는데 어떻게 그런 말을 할 수가 있어요. 도저히 믿을 수가 없어서 남편한텐 쪽지도 보여주지 않았어요. 지금 그 사람은 어떻게든 한 자리 차지할 생각 밖에는 없어요."

상처에서 뿜어 나오는 피처럼 경멸의 말이 쏟아져 나왔다. 천현숙은 머리가 어지러운지 손으로 이마를 감쌌다.

"괜찮으세요?"

광심의 말에 천현숙이 고개를 들어 창백한 얼굴로 말했다.

"혹시 그 사람이 연관된 건 아닐까요?"

"전형수 교수는 아직 병원에 있습니다."

"아, 네… 그렇지요."

천현숙이 어색하게 웃었다.

"쪽지를 받으신 시기를 봐서도 위험한 남자가 전형수 교수일 것 같지는 않습니다. 하지만 모든 가능성은 열어두고, 수사하겠습니다."

천현숙이 씁쓸한 얼굴로 고개를 끄덕였다.

우선 천현숙이 받은 쪽지부터 검사를 해봐야 했다. 광심은 천현숙을 집에 들여보내고, 알아낸 사실을 정리해 옥호에게 보이스 메일을

보냈다. 옥호가 노안이 심해졌다며 음성 메시지로 보고를 해달라고
했기 때문이다. 광심은 사건에 대해서 쭉 이야기하다 마지막에 한 가
지 부탁을 했다.

"메시지 확인하시는 대로 주해환 작가에게 연락을 해주셨으면 합니
다. 제가 찾아가겠다고요."

12 비법과 평범 사이

　주성윤은 눈에 띄지 않는 아이였다. 성적이 나쁘지 않았지만 수재라 불릴 정도는 아니었고, 몸이 둔하진 않았지만 운동신경이 좋진 않았다. 주성윤은 서울의 4년제 대학에 들어갔고, 성실히 학교생활을 한 끝에 졸업을 했다. 국어 교육을 전공한 주성윤은 중학교 교사가 되었다. 주성윤은 교사로 일하면서 번뜩이는 재능을 가진 아이들을 가끔씩 만났다. 학창 시절의 자신과는 다른, 빛나는 원석 같은 아이들이었다. 하지만 누구도 성윤의 동생보다 돋보이진 않았다. 두 살 터울의 동생은 학교에서 아이큐 테스트를 할 때마다 교무실에 불려갔다. 동생은 수학과 과학 경시대회에 나가 상을 타왔고, 학급 대표로 계주 시합과 농구 대회에 출전했다. 동생은 학교의 스타였고, 주성윤은 비범한 동생의 평범한 형이었다. 지금도 상황은 다르지 않았다. 동생은 한국 최고의 인기 작가였고, 주성윤은 학교를 떠나 보습 학원에서 아이들을 가르쳤다. 주성윤이 스타 작가 주해환의 형이라는 사실을 아는 사람은 옥호 외엔 아무도 없었다.

　해환은 어려서부터 책을 많이 읽었지만 소설은 좋아하진 않았다. 특히 성윤이 좋아하는 추리 소설들을 질색할 정도로 싫어했다. 해환은 성윤이 추리 소설처럼 현실과 동떨어진 책이나 읽다보니 시시한 인생을 살게 된 거라고 생각했다. 추리 소설 같은 책을 읽는 것은 시간 낭비에 현실 도피라고 여겼다. 그런 해환이 성윤이 건넨 추리 소설을 받아든 것은 시간 낭비와 현실 도피야말로 해환에게 필요한 것이었기 때문이다.

처음엔 수술만 잘 받으면 될 거라고 생각했다. 퇴원을 할 즈음엔 원래의 자신으로 돌아갈 거라고 믿었다. 하지만 거울에 비친 자신의 모습은 비범이 아니라 평범한 삶과도 멀어져 있었다. 해환은 종일 컴퓨터 앞에서 시간을 보냈다. 밤을 새서 인기 드라마와 예능을 몰아보고, 익명 뒤에 숨어 신세한탄을 하다가 다치기 전의 시간으로 돌아가 허세를 부리기도 했다.

시간이 흐를수록 나아질 수 있다는 희망은 사라져갔다. 해환은 화롯불 앞에서 죽을 날을 기다리는 노인처럼 무의미하게 시간을 죽여나갔다. 성윤이 건넨 책도 잠시 불타다 사라질 땔감처럼 생각했을 뿐이었다. 허무맹랑한 소설 따위가 희망의 불씨를 되살릴 줄은 몰랐다.

'읽다보니까 어쩌면 나도 쓸 수 있지 않을까 싶기도 하고, 글을 쓰는 일이면 집에서도 할 수 있으니까….'

해환이 조심스럽게 말을 꺼내자 성윤은 대번에 반색하며 환영했다. 해환은 그냥 한번 해본 말이라며 물러서려 했지만 성윤은 먼 친척인 현직 경찰까지 섭외해 해환을 도왔다. 해환이 대단한 작가가 될 거란 기대는 없었다. 그저 글쓰기가 해환과 세상을 연결하는 통로가 되길 바랐을 뿐이다. 결과는 기대 이상이었다.

해환은 발표하는 소설마다 성공을 거두었고, 치료비 때문에 허덕이던 형제는 가난에서 벗어났다. 그보다 기뻤던 것은 완전히 바뀐 해환의 태도였다. 죽을 날만 기다리며 살아가던 해환이 써야 할 글을 다 쓰기 전에는 죽을 수 없다고 말했을 때, 성윤은 감정을 주체하지 못하고 화장실로 달려갔다. 상처가 사라지는 것만이 기적은 아니다. 상처를 극복하고 살아가는 것도 기적이다. 성윤은 해환에게 일어난 기적에 감사했다.

하지만 시간이 흐르며 감사한 마음은 조금씩 사라지고, 아쉬움이 커졌다. 해환이 쓴 글은 세계로 뻗어나갔지만, 해환은 여전히 집에 틀어박혀 살았다. 그저 넓은 집으로 이사를 했을 뿐이다. 그나마 병원을 다닐 때는 어쩔 수 없이 외출을 했지만 지금은 더 이상 치료를 받는 것도 거부했다. 들이는 노력과 시간에 비해 나아질 것이 없다고 판단했기 때문이다. 돈만 있으면 집에서도 무엇이든 다 할 수 있는 세상이다. 해환은 사람과 만나지 않는 생활에 익숙해졌다. 해환은 오로지 컴퓨터와 휴대폰 화면으로만 세상을 만났다. 화면 속의 세상에서 해환의 명성은 나날이 커졌지만, 해환의 마음엔 공허함만 쌓여갔다. 성윤은 해환을 보며 깨달았다.

'사람의 마음이란 정말 깊은 것이구나. 돈으로도, 명예로도 채워지지 않는구나.'

성윤은 해환에게 새로운 사람을 만나게 해줘야겠다고 생각했다. 해환이 옥호와 만나 커다란 변화를 겪은 것처럼 해환의 굳어가는 마음에 망치질을 해줄 사람이 필요했다. 성윤은 옥호와 상의 끝에 해환과 광심의 인터뷰를 성사시켰다. 엄청난 기대를 하진 않았다. 해환이 새로운 사람과 이야기를 나누는 것만으로 좋았다. 하지만 첫 만남부터 틀렸다는 소식을 전해 듣고 성윤은 크게 낙담했다. 누구를 탓할 일은 아니었지만 자꾸만 화가 났다. 세상이 끝난 것도 아닌데 다시는 기회가 없을 것만 같았다.

광심이 다시 온다는 소식을 듣자마자 성윤은 해환의 집에 달려가

제발 좀 잘하라고 신신당부를 했다. 하지만 해환은 무슨 생각인지 성윤의 말을 귓등으로 듣는 것 같았다. 결국 성윤은 한바탕 언성을 높이고 해환의 집을 나와 버렸다. 잔뜩 화가 난 성윤은 엘리베이터로 가는 복도에서 한 여자와 마주쳤다. 처음 만나는 자리였지만 성윤은 여자가 걸치고 있는 외투를 보고 상대를 알아봤다.

성윤이 먼저 인사를 건넸다.

"혹시 오 형사님이신가요?"

"네, 오광심이라고 합니다."

"주해환 작가 형 되는 사람입니다. 주성윤이라고 합니다. 반갑습니다."

성윤이 밝게 웃으며 인사했다. 부드러운 눈빛과 따뜻한 목소리가 세상 풍파와는 상관없이 살아온 사람처럼 느껴졌다. 하지만 반팔 셔츠 밑으로 드러난 성윤의 팔에는 화상이 남기고 간 상흔이 뚜렷했다. 성윤도 해환과 함께 지옥 같았던 밤을 헤치고 나온 것이다. 하지만 성윤의 상처는 해환만큼 심하지 않았다. 해환을 에메랄드 캐슬 꼭대기에 유폐시켜버린 화마는 성윤의 팔만 할퀴고 지나갔다.

"지난번엔 동생이 실례가 많았습니다. 사람을 대할 일이 별로 없다 보니 어려움이 있어요. 이해해주시면 좋겠습니다. 제가 잘 알아듣게 말해 놓았으니 이젠 문제없을 겁니다."

성윤이 정중하게 말했다.

"무슨 말씀이신지…?"

"동생이 뭔가 실례를 한 거 아닌가요? 그래서 안 오시겠다고 하시는 줄 알았는데요."

"아, 아니에요. 작가님이 뭘 잘못하신 게 아니라 제 문제였어요."

"그런가요? 다행이네요. 문제는 잘 해결되셨나요?"

성윤의 말에 광심이 조용히 웃었다. 성윤은 남에게 실례되는 행동을 하지 않는 사람이다. 성윤은 캐묻는 대신 작별인사를 했다.

"그럼 전 가보겠습니다. 잘 부탁드립니다."

성윤이 아이를 맡기는 부모처럼 고개를 숙였다.

광심도 고개를 숙여 답하고 성윤을 지나쳐갔다. 성윤은 엘리베이터 안에서 광심의 뒷모습을 눈으로 쫓았다. 엘리베이터의 문이 서서히 닫혔고, 광심은 코너를 돌아 해환의 집 쪽으로 사라졌다.

막상 마주친 광심은 성윤이 생각해왔던 형사의 이미지와 달랐다. 성윤은 형사란 말을 들으면 피곤에 절어있으면서도 혈기가 왕성한 인간이 떠올랐다. 형사는 결국 범인을 쫓는 직업이라고 생각했기 때문이다. 성윤은 광심의 얼굴에서도 켜켜이 쌓인 피로를 엿보았다. 하지만 그 모습은 누군가를 쫓는 사람보다는 쫓기고 있는 사람처럼 보였다. 이젠 도망치기도 지쳐서 스스로 멈춰서 잡히고 싶은 범인처럼.

성윤은 문득 해환의 집에 돌아가고 싶은 충동을 느꼈다. 성윤이 엘리베이터 문을 다시 열려는 찰나, 누군가 아래서 버튼을 눌렀는지 엘리베이터가 움직였다. 성윤의 심장이 '쿵'하고 떨어졌다. 해환의 집을 나서기 전, 해환이 했던 말이 떠올랐다.

"형은 지금 어떤 상황인지를 전혀 모르고 있어."

13 살인자의 눈

"커피 드실래요?"

해환이 주방으로 가며 말했다. 식탁 위에 스틱 커피가 보였다. 광심이 해환을 따라가며 말했다.

"커피 안 드시잖아요?"

"형이 가져왔어요."

해환이 커피를 처음 접한 조선 사람처럼 인상을 쓰며 포장지를 살폈다.

"제가 할게요."

광심이 해환을 따라와 스틱 커피를 받았다. 해환이 포트에 물을 끓였다. 광심이 스틱 커피를 뜯어 해환이 내놓은 컵 안에 부었다.

"엘리베이터 앞에서 형님 뵀어요. 좋은 분 같던데요. 작가님은 안 드세요?"

광심이 하나뿐인 잔을 보고 말했다.

해환이 쓴웃음을 지으며 고개를 저었다.

"네, 잔소리가 심해서 그렇지 좋은 형이죠. 생명의 은인이기도 하고."

"형님이요?"

"네, 형이 절 불구덩이에서 꺼냈어요. 절 끄집어내느라 형도 팔을 다쳤죠."

광심은 상윤의 팔에 남아있던 상처를 떠올렸다. 해환이 인스턴트 원두가 담긴 잔에 뜨거운 물을 부었다.

"조금만 늦었으면 얼굴까지 타버렸을 거예요. 앰뷸런스에 실려 가는데 형이 계속 말하더라고요. '얼굴은 괜찮아' '얼굴은 괜찮아' 그걸로 지금까지 유세지요."

해환이 웃으며 말했다.

"그래서 다행이라고 생각하셨나요?"

광심의 말에 해환이 멈칫 하더니 일어나서 포트에 남은 물을 버렸다. 싱크대에서 연기가 올라왔다.

"뜨거운 것에 덴 적이 한 번은 있으시죠?"

해환이 말했다.

"네, 그럼요."

"전쟁영화에서 한 병사가 화염에 휩싸였어요. 어떻게 했을 것 같아요?"

"동료에게 살려달라고 했겠죠."

해환이 고개를 저었다.

"총으로 자기 머리를 쏴버렸어요."

해환이 포트를 내려놓고 광심 맞은편에 앉았다.

"구급차에 실려 가면서 형한테 죽여 달라고 했어요. 고통이 너무 심해서요. 죽어서라도 당장 벗어나고 싶었어요."

광심이 커피를 마셨다. 뜨거운 커피가 목을 타고 넘어갔다. 광심은 해환의 말을 삼킨 것 같았다. 해환이 다시 입을 열었다.

"안 오시는 줄 알았어요."

"취재에 응할 생각으로 온 건 아니에요."

"그럼 왜 오신 건가요?"

해환이 얼굴을 찌푸렸다. 광심이 잔을 내려놓고 말했다.

"저에게 흥미가 있으신 건지, 아니면 제가 맡았던 사건에 흥미가 있으신 건지 모르겠지만 경감님 통해서 필요한 자료는 다 구하셨을 거라 생각합니다. 딱히 더 말씀드릴 것도 없어요. 개인적으로 돌아보고 싶지 않은 기억이기도 하고요. 죄송하지만 오늘은 따로 여쭤보고 싶은 게 있어서 왔어요."

"뭐가 궁금하신데요?"

해환이 팔짱을 끼며 말했다.

광심이 책장에 가서 해환이 쓴 소설을 꺼내 저자인 해환에게 건넸다. 광심이 영혜의 책장에서 보았던 소설이었다. 광심은 기억해둔 페이지를 펼쳐 해환에게 보여줬다. 영혜가 밑줄을 친 문장이 나타났다.

네가 없으면 죽겠다는 사람과는 만나지 마라. 사람은 사람을 채워줄 수 없다. 날 채워줄 수 없는 사람에게 나를 채워주길 기대하고 요구하니까 결국은 바닥을 드러내고 메말라 갈라져버린다. 사랑은 상대를 세워주는 것이다. 건강하게 만드는 것이다. 생명을 낳는 것이다. 자신이 없으면 살 수 없도록 만드는 것은 사랑이 아니다. 남겨진 사람의 삶을 파괴하는 사랑이란 존재하지 않는다. 포도 향만 첨가된 탄산주스처럼 그것은 사랑이라 불렸을지 모르나 실체는 다른 것이다. 모든 것이 끝나도 사랑은 가슴에 남아 그 남은 생을 살아가게 한다.

해환은 다른 작가가 쓴 글을 읽는 것처럼 책을 보더니 책장을 덮었다.

"많이들 좋아해주신 문장이죠. 사실 제 머릿속에서 나온 건 아니에요. 편집자 아버님이 해주신 말씀이라는데 좋아서 그대로 썼지요. 근데 이게 왜요?"

"어떤 뜻으로 쓰신 건지 궁금해서요."

"그게 궁금해서 오셨다고요?"

"네."

해환은 꾀병을 부리는 아이를 살피는 선생님처럼 광심을 바라봤다. 하지만 광심이 한 말은 진짜였다. 해환이 쓴 문장에 친 밑줄이 영혜가 남긴 유일한 흔적이었다. 광심은 영혜가 어떤 마음으로 해환이 쓴 글을 읽고, 밑줄을 쳤을지 궁금했다. 광심은 그 줄을 잡고 영혜를 따라가려 했다.

"딱히 해석이 필요한 글은 아닌데요."

"그 부분만 보면 그렇죠. 하지만 맥락이란 게 있으니까요. 작가한테 묻는 게 가장 정확하겠죠."

해환이 덮어놓은 자신의 책을 툭툭 두드리며 말했다.

"답을 드리는 거야 쉽죠."

"감사합니다."

"근데 공평하지가 않네요."

"네?"

"제 취재 부탁은 거절하시면서 저한테 부탁을 하고 계시잖아요."

광심의 눈초리가 살짝 올라갔다. 해환이 미소를 지으며 말했다.

"이러면 어떨까요? 제 질문 하나에 답해주시면 저도 답을 드리죠."

"질문 하나요?"

"네, 하나씩 주고받는 거죠. 공평하게요."

저울이 균형을 이룬다고 양쪽에 달린 물건의 가치가 같지는 않다. 처음 만났던 날, 해환은 모든 것을 알고 있는 사람처럼 광심을 몰아붙였다. 실제론 어땠는지 몰라도 광심은 그리 느꼈다. 옥호가 돌아오면서 상황이 자연스럽게 정리됐지만 광심은 여전히 마음을 놓을 수 없었다.

'정말 소설을 쓰기 위해 취재를 하는 것일까 아니면 나를 의심하고 있는 것일까.'

해환의 진의를 알려면 질문을 들어봐야 했다. 광심이 쓰디쓴 술을 삼키듯 남은 커피를 들이마셨다. 허락으로 받아들인 해환이 질문을 던졌다.

"정희라고 했지요, 그 아이."

그 아이를 처음 만났을 때, 광심도 그렇게 물었다.

"네가 정희니?"

"네."

"언니는 경찰이야. 내가 왜 정희를 만나러 왔는지 궁금하지?"

광심은 정희가 겁먹지 않도록 웃으며 말했다. 정희는 순진무구한 얼굴로 고개를 끄덕였다. 당신의 친절한 태도가 대단한 효과가 있다는 듯이.

"선미랑은 친한 사이였니?"

"그냥 같은 반 친구예요."

"밖에서 만난 적은?"

"같이 논 적은 없어요."

정희가 고개를 저으며 말했다.

"어울리는 사이가 아니라니까요."

담임교사가 끼어들었다. 광심이 담임교사를 쳐다봤다. 딱히 쏘아본 것도 아닌데 광심의 눈빛엔 힘이 있었다. 담임교사는 광심의 시선을 피하며 정희를 향해 괜찮다는 듯 미소를 지었다.

나중에 밝혀진 일이지만 정희는 범행 당일 선미와 따로 이동, 인적이 드문 재개발 지구 안에서 다시 만나 사건현장으로 향했다. 정희는 그토록 조심했으니 아무도 자신을 보지 못했을 거라고 생각하지 않았다. 겨우 그 정도 수준의 범죄자였다면 경찰이 찾아온 순간, 패닉에 빠져버렸을 것이다. 정희는 철저하게 범행 계획을 세우면서도 목격자가 존재할 가능성을 염두에 두었고, 경찰이 찾아오면 어떻게 대응할지도 생각해놓았다. 우선 상황이 확실해질 때까지 만났다는 이야기를 먼저 꺼낼 필요는 없었다. 그렇다고 만난 적이 없다고 해서도 안 됐다. 목격자가 제보를 해서 찾아왔다면 시작부터 거짓말을 하는 셈이 되니까.

'같이 논 적은 없다.'

그걸로 충분했다. 목격자가 있어도 같이 논 것은 아니라고 하면 된다. 당시 상황은 누가 봐도 놀이와는 거리가 멀었으니까.

하지만 실은 그조차 거짓말이었다. 정희에게 선미는 장난감이었다. 그래서 선미의 죽음은 놀이 중에 일어난 사고이기도 했다. 정희에게 범죄는 일종의 유희였다.

"선미가 죽던 날에 상천5동 재개발 지구에서 정희하고 같이 있는 걸 봤다는 사람이 있어."

정희가 고개를 숙이며 손가락 끝으로 교복치마를 잡았다.

- 몸이 떨린다. 동요한다. 겁을 먹었다. 죄책감에 시달린다.

정희는 미리 준비한 시나리오대로 연기를 해나갔다.

"저 때문이에요."

정희가 터져 나오는 울음을 집어삼키며 말했다.

나 때문이다. 하지만 내가 죽인 건 아니다. 그 대사는 얼마간은 진실했다. 선미는 정희 때문에 죽었다. 하지만 정희가 '직접' 죽이지는 않았다. 정희는 선미의 몸에 손가락 하나 대지 않았다. 정희는 대신 리모컨의 버튼을 눌러 사람을 죽였다. 리모컨을 움직이는 동력은 우리가 흔히 '사랑'이라고 부르는 감정이었다. 정희가 이끄는 대로 선미를 죽음으로 몰고 간 사람은 정희의 남자친구인 박희도였다. 정희의 자백으로 사건의 전모가 밝혀지자 박희도를 알던 사람들은 경악했다. 그들이 알던 박희도는 정의롭고, 순수한 청년이었기 때문이다. 정희보다 네 살 많은 박희도는 목사를 꿈꿨던 신학생으로 정의로운 사회를 만들고, 사회의 약자를 돌보는 것을 자신의 소명으로 여겼다. 박희도는 뜻이 맞는 학교 친구들과 함께 활동을 하면서 〈복음과 사회〉라는 웹진을 발행하기도 했다. 박희도가 재개발 지구 폐가에서 여고생을 발가벗기고, 차가운 바닥에 방치해 죽음에 이르게 했다는 소식은 그를 아는 사람들에겐 불쾌한 농담처럼 느껴졌다.

"그냥 겁만 줄 거라고 그랬어요. 오빠도 그렇게 될 줄은 몰랐을 거예요."

"그러니까 네 말은 선미가 먼저 네 사진을 찍어 너를 괴롭혔고, 그걸 알게 된 남자 친구가 똑같은 방식으로 선미를 혼내주려고 했다? 그런 이야기니?"

"어떻게 하려고 한 건 아니에요! 제 사진만 삭제해주고, 다신 괴롭히지 않겠다는 약속만 해주면 풀어주려고 했어요. 그런데…."

선미의 입을 막은 천이 피로 물들었다. 박희도가 급히 천을 제거했지만 피는 멈추지 않았다. 선미는 동맥질환을 앓고 있었다. 일상생활에는 지장이 없었지만 쉽게 피로감을 느끼고, 무리를 하면 호흡이 가빠지는 등 문제가 생겼다. 갑작스런 상황에 선미는 패닉에 빠졌다. 심장은 미친 듯이 날뛰었고, 선미는 숨을 제대로 쉬지 못했다. 젖산중독이 일어나며 폐에서 출혈이 시작됐고, 온몸의 장기가 빠르게 피에 잠겼다. 선미의 몸 안에서 어떤 일이 벌어지고 있는지 박희도와 정희는 알지 못했지만 상태가 위중하다는 것은 분명했다. 신고를 했다면 현장에서 체포될 상황이었다. 박희도와 정희는 신고를 하는 대신 선미의 휴대폰만 챙겨 자리를 떠났다.

"무서웠어요. 그러면 안 됐는데 너무 무서워서⋯."

정희는 감정을 차곡차곡 쌓아 올리다 테이블에 얼굴을 박고 오열했다. 열연이었다. 정희는 자신이 끌어올린 감정에 스스로 도취되었다. 피날레를 장식한 배우가 관객의 박수갈채를 기다리는 것처럼 정희는 자신에게 속아 넘어갈 두 사람의 모습을 기대했다. 엎드린 정희의 시선 아래로 손수건이 보였다. 담임교사가 건넨 것이었다. 담임교사는 아끼는 제자가 저지른 안타까운 실수에 마음 아파하는 눈치였다. 정희는 짜릿한 만족감에 몸을 떨며 손수건으로 미소를 숨겼다. 그리고 옆에서 자신을 궁흉한 눈으로 보고 있을 또 한 명의 관객을 찾았다. 광심은 고장 난 자동차 보닛을 열어본 사람처럼 정희를 보고 있었다.

"꼭 변검을 쓰는 배우 같았어요."

광심이 말했다.

"변검이요? 움직일 때마다 가면이 바뀌는 연극?"

"네"

가면을 써도 눈은 가려지지 않는다. 한바로도, 정희도 선량한 사람의 가면을 쓰고 있었지만 살인자의 눈은 감추지 못했다. 광심은 해환에게 자신의 눈이 어떻게 보일지 궁금했다.

"형사님의 감을 무시하는 건 아닌데 뚜렷한 증거가 있는 건 아니었네요."

해환이 말했다.

"어떻게 그 아이가 범인인 걸 알았냐고 물으시면 이렇게 답할 수밖에 없어요."

"알겠습니다. 그럼 저도 답을 드려야죠."

해환이 자신의 책을 건넸다. 광심이 얼떨결에 책을 받아들었다.

"선물로 드릴게요. 다 읽으면 자연히 답도 알게 되겠죠."

"이건 제가 원한 방식이 아닌데요."

광심이 인상을 썼다.

"책에 대해서 질문을 하려면 읽어보고 하는 게 맞지 않을까요?"

"우리가 합의한 조건과는 맞지 않지요."

"그럼 질문을 하나 더 하시죠. 답해드릴게요."

해환이 선심 쓰는 것처럼 말했다.

"궁금한 게 없는데요."

"꼭 저에 대한 질문이 아니라도 답해드릴게요. 알고 싶은 게 있을 텐데요."

"무슨 말씀이죠?"

"예를 들어, 고영혜를 어떻게 찾을까, 그런 질문도 괜찮다는 이야기입니다."

14 법인의 캐릭터

"그런 눈으로 보진 마세요. 제가 숨겨놓은 건 아니니까."

"경감님 통해서 아셨나요?"

광심이 정보의 출처를 물었다. 종결된 사건 파일이라도 함부로 유출해서는 안 된다. 하물며 수사가 진행 중인 사건 정보를 공유했다면 상부의 지시가 있었다 해도 지나친 협조였다.

"정확히는 경위님 통해서 알았죠. 보내주신 음성 메시지는 제 계정과 공유가 돼서 바로 확인할 수 있게 돼있어요. 아마 아저씨보다 제가 먼저 들었을 걸요."

"몰래 엿들었다는 건가요?"

"설마요. 아저씨도 다 아는 사실입니다. 이렇게 해달라고 부탁까지 하신 일인걸요."

해환이 말한 대로라면 집필을 도운 것도 아니었다. 들으면 들을수록 이해가 가지 않았다. 대체 무슨 이유로 옥호 같은 베테랑 형사가 수사 정보를 일반인과 공유한 것일까.

"이상하게 생각하실 거 없어요. 제가 도움이 되지 않을까 싶어서 그런 거니까요. 이전에도 종종 그런 일이 있었거든요."

"도움이요?"

'언젠가 오 경위가 도움을 받을 날이 올지도 몰라. 그놈을 도우면 그

놈도 자네를 도울 수 있다는 말이야.'

광심은 불현듯 옥호가 했던 말이 떠올랐다. '내 명성은 주 작가 덕분이야',라고 말하던 옥호의 얼굴과 함께.

그때는 지나친 겸손의 표현이라고 생각했지만 지금은 달랐다. 광심이 해환의 책을 들어 보이며 말했다.

"이 책, 진짜 주인공은 당신인가요? 당신이 범인을 잡은 거예요?"

"정확히는 같이 잡았죠. 저는 범인과 대면한 적도 없으니까요."

"밖에 나가지도 않고 집에 앉아서 범인을 알아냈다고요?"

"다시 말하지만 저 혼자 한 건 아니에요. 아저씨가 정보를 가져다주셨고, 저는 분석을 했지요. 그 분석을 토대로 아저씨는 범인을 잡아주셨고요. 함께 한 겁니다."

"뭘 어떻게 분석한다는 거죠?"

해환이 머리를 긁적이더니 광심이 든 책을 향해 손을 뻗었다. 광심이 의심스런 얼굴로 책을 건넸다. 해환은 습관처럼 책을 넘겨보고는 광심에게 설명을 시작했다.

"무슨 마법 같은 건 아니에요. 소설을 쓰려면 당연히 캐릭터를 만들어야 해요. 그렇죠? 하지만 처음부터 캐릭터에 대해 모든 것을 알지는 못해요. 제가 만들었지만 캐릭터를 이해하는 시간이 필요하죠. 써가면서 알게 되는 거예요. 아, 이 녀석은 알고 보니 이런 걸 좋아하는구나. 그럼 앞에 쓴 부분은 말이 안 되네. 다시 돌아가서 고치기도 하지요. 그러다 어느 순간 캐릭터에 대해서 모든 것을 알게 되는 순간이 와요. 아까 마법 같은 건 아니라고 했지만 이런 순간은 마법처럼 느껴지기도 하죠. 그때부턴 캐릭터를 따라가면 그만이에요. 캐릭터가 말하는 걸 받아 적으면 대사가 되고, 움직임을 따라가면 동선이 정해지고, 캐릭터의 선택과 결과로 인해 이야기가 진행되고, 완성되죠. 무슨 말인지 알겠어요? 이런 순간이 오기까지 끊임없이 질문을 던져요. 이 캐릭터는 이런 상황에서 어떻게 반응할까. 어떤 말을 하고, 어떤 선택을 할까. 이 책도 그런 과정을 통해서 썼어요."

해환이 책을 들어 보이며 말했다.

"그런데요?"

"그 과정을 수사에 대입했을 뿐이에요. 아저씨가 가져온 정보를 통해서 범인의 캐릭터를 만들어나갔죠. 책을 쓸 때처럼 질문을 던지면서요. 그러다 제 안에서 범인의 캐릭터가 완성되는 순간."

해환이 광심에게 다시 책을 돌려주며 말했다.

"범인이 누구며, 무슨 짓을 어떻게 저질렀고, 앞으로 뭘 할지도 알겠더군요."

솔직히 고백하자면 나는 초능력자입니다, 라고 말하는 것 같았지만 허무맹랑한 이야기는 아니었다. 광심은 해환의 설명을 들으며 연수 기간 중에 들었던 프로파일러 강연이 생각났다. 잘 훈련된 프로파일러는 범행 현장과 수법을 분석해 얼굴 한 번 본 적 없는 범인의 연령과 성별, 직업, 옷차림, 성격, 성장 배경까지 추측해낸다. 작가인 해환은 소설의 캐릭터 작법에 빗대어 이야기했지만, 해환이 범인을 찾아낸 방법은 프로파일링 기법과 비슷했다. 물론 해환은 프로파일러 훈련을 받지 않았다. 하지만 프로파일러 외에도 프로파일링의 귀재들이 존재한다. 바로 프로파일러가 상대하는 범죄자다. 사기꾼이나 유괴범은 피해자를 물색할 때 뛰어난 프로파일러가 된다. 한눈에 사냥감을 알아보는 것이다. 그들은 훈련이 아닌 범죄를 통해 능력을 발전시켜나간다. 같은 능력을 한쪽은 범죄에 쓰고, 반대쪽은 범죄자를 잡는데 사용할 뿐이다. 소설가는 상상의 세계 속에서 실제와 같은 캐릭터를 만들어나가고, 갖가지 상황을 가정해 이야기를 써나간다. 하물며 해환은 범죄소설을 쓰는 작가였다. 프로파일링 능력이 발현되기 좋은 조건이었다. 옥호는 유명해지기 전에도 유능한 형사였지만 소설의 주인공이 될 정도로 대단한 사건을 해결하지는 못했다. 해환과 만난 후에 옥호가 체포한 범인은 그전에 그가 잡아들였던 범인들과는 달랐다. 주해환이 프로파일러 역할을 하며 옥호를 도왔던 것이다.

"좋아요. 그럼 묻죠. 고영혜는 어디 있을까요?

"전 소설가지 점쟁이가 아니에요. 제가 사기꾼 같나요?"

"보통 소설가가 할 말은 아니죠. 그럼 지금까지 알아낸 걸 말씀해주세요. 정말로 도움이 될 생각이 있다면요."

광심은 해환이 답하지 않으면 일어날 기세였다.

"아직까진 정보가 부족해요. 수사에 문제가 있다는 뜻은 아니에요. 경위님의 보고는 좋더군요. 간결하고, 정확하고, 감정에 취해있지 않아요."

"칭찬은 감사한데 제가 듣고 싶은 건 다른 거예요."

"우선은 고영혜 지도 교수를 만나봤으면 좋겠어요."

"전형수 교수요? 그 사람이 거짓말을 하는 것 같아요?"

"아니요. 전형수 말고 지금 고영혜 지도교수요."

분명 챙겼는데 어디에 뒀는지 까먹었던 열쇠를 찾은 것 같았다. 고영혜 지도교수는 당연히 만나봐야 할 사람이었다. 광심도 일찌감치 학교에 문의를 해보았지만 출장 중이라 연락이 어렵다는 답변을 들었다. 그러던 차에 성추행 사건과 함께 전형수라는 인물이 등장하면서 광심은 지도교수의 존재를 잠시 잊고 있었다.

"꽤 유명한 사람이던데요. 이름이…."

해환이 휴대폰을 들며 말했다.

"홍은호 교수요."

"맞아요, 홍은호. 잠시만요."

해환이 휴대폰을 만지작거리더니 광심에게 건네줬다. 화면에 기사가 떠 있었다.

경제 부흥과 함께 중국의 미술시장이 폭발적으로 성장했고, 한국작가들도 앞 다퉈 중국에 진출하고 있다는 내용의 기사였다. 홍은호는 그 선두에 섰을 뿐 아니라 제자들의 앞길까지 열어주는 선구자로 묘사되고 있었다.

"요즘 슬슬 방송에도 얼굴을 비추며 잘나가는 것 같아요. 미술계의 고보경이랄까. 기사를 읽어보니 둘이 닮은 구석이 있더군요. 실제로도 친분이 조금 있고요."

"그렇다면 고영혜와 친한 사이는 아니겠네요."

"왜 그렇게 생각해요?"

"예전엔 어땠는지 모르지만 지금 고보경과 고영혜의 관계는 썩 좋지 않은 것 같아서요."

"그렇다면 더욱 더 가까운 사이일 수도 있죠."

"네?"

"아버지 같은 남자는 절대 만나지 않겠다고 다짐하던 여자가 아버지를 꼭 닮은 남자를 만나게 된다는 이야기 못 들어봤어요? 사랑이든 미움이든 오래도록 마음에 품고 있는 것은 사람을 강하게 끌어들이지요."

"둘 사이에 사제 이상의 관계가 있다고 생각하세요?"

"학교에서 만난 학생이 그랬다면서요. 고영혜는 과방보다는 교수 연구실을 들락거린다고."

"그건 전형수 교수와의 사건을 꼬집은 거잖아요."

"맞아요. 표현이 적절하네요. 그런데 왜 꼬집은 걸까요? 고영혜는 피해자인데요. 왜 비아냥거렸을까요?"

"전형수 교수의 투신이 영향이 있었겠죠. 원래 존경받던 교수기도 했으니까요. 그 정도로 억울함을 표시한다면 정말 다른 사정이 있었을 거란 생각도 들지 않았을까요?"

"그럴 수도 있지만 그것만으로 여론이 바뀌긴 힘들어요. 하지만 고영혜를 향한 시선이 부정적으로 바뀔만한 일이 그 후로도 있었다면요."

광심이 잠시 생각하다 말했다.

"달라진 게 없는 거군요."

해환이 고개를 끄덕였다.

"고영혜가 과방엔 얼굴도 비추지 않고, 교수 연구실만 들락거린다는 말은 과거의 이야기가 아니에요. 지금도 그러고 있는 거죠."

"당장 연락해보죠."

광심이 자리를 박차고 일어났다. 광심은 따로 인사도 하지 않고, 바로 현관으로 향했다.

"경위님."

해환이 따라오며 광심을 부르자 광심이 뒤돌아봤다. 해환이 자신이 쓴 소설을 내밀었다.

"이거 갖고 가셔야죠. 이거 때문에 오신 거잖아요."

"아, 네."

광심이 책을 건네받았다.

"다 읽고, 감상도 좀 말씀해주세요."

해환이 문을 나서는 광심에게 급하게 말했다. 광심은 고개만 살짝 끄덕이고, 아무런 대답도 없이 문을 닫았다. 해환은 닫힌 문을 잠시 바라보다가 뒤를 돌아보았다. 책장 안쪽에서 문을 긁는 소리가 들렸다. 해환이 책장의 문을 열자 초원이 꼬리를 흔들며 뛰쳐나왔다. 초원은 코를 킁킁거리더니 재빨리 주방과 거실을 훑고 문 앞으로 달려갔다. 광심의 냄새를 맡은 것 같았다. 해환이 문 앞에서 서성거리는 초원을 안아 들었다.

"누나 갔어. 누나 보고 싶었어?"

초원이 해환의 품에 안겨 낑낑거렸다.

해환이 초원을 안아 든 상태로 창가로 갔다. 잠시 서있으니 지하주차장 입구에서 광심의 차가 빠져나오는 모습이 보였다.

"저기 간다."

해환의 말을 알아들었는지 초원이 발버둥을 쳤다. 해환이 초원을 내려놓자 초원이 창가에 붙어 아래를 내려 봤다. 해환이 빙긋이 웃으며 말했다.

"누나가 좋아? 누나는 너 별로 안 좋아하는 거 같은데."

초원이 무슨 소리냐는 듯 '왈왈' 짖더니 앞발을 들어 해환의 다리를 붙들었다. 광심의 차가 시야 밖으로 사라졌다.

해환이 초원의 머리를 쓰다듬으며 말했다.

"난 아직 저 누나가 어떤 캐릭터인지 모르겠다."

15 유리 상자

푸른색 해치백이 가지런히 선 나무들 사이로 달렸다. 탁 트인 들판으로 나오자 기괴하게 생긴 건물이 눈에 들어왔다. 서울 근교에 위치한 홍은호의 단독 주택이었다. 홍은호의 단독 주택은 집이라면 응당 보여야 할 수평선과 수직선이 보이지 않았다. 바닥부터 시작된 건물의 모든 선은 환각에 빠진 사람의 시선처럼 뒤틀리다 지붕으로 모여 하늘을 향해 솟구쳤다. 집이라기보다는 난해한 설치 미술품 같았다. 광심은 이해하려는 노력을 멈추고, 홍은호의 집 앞에 차를 세웠다. 셔터가 열린 주차장 안에 빨간색 포르쉐가 보였다.

광심이 차에서 내려 집 주변을 둘러보았다. 벽은 화산이 분출해 굳어버린 것 같았고, 커다란 유리창이 집을 감싸고 있어 내부가 환하게 들여다보였다. 반면 1층 위로는 작은 창조차 보이지 않아 정확히 몇 층으로 설계되었는지도 알기 힘들었다. 집을 한 바퀴 돌자 뒤쪽에 작은 풀장이 나타났다. 풀장 한가운데에 사람이 엎드린 채로 떠있었다. 기겁할 만한 장면이었지만 광심은 가까운 위치로 이동해 침착하게 상황을 살폈다. 풀장에 떠있던 것은 사람이 아니라 인형이었다.

그때, 광심의 뒤에서 유리창을 두드리는 소리가 들렸다. 광심이 돌아보자 한 남자가 집 안에서 폴라로이드 사진기로 광심을 찍었다. 남자는 사진기를 내려놓고, 유리로 된 문을 열었다.

"전화주신 분이지요? 오광심 경위님? 홍은호입니다."

홍은호가 손을 내밀었다.

"오광심입니다."

광심이 홍은호와 악수를 했다.

"형사님이라 그런지 놀라지도 않으시네요. 들어오시죠."

홍은호가 웃으며 말했다. 광심이 홍은호를 따라 집 안으로 들어갔다.

"풀장에 떠있는 건 뭔가요?"

"작품이지요."

"작품이요?"

홍은호가 광심을 찍은 사진을 흔들었다. 검은 필름이 밝아지며 광심의 얼굴이 떠올랐다.

"이것까지 포함해서요."

홍은호가 광심에게 사진을 건넸다. 풀장 위에 뜬 인형을 배경으로 광심에게 초점이 맞춰져 있었다. 광심의 얼굴엔 놀란 기색도, 두려움도 보이지 않았다.

"놀라 주저앉는 사람도 있고, 풀장에 뛰어드는 사람도 있지요. 형사님 같은 분은 처음이네요. 형사는 다 그런가요?"

홍은호가 다시 앞장을 섰다. 광심은 홍은호를 따라가다 복도에 붙은 사진들을 보았다. 홍은호가 설명한 대로 풀장에서 다양한 반응을 보인 사람들의 사진이 붙어 있었다. 고약한 장난이라고 생각했지만 다 모아놓으니 생동감이 있기는 했다. 광심은 잠시 멈춰서 사진을 바라보다 다시 홍은호를 따랐다.

풀장에서부터 이어진 통로를 지나자 널찍한 거실이 나타났다. 앞쪽에 유리창 너머로 펼쳐진 너른 들판이 한 눈에 들어왔다.

"잠시만 기다려주시겠어요? 저도 이제 막 출장에서 돌아와서 짐을 정리하던 차여서요. 금방 오겠습니다. 그동안 한 잔 하시겠습니까?"

홍은호가 거실 한쪽에 마련된 바에서 위스키를 따르며 말했다.

"괜찮습니다."

"좋은 술인데요."

광심이 사양하자 홍은호는 안타깝다는 듯 술을 홀짝이더니 잔을 들고 거실 중앙에 설치된 회전계단을 올랐다. 홍은호가 사라지자 광심은 주변을 살폈다. 집 중앙을 차지하는 거실은 회전계단을 중심으로 바닥 일부가 뚫려 있어 아래층까지 보이는 구조였다. 사방을 둘러싼 유리창으로 석양빛이 집 안 깊숙이 들어왔다. 단순히 크기만 따져 봐도 교수 월급으로 살 수 있는 집은 아니었다. 홍은호는 들던 대로 중국에서 커다란 성공을 거둔 모양이었다. 광심은 천천히 거실을 둘러봤다. 음반 회사 복도처럼 재즈 음반과 포스터들이 벽면을 가득 채우고 있었다. 홍은호는 일본에서 미대를 졸업했지만 예술 활동은 음악부터 시작했다. 홍은호는 재즈 뮤지션이었다. 톤이 좋아 보컬도 들을 만했지만 색소폰 연주가 메인이었다. 주로 이태원과 압구정에서 공연을 했는데 생활이 쉽지는 않았다. 그래도 마니아들에겐 인기를 끌었고, 여성 팬도 많았다. 홍은호는 불혹의 나이를 훌쩍 넘겼지만 여전히 날렵한 몸매를 갖고 있었다.

복도 끝에 고풍스런 턴테이블이 보였다. 빈티지한 멋이 풍기는 물건이었지만 광심은 그보단 뒤에 있는 유리박스에 눈이 갔다.

쥐였다.

홍은호의 집처럼 투명한 유리로 둘러싸인 박스 안에 쥐 한 마리가 어슬렁거렸다. 박스는 위와 아래로 나뉘었는데 위층엔 쥐가 있었고,

아래층 천장엔 쇠로 된 날개가 환풍기처럼 위를 향해 돌아갔다. 얼핏 쥐를 위한 것처럼 보였지만 두 공간은 분리돼있어 아무런 영향도 미치지 못했다. 박스 정면에 빨간 버튼이 있고, 그 밑에 '누르지 마시오'라는 글귀가 붙었다. 광심은 곧 버튼의 비밀을 알아챘다. 버튼을 누르면 쥐가 있는 공간의 바닥이 열린다. 쥐는 아래로 떨어지고, 빠르게 돌아가는 쇠로 된 날개에 갈려서 죽는다.

"누르고 싶으면 누르세요."

홍은호의 목소리가 들렸다. 광심이 돌아보니 홍은호가 계단을 내려왔다.

"이것도 작품인가요?"

광심이 말했다.

"왜요? 동물 학대 같아요? 길바닥에서 죽은 쥐를 보신 적 있어요? 저는 옛날 사람이라 꽤 많이 봤습니다만 정말 의미 없는 죽음이죠. 사람을 불쾌하게 하고, 병균을 옮기기도 하고요. 하지만 실험실에서 죽는 쥐들은 어때요? 덕분에 사람들이 질병의 고통에서 벗어나지요."

"이 박스 안에서 죽는 쥐는 무슨 의미가 있지요?"

"솔직한 자신의 얼굴과 대면하게 하지요."

홍은호가 손가락으로 유리벽을 툭툭 치자 쥐가 구석으로 이동했다.

"이 작품이 전시회에 나갔을 때 어떤 일이 있었는지 아십니까? 누르지 마시오라고 적혀 있는 버튼을 관람객들이 전시 기간 내내 눌러댔답니다. 예술과 문화를 사랑하는 교양 있는 시민들이 말이죠. 그냥 호기심에 눌러본 사람도 있고, 어떤 일이 벌어질지 알면서도 누른 사람도 있지요. 그 얼굴들이 얼마나 입체적인지 보면 놀라실 겁니다."

"이걸 누르는 사람들도 찍으셨나요?"

"당연하지요. 사진 말고 영상으로 찍었습니다. 아, 지금은 안 찍고 있으니까 누르고 싶으면 누르세요. 저만 알고 있을 테니까요."

홍은호가 웃으며 광심을 바라봤다.

광심은 문득 홍은호의 집 전체가 거대한 유리박스처럼 느껴졌다. 버튼을 누르면 바닥이 무너져 아래로 떨어지고, 그곳엔 고영혜의 뼛조각이 있을 것 같았다. 광심은 버튼을 누르는 대신 아래층이 보이는 위치로 이동했다.

"집이 독특하네요."

"세계적인 건축가가 만든 작품이지요."

홍은호는 자기가 직접 만든 것처럼 자랑스럽게 말했다.

"고영혜 씨도 여기 온 적이 있나요?"

광심이 물었다.

광심은 이미 답을 알고 있었다. 복도에 붙어 있는 사진들 속에 고영혜가 있었기 때문이다. 고영혜는 풀장을 배경으로 모자를 눌러쓴 남자와 함께 서 있었다. 고영혜는 한눈에 봐도 화가 나보였고, 남자는 어깨를 잔뜩 웅크리고 시선을 피하는 모습이었다.

"보시다시피 떨어져 살다보니 손님은 항상 환영입니다. 학생이라면 더욱 그렇고요. 영혜는 기창이하고 같이 왔었지요."

홍은호가 말했다.

"같이 온 사람은 누구죠?"

광심이 사진 속의 남자와 기창이란 이름을 연결시키며 말했다.

"홍기창이라고 제가 아끼는 제자입니다. 성이 같아서 가끔 오해를 받는데 가족은 아닙니다."

"홍기창 씨와 고영혜 씨는 어떤 사이인가요?"

홍은호가 곤란한 얼굴을 했다.

"기창이가 무슨 짓을 저질렀나요?"

"왜 그런 생각을 하셨죠?"

홍은호는 한숨을 쉬며 소파에 앉았다. 광심이 홍은호를 따라 맞은편에 앉았다. 홍은호가 테이블 위에 놓인 담배를 집어 불을 붙였다. 홍은호는 연기를 뱉으며 말을 꺼냈다.

"기창이가 영혜를 좀 귀찮게 했던 모양입니다."

"귀찮게요?"

"스토킹 같은 걸 말하는 건 아닙니다. 기창이는 순진하고 꽉 막힌 놈입니다. 타고난 재주는 있지만 자기가 그린 선에 갇혀 있지요. 아마 말도 제대로 걸지 못했을 거예요. 그저 좋아하는 여자의 주변을 서성거린 정도겠지요."

"그럼 딱히 친분은 없다는 소리인데, 여기는 어떻게 같이 온 건가요?"

"제가 불렀습니다. 영혜가 부탁을 해서요."

"고영혜 씨가요?"

"네, 영혜가 연구실로 몇 번이고 찾아와 고충을 이야기했지요. 기창이가 저를 잘 따르는 편이라 제가 말하면 기창이도 듣지 않을까 싶었던 거죠."

"교수님과 상담을 하고, 특별히 부탁을 할 정도면 심각한 상황이었던 거 아닌가요?"

"말씀드렸지만 기창이가 뭘 한 건 아니에요. 영혜도 직접적으로 피해를 입었다고 한 건 없습니다. 다만 영혜는 그전에도 학교에서 불미스런 일을 겪은 적이 있기 때문에 민감할 수밖에 없었죠."

"성추행 사건 말씀인가요?"

"네. 알고 계시군요. 영혜가 그때도 많이 힘들어했지요."

"고영혜 씨와 가까우신 것 같네요."

"딱히 가깝지는 않습니다. 친구에게 딸을 떠맡긴 형편없는 아버지를 좋아할 이유가 없지요."

광심은 홍은호의 말이 언뜻 쉽게 정리되지 않았다.

"무슨 말씀이신지…?"

"아, 모르셨나요? 전 알고 찾아오신 줄 알았는데요. 아버지란 표현을 쓰기는 싫습니다만 제가 영혜의 생물학적인 아버지입니다."

"친구 분의 딸이라고만 들었습니다. 친부가 교수님인 줄은 몰랐네요."

광심은 좀처럼 감정을 드러내지 않는 편이지만 이때만큼은 말투에 놀라움이 배어나왔다.

"친구에게 딸을 입양 보낸다는 걸 이상하게 생각하실 수도 있지만 저희 세대에선 종종 있던 일입니다. 저도 큰아버지 댁에서 수양아들로 컸지요."

"실례지만 영혜 씨 어머님은 어디에 계신가요?"

"일본 유학 시절에 만난 친구입니다. 한국 유학생이 주축이 된 동아리에서 만났지요. 저는 한국에 돌아왔고, 그 친구는 일본에 자리를 잡아서 자연스럽게 헤어졌습니다. 그 다음 소식은 저도 잘 모릅니다. 솔직히 말씀드리면 완전히 잊어버리고 살았지요. 그런데 어떻게 알았는지 제 주소를 알아내서는 영혜를 보낸 겁니다."

"아이 혼자요?"

"네, 참 대단하지요. 먼 나라는 아니지만 열두 살짜리 딸을 혼자 비행기에 태워 얼굴도 모르는 아버지에게 보내다니요. 영혜를 보내면서 다시는 돌아오지 말라고 했다더군요. 존재도 모르던 딸이 갑자기 나타나 무척 당황했습니다. 그때만 해도 저는 형편이 심각했어요. 도저히 키울 자신이 없었지요. 보경이는 믿을만한 친구고, 마침 자식이 없어서 고민하고 있던 차라 보경이라면 잘 키워줄 거라고 생각했습니다. 실제로 그랬고요."

"홍기창 씨와 관련된 일 말고 요즘 영혜 씨가 따로 상의를 한 일은 없나요?"

"기창이 일이 아니면 저한테 할 이야기가 없지요. 뭐가 좋다고 저랑 말을 섞겠어요? 영혜 아버지는 보경이지 제가 아닙니다."

"입양을 보내신 후에 전혀 연락을 안 하신 겁니까?"

"해서 뭐하겠습니까. 그러는 편이 좋다고 생각했습니다."

광심은 친부모에 대해 물었을 때, 고보경의 반응이 이해가 갔다. 광심이 화제를 바꿨다.

"홍기창 씨 이야기로 돌아가죠. 반응이 어땠나요? 교수님이 말씀을 하시니 받아들이는 눈치던가요?"

"그건 저도 궁금하던 차입니다. 저는 다음날 유럽출장을 떠났으니까요. 그렇잖아도 둘 다 연락이 되질 않아서 조금 걱정이 됐는데 무슨 일이라도 생긴 겁니까?"

"홍기창 씨는 학교에 가면 볼 수 있겠지요?"

광심이 자리에서 일어나며 말했다. 홍은호가 광심을 따라 일어났다.

"가시는 겁니까? 아무 말씀도 안 해주시고요?"

"뭔가 알게 되면 교수님께도 연락을 드리겠습니다. 지금은 이렇게밖에 말씀을 못 드리겠네요. 협조해주셔서 감사합니다."

광심은 명함만 한 장 남기고, 홍은호가 붙잡을 새도 없이 거대한 유리 상자 같은 집을 빠져 나왔다. 한시라도 빨리 홍기창을 만나봐야 했다.

16 그림 속의 여자

광심은 미대 근처에 차를 주차하고, 뛰어오르다시피 언덕과 계단을 올랐다. 어둑한 밤이 됐지만 과방에서 작업하는 학생은 낮에 찾아왔을 때보다 많았다. 광심이 방 안으로 들어갔지만 누구 하나 신경 쓰는 이가 없었다. 광심은 그중 아는 얼굴에게 다가갔다. 광심이 어깨를 두드리자 작업 중이던 여학생이 이어폰을 뺐다.

"또 오셨네요."

여학생이 떨떠름한 얼굴로 말했다.

"홍기창 씨 자리가 어딘가요?"

"변태는 왜 만나려고요? 변태가 사고 쳤어요?"

더 들을 필요도 없었다. 광심이 고개를 돌렸다. 과방 구석엔 전과 똑같이 검은 천막이 펼쳐져 있었다.

'그 사람이었구나.'

광심은 더위라도 먹은 것처럼 흐느적거리며 걷던 남자를 떠올렸다. 광심이 천막에 다가가 이름을 불렀다.

"홍기창 씨."

반응이 없자 광심은 바로 천막을 들추고 안으로 들어갔다. 천막 안에는 아무도 없었다. 등불 모양의 조명이 켜져 있는 걸로 보아 잠시 자리를 비운 것 같았다. 스탠드 위엔 거의 마무리가 된 것 같은 그림이 놓여 있었다. 벌거벗은 여자를 그린 그림이었다. 여자는 폐가로 보이는 집 바닥에서 옆을 보고 누워 있었다. 입엔 재갈이 물렸고 손과 발이 묶인 상태였다. 사건 보고서에서 수도 없이 봤던, 너무나 익숙한 장면이었다. 홍기창이 그린 그림은 상천동 여고생 살인사건의 현장을 옮겨놓은 것 같았다. 광심은 그림에 들어가기라도 할 것처럼 얼굴을 바싹 들이밀었다.

'선미? 아니, 선미는 아니다.'

선미뿐 아니라 누구도 아니었다. 배경도, 몸도, 얼굴도 아지랑이가 피어오르는 것처럼 묘사되어 있었다. 여자의 몸은 불에 타는 것 같기도 하고, 빛에 휩싸인 것처럼 보이기도 했다. 광심은 범행현장에 도착해 피해자의 생사를 확인하는 형사처럼 그림 속의 여자를 살폈다.

'살아 있다.'

그림 속으로 들어가 여자가 숨을 쉬는지 확인해 볼 수는 없었다. 하지만 광심은 그림 속의 여자가 살아 있다고 확신했다. 광심 뿐 아니라 누구라도 그림 속의 여자를 보았더라면 똑같이 생각했을 것이다. 그만큼 홍기창의 그림은 정밀했다. 홍기창은 생명의 불꽃이 꺼져가는 순간을 그림으로 표현해낸 것이다. 그림 속의 여자는 아직 살아 있었지만 분명히 죽어갔고, 생의 마지막 불꽃을 내뿜는 것 같았다. 광심은 여자의 죽음을 막을 수 없었다. 여자를 살릴 수 있는 사람은 여자의 그림을 그린 홍기창 뿐이었다.

누군가 밖에서 천막을 걷었다. 광심이 돌아보자 한 남자가 서 있었다. 남자는 여전히 머리부터 발끝까지 검었다.

"홍기창 씨?"

광심이 카메라의 초점을 맞추듯이 눈을 찡그렸다. 광심은 그의 이름이 홍기창인 줄 몰랐다. 그래서 아는 얼굴을 보고도, 확신을 하지 못했다.

"…형사님?"

"우리 만난 적 있지요?"

광심은 남자가 자신을 알아보자 이미 알고 있는 답을 확인하듯 물었다.

광심은 선미 사건을 다룬 법정에서 홍기창을 처음 보았다. 수사팀은 홍기창을 이름 대신 '목격자'라고 불렀다. 몇몇은 목격자라는 말 앞에 '싸가지 없는'이란 말을 덧붙이기도 했다. 광심은 수사 도중에 합류해 홍기창이 선미 사건의 유일한 목격자라는 사실 말고는 아는 것이 전혀 없었다. 재판에 들어가기 전 잠깐 얼굴을 봤지만 홍기창은 인사도 제대로 하지 않고 사라져버렸다. 동료의 말로는 잠시나마 의심을 받아서인지 경찰을 싫어한다고 했다. 그게 전부였다. 홍기창은 법정에서 정희가 선미와 함께 폐가에 들어가는 모습을 봤다고 증언했다. 정희가 자백을 했기에 큰 영향은 없었지만 애초에 기창 덕분에 받아낸 자백이었다. 홍기창은 수사에 도움을 준 공로로 시민상 수상자로 선정되었다. 하지만 홍기창은 시상식에 나타나지 않았다. 그리고 처음 봤을 때와는 전혀 다른 모습으로 광심 앞에 다시 등장했다.

"오랜만에 뵙네요."

홍기창이 주문한 음료를 내려놓으며 말했다.

거의 2년 만에 다시 만난 광심과 기창은 학내에 있는 카페테라스로 자리를 옮겼다. 밤이 되도 후텁지근한 기운은 사라지질 않았다. 아이스커피 위에 떠있는 얼음이 밤바다를 떠다니는 빙산 같았다. 이상기후에 녹아내린 극지방의 얼음처럼 광심의 마음은 조각조각 흩어져 어둠 속을 헤맸다. 광심이 잔을 들어 단숨에 얼음을 삼켰다. 입안이 얼얼하고, 코끝이 찡했다. 정신을 차려야 했다. 광심은 마음을 다잡고 홍기창을 봤다.

홍기창은 얼핏 봐서는 같은 사람이라고 생각하기 힘들 정도로 변해 있었다. 전에도 우울해 뵈는 면이 있었지만 미술을 전공한 예민한 대학생이란 느낌이었다. 미적인 감각이 있어서인지 옷차림도 깔끔했다. 하지만 지금의 홍기창은 거식증에 걸린 모델처럼 살이 빠졌고, 같은 옷을 얼마나 오래 입었는지 검은색인데도 찌든 때가 보였다. 눈은 총기를 잃었고, 반쯤 벌어진 입에선 곧 침이 흘러나올 것 같았다. 걸작을 만들기 위해 악마에게 영혼이라도 판 행색이었다.

"괜찮으세요?"

광심이 말했다.

"네?"

홍기창이 멍한 눈으로 되물었다.

"어디 아프신가 해서요."

광심의 말에 홍기창은 고개를 젓더니 자막과 맞지 않는 영상처럼 띄엄띄엄 말했다.

"잠을 잘 못자서요."

홍기창이 물감과 때가 낀 손톱을 세워 옷 위로 팔을 북북 긁었다.

"근데 그 사건은 끝난 것 아니었나요?"

홍기창이 말했다.

홍기창의 말대로 상천동 여고생 살인 사건은 재판까지 마무리 되었다. 어떤 몹쓸 년이 같은 반 아이를 괴롭히다가 자기가 괴롭힌 아이의 남자 친구한테 죽었고, 남자 친구는 경찰의 총을 빼앗아 자살을 했다.

괴롭힘을 당했던 아이는 죽은 연놈에 재수 없게 엮여서 빵에 갔다는 것이 상천동 여고생 살인 사건의 결말이었다. 세상은 정희가 쓴 각본대로 선미를 기억했다.

선미가 정희를 괴롭혔다는 증거는 없었다. 유력한 증거가 될 선미의 휴대폰은 사라졌고, 부모의 동의를 얻어 검사한 선미 노트북에서도 증거는 나오지 않았다. 정희의 변호사는 부족한 증거로 선미를 공격하기보단 모든 시선을 정희에게 집중시켰다. 변호사는 국민 참여재판을 신청하고 같은 반 학생을 줄줄이 증인석에 앉혀 정희가 얼마나 착한 학생인지를 배심원에게 들려줬다. 검찰 측이 전교생을 증인석에 세울 생각이냐며 항의했지만 변호인은 정희에 대한 모든 학생의 의견이 동일하다고 인정하면 더는 증인 신청을 하지 않겠다고 맞섰다. 검사는 학생들의 증언은 사실이 아닌 느낌이며 이 사건과 아무런 관련도 없다는 점을 강조했지만 재판의 흐름은 정희처럼 착하고 예쁜 아이가 어쩌다 범죄에 연루되었는가에 초점이 맞춰졌다. 선미의 죽음, 그 죗값을 묻기 위해 열린 재판이었다. 하지만 피해자인 선미의 이야기는 듣기 어려웠다. 검찰 측조차 선미를 거론해선 불리하다고 판단했기 때문이다. 정희와 박희도의 죄명은 미성년자 납치와 감금, 폭행, 살인과 시체 유기였다. 죄질이 몹시 나빴다. 하지만 이 세대의 악함과 시대의 흐름이 정희의 편이었다. 선미가 죽기 얼마 전, 큼지막한 학교 폭력 사건이 터졌다. 중학교 2학년 남학생이 학교 폭력을 견디다 못해 자살한 사건이었다. 가해자들은 어린 악마들이라고 불릴 정도로 악랄했다. 금전 갈취나 폭행 뿐 아니라 피해 학생을 발가벗겨 조롱하고 성적인 추행을 일삼았다. 피해 학생이 자살을 하기 전 학교에 보호를 호소했던 사실이 밝혀지며 여론이 들끓었다. 당시 학교 폭력 위원

회가 열렸지만 가해자의 부모는 오히려 피해 학생을 공격했고, 가해자들과 피해 학생은 분리되지도 않았다. 자리에 동석한 교사들은 중재할 만한 권한이 없었고, 피해 학생을 보호할 의지도 없었다. 애초에 형사 사건을 학교 내에서 해결하라는 것이 무리였다. 경악한 학부모들은 학교가 하지 못한다면 깡패를 고용해서라도 내 아이를 학교 폭력으로부터 지키겠다고 나섰다. 분명 불법적인 방법이었지만 이해할 만하다는 반응이 다수였다. 뚜렷한 증거는 없었지만 정희는 누가 봐도 모범생이었고, 선미는 학교에 적응하지 못한 문제아였다. 그리고 죽은 사람은 자신을 변호할 수 없었다. 선미 사건을 다룬 기사에는 선미가 죽지 않았더라면 결국 정희가 죽었을 거란 댓글들이 달렸다. 선미는 이미 죽어 마땅한 학교 폭력 가해자였다. 재판에서 거의 잊힌 존재처럼 취급받던 선미의 이름을 꺼낸 사람은 검사도, 변호사도 아닌 정희였다. 마지막으로 하고픈 말이 없냐는 판사의 말에 정희는 겁먹은 고양이처럼 주변을 둘러봤다. 부모를 잃고, 주인에게도 버려진, 거둬줄 사람이 나타나지 않으면 안락사를 당할 고양이 같았다.

한동안 망설이던 정희는 판사가 할 말이 없다면 심리를 속개하겠다고 말하자 비틀거리며 일어났다. 그 동작만으로 정희는 법정에 있는 모든 사람의 시선을 끌어 모았다. 뛰어난 배우는 뒷모습으로도 연기를 한다던가. 정희는 간신히 자세를 바로 잡았지만 발끝부터 시작된 흔들림이 다리를 타고 올라와 가냘픈 허리와 등줄기를 거쳐 훤히 드러난 하얀 목덜미까지 이어졌다. 제아무리 비정한 사람이라도 따뜻한 담요를 덮어주고픈 연약한 떨림이었다.

"제가 선미를 죽였습니다."

정희가 몸의 떨림을 그대로 목소리에 담아내 말했다.

법정은 연극을 상연하는 극장처럼 고요해졌다. 배우는 단 한 명, 그 자리의 모두가 관객이었다. 정희는 힘겹게 한 마디를 내뱉고 한동안 말을 잇지 못하다 크게 한숨을 쉬었다. 관객들은 숨소리도 내지 않고 정희에게 집중했다. 정희가 두려움을 털어내듯 몸을 부르르 떨고는 다시 입을 열었다.

"저는 열여덟 살입니다. 어른은 아니지만 어린 나이도 아닙니다. 제가 무슨 짓을 저질렀는지는 충분히 압니다."

정희의 눈에 눈물이 고였다.

"사람들이 선미와 오빠에 대해 뭐라고 말하는지 알고 있습니다. 아닙니다. 제가 한 겁니다. 제가 선미를 죽였고, 오빠를 살인자로 만들고, 도망자로 만들었습니다. 바로 제가!"

정희가 팔을 들어 자기 가슴을 두드렸다. 눈물이 주르륵 떨어졌다. 정희가 어린 아이처럼 팔을 들어 눈물을 닦았다.

"제가…제가 그랬습니다."

기묘한 광경이었다. 정희는 법정에서 자신의 범행을 실토했다. 정희의 말이 맞았다. 정희는 자기 행동이 어떤 결과를 불러올지 알고 있었다. 그걸 알면서 실행에 옮겼다. 선미를 죽음으로 몰고 간 장본인은 정희였다. 박희도는 정희에게 휘말려 살인을 저지르고 도망자가 됐다. 정희는 자기 뱃속 안에서 꿈틀거리는 악을 모두의 앞에서 드러냈다. 하지만 그 장면은 도무지 범죄자의 자백처럼 보이질 않았다. 정희는 이 연극에서 악역이 아니었다. 정희는 자그마한 몸에 다른 사람이 져야 할 죄책감까지 끌어안고 오열하는 비극의 주인공이었다. 주인공에게 감정을 이입한 사람들은 살인자가 자기 범행을 고스란히 밝히는 장면을 보면서도 정희가 불쌍한 아이라고 생각했다.

정희는 이야기의 힘을 알았다. 욕망으로 얼룩진 난잡한 관계도 걸출한 작가의 손을 거치면 아름답고 절절한 사랑으로 둔갑되었다. 술과 마약에 찌든 젊은이들의 이야기는 자유로운 청춘의 일탈과 방황으로 포장되었다. 하지만 광심은 속지 않았다. 신문 사회면에 나오는 치정사건 중에 아름다운 사랑 이야기는 한 건도 없었고, 술과 약에 취해 자유롭게 살아가는 청춘 대신 음주운전과 마약으로 인생이 망가진 사람들이 있을 뿐이었다. 아무리 치장하고 미화해도 직접 맞닥뜨린 악의 실체를 숨기진 못했다. 광심은 그날 법정에서 정희가 뛰어난 배우일 뿐 아니라 작가라는 사실을 깨달았다. 정희가 써내고 직접 연기한 드라마는 죄를 드러내면서도 죄가 죄처럼 보이지 않게 만들었다. 광심은 해환이 했던 말을 떠올렸다. 재미는 있을지 몰라도 보는 사람의 마음을 병들게 하는 책이 있다던 말. 죄를 죄로 느끼지 않게 만든다면 사람은 죽음에 이르는 병에 걸리게 될 것이다. 정희가 소설을 썼더라면 해환 만큼이나 유명한 작가가 됐겠지만 정희는 결국 글로 사람을 죽였을 것이다.

"그 사건 때문에 온 게 아니에요."

광심이 말했다.

바로 고영혜 이야기로 넘어가면 홍기창이 부담을 느끼고, 입을 다물지도 몰랐다. 광심은 조금 돌아가기로 했다.

"바쁘실 테니까 빨리 말씀드리죠. 전형수 교수와 고영혜 씨 사건 아시죠?"

홍기창이 부산스럽게 움직이다 고영혜라는 말에 동작을 멈췄다. 광심이 계속 말했다.

"전형수 교수가 무고죄로 고영혜 씨를 고소했습니다. 그래서 고영혜 씨를 만나봐야 하는데 행방이 묘연해서요."

홍기창이 고개를 푹 숙이고 시무룩한 목소리로 말했다.

"영혜는 저하고 안 친해요."

"두 분이 같이 홍은호 교수 집에 놀러간 적이 있다고 하던데요."

"네…."

홍기창이 고개를 숙인 상태에서 답했다.

"뭐하고 놀았어요?"

"그냥 술 마시고…기억이 잘 안 나요."

"그 후로 따로 보신 적은 없고요? 마지막으로 보신 게 언제예요?"

"어제…."

"어제요?"

"꿈에서…봤어요."

광심은 맥이 풀렸지만 기창은 진심인 것 같았다. 천현숙도 꿈을 꿨다고 말했던 것이 떠올랐다. 광심은 홍기창의 말을 진지하게 들어주었다.

"어떤 꿈이었어요? 안 좋은 꿈이었나요?"

"기억이 잘 안 나요. 순간순간 끊어져서…좋은 꿈은 아니었던 것 같아요."

"꿈이란 게 원래 그렇죠. 전형수 교수 사건은 어떻게 생각하세요? 당시 익명의 대자보에 따르면 전형수 교수가 영혜 씨 외에 다른 학생도 성추행했다고 했지요. 그런 이야기 들어보신 적 있나요?"

"전형수 교수님은…그런 분 아니에요."

"그럼 고영혜 씨가 거짓말 한 거라고 생각하세요?"

기창이 먹기 싫은 반찬을 앞에 둔 아이처럼 고개를 저었다.

"영혜는 나쁜 사람 아니에요."

"그럼 누가 나쁘죠? 분명 둘 중에 한 명은 거짓말을 하고 있는데."

기창은 시선을 땅에 떨어뜨리고 잠시 생각에 잠기더니 혼잣말처럼 말했다.

"모르겠어요. 왜 이렇게 됐는지…."

"홍기창 씨."

광심이 힘주어 부르자 기창이 고개를 들어 광심을 바라봤다.

"뭔가 아시는 게 있나요? 그렇다면 말씀을 해주세요."

기창이 광심의 눈을 피해 고개를 돌렸다. 홍은호가 말한 대로였다. 기창은 순진한 청년이다. 정희처럼 상황에 맞춰 능숙하게 색깔을 바꿔내지 못한다. 광심은 에둘러 가지 않기로 결심했다.

"그 대자보, 혹시 기창 씨가 붙인 건가요?"

컵을 잡은 기창의 손이 미세하게 떨렸다.

"영혜 씨를 돕고 싶어서 그랬던 거죠? 영혜 씨를 좋아하니까. 그래서 그런 거죠? 영혜 씨가 위험한 남자를 만나고 있다고 편지를 보낸 것도 기창 씨인가요? 괜찮아요. 제가 도와드릴 수 있어요."

광심이 손을 뻗어 기창의 손을 슬며시 잡았다.

"그러려면 먼저 기창 씨가 절 도와주셔야 돼요. 아시는 게 있으면 뭐든 좋으니 말씀을 해주세요. 전에도 저희를 도와주셨잖아요. 이번에도 도와주세요."

기창이 자신의 손을 포갠 광심의 손을 봤다. 광심은 기창의 낯빛을 살폈지만 기창의 얼굴은 별빛 하나 보이지 않는 밤처럼 어두웠다. 기창이 광심의 손아래에서 자기 손을 빼냈다.

"난 당신들 도운 적 없어요. 그리고 당신들도 날 돕지 않는다는 거 알아요."

"기창 씨."

"이만 가보겠습니다."

기창이 자리에서 일어나 고개를 꾸벅 숙이고 뒤돌아갔다. 광심이 일어나며 다급히 말했다.

"기창 씨 한 가지만 더 여쭤볼게요."

기창이 우뚝 멈췄다.

"아까 작업 중이신 그림을 봤어요. 그 그림, 전에 증언해주셨던 사건을 다루신 건가요?"

"네? 아, 그게...네, 자꾸 꿈에 나와서...그럼 가보겠습니다."

기창은 황급히 얼버무리고, 급히 자리를 피했다. 광심이 도망치듯 돌아서는 기창에게 소리쳤다.

"그 그림 속의 여자!"

광심이 시선을 피하며 돌아선 기창에게 마지막 질문을 던졌다.

"아직 살아있죠?"

17 불타는 세상

해환은 문을 열어주고 잠시 기다려달라며 다시 책장 안으로 들어갔다. 광심은 홀로 남아 책장에 꽂힌 책들을 살펴봤다. 추리소설이 많았지만 다른 장르의 소설 뿐 아니라 영화, 음악, 역사, 경제, 심지어 수학과 과학 그리고 미술에 관한 책도 있었다.

해환이 쓴 소설을 영혜의 책장에서 발견했을 때, 광심은 일어날 법한 우연이라고 생각했다. 하지만 광심은 책을 책장에 꽂으며 우연이라기엔 부자연스런 사실을 발견했다. 영혜의 책장엔 미술과 관련된 책이 한 권도 없었다. 명색이 작업실로 마련된 공간인데 책뿐 아니라 미술과 관련된 어떤 물건도 보이지 않았다.

완도에 있는 광심의 방에도 광심의 물건은 거의 없었다. 서울에 온지도 벌써 9년, 일 년에 한 번 다녀오는 것이 전부다 보니 집에서 자리를 잡지 못한 물건들이 공간을 차지해버렸다. 하지만 변함없이 그곳이 광심의 방임을 말해주는 물건도 있다. 광심이 학창시절 백일장에 나가 쓴 글과 받아온 상장이다. 아빠는 딸이 쓴 글을 액자에 담아 상장과 함께 간직했다. 고영혜는 고보경의 영향으로 초등학교부터 미술을 해왔다. 길지 않은 인생이지만 살아온 날의 절반도 넘는 시간을 해온 일이다. 뭐라도 남아있어야 했다. 고향의 방과는 달리 광심의 원룸에는 광심이 쓴 글은 물론이고 흔해 빠진 소설책 한 권도 없었다. 경찰이 되면서 업무와 관련이 없는 책을 전부 버렸기 때문이다. 광심은 가지 못한 길에 대한 미련을 버리고 싶었다.

'고영혜가 스스로 미술과 관련된 흔적을 없앴다면 고영혜는 무엇을 버리고 싶었던 것일까.'

공간은 생각보다 공간의 주인에 대해 많은 것을 말해준다. 하지만 영혜의 방은 영안실처럼 삶이 느껴지지 않았다.

책장의 문이 열리고, 이 공간의 주인인 해환이 나왔다.

"죄송해요. 좀 오래 걸렸죠?"

"아니에요. 책 보고 있었어요."

"제가 드린 책은 보셨어요?"

"아, 아니요. 아직요. 그건 뭐예요?"

광심은 재빨리 대화의 방향을 틀었다.

광심이 해환의 손을 가리켰다. 해환은 큐브처럼 생긴 네모난 기기를 들고 있었다.

"잠깐 누워보실래요?"

해환이 거실의 불을 끄며 말했다.

광심이 주저하는 사이에 해환이 먼저 바닥에 누웠다. 해환은 들고 있던 기기를 바닥에 내려놓았다. 정체불명의 기기가 천장에 빛을 쏘았다. 해환이 책장 안에서 가지고 나온 것은 소형 빔 프로젝터였다.

"사람이 변할 수 있을까요?"

해환이 프로젝터를 조작하며 말했다.

"변할 수 있다가 작가님 주장 아니었나요?"

광심이 해환과 적당히 떨어져 누웠다.

"맞습니다. 변할 수 있어요. 하지만 쉽게 변하진 않지요. 사람은 변하지 않는다는 말이 진리처럼 느껴질 정도로요."

해환이 프로젝터의 설정을 마치자 빛 가운데 노란색 꽃이 피어났다. 얼핏 사진처럼 보일 정도로 정교했지만 실은 그림이었다.

광심은 꽃을 좋아하지 않았다. 문병객이 가져온 꽃도, 조문객이 바치는 꽃도, 결국은 시들고 마는 인생과 같았다. 광심은 장미처럼 누구나 아는 꽃이 아니면 꽃의 이름도 몰랐다. 물론 천장에 보이는 꽃도 알아보지 못했다. 하지만 광심은 이름 모를 꽃에서 눈을 떼지 못했다. 꽃은 건물과 건물 사이에 비친 햇빛을 받으며 콘크리트를 뚫고 나와 있었다. 겉모습은 연약해 보였지만 꽃이 품고 있는 생명력은 결코 작지 않았다. 햇빛이 기특하다는 듯 꽃의 머리를 따스하게 어루만져 주는 것 같았다. 물감으로 만든 그림에서 온기가 느껴졌다. 광심은 저도 모르게 그림 속에 드리운 햇볕에 손을 뻗어보았다. 광심의 손이 프로젝터가 쏘는 빛을 막으며 꽃을 가렸다.

"죄송해요."

광심이 얼른 손을 빼며 말했다.

"홍기창 블로그에서 퍼온 그림이에요. 아직 학생인데 꽤 팬이 많더군요. 중국 팬들이 남긴 글도 있어요. 다른 그림도 봐보세요."

해환이 프로젝터와 연동된 휴대폰 화면을 넘기자 천장에 홍기창의 다른 그림들이 연속해서 올라왔다. 해환과 광심은 한동안 말없이 홍기창의 그림들을 보았다. 해환의 집이 작은 미술관이 된 것 같았다. 홍기창의 그림들은 언뜻 평범하게 느껴질 정도로 소박했다. 허름한 동네 슈퍼와 그 앞의 평상, 집 옆의 작은 텃밭에서 자라난 상추, 눈 덮인 골목길과 어둠을 밝히는 가로등, 언덕 위에 선 교회의 작은 첨탑과 십자가. 별난 그림은 하나도 없었지만 홍기창의 그림은 하나같이 빛났다. 광심은 문득 신의 존재가 믿겨졌다. 꽃 한 송이를 담아낸 그림도 의도를 갖고 그려낸 사람이 있다. 이 광대한 세상이 우연히 만들어졌다는 주장은 이 그림이 아무런 의도도 없는 원숭이의 붓질로 탄생했다는 말처럼 허망하게 느껴졌다.

"좋네요."

광심이 말했다. 순수하고 자연스러운 감탄이었다.

"저런 곳이 있다면 가보고 싶지 않아요?"

"네. 그러네요."

광심이 고개를 끄덕이며 긍정했다.

해환이 팔을 들어 거실 창문 쪽을 가리켰다.

"저깁니다."

광심이 몸을 일으켜 해환이 가리키는 쪽을 바라봤다. 불빛을 내뿜는 고층 아파트 사이로 어둠에 묻힌 달동네가 흐릿하게 보였다. 여전히 폐허 상태인 상천5동이었다.

"자기가 살던 동네를 그린 건가요?"

"작가란 어떤 방식으로든 자기 이야기를 하게 돼있거든요. 내세울 것 없는 달동네지만 홍기창은 자기가 자라난 동네를 사랑했던 거예요. 그림에서 작가의 애정 어린 시선이 느껴지지요."

그림을 보고 있던 해환이 광심을 돌아보며 말을 이었다.

"그런데 갑자기 화풍이 바뀌어요."

광심이 해환의 말을 듣고, 다시 천장으로 시선을 돌렸다. 새로운 그림이 천장에 나타났다. 해환의 말대로 완전히 다른 스타일의 그림이었다. 그림 속엔 트럼프카드를 벽돌처럼 쌓아 만든 종이집이 있었다. 종이집의 지붕 위에 배트맨과 조커가 마주 앉아 포커를 쳤다. 영화 속

이미지와 달리 잔뜩 배가 나온 배트맨은 조커와 쏙 닮은 미소를 지었다. 둘은 앙숙이 아닌 친구처럼 보였다. 인형의 집처럼 한 면이 뚫려 있는 종이집 안에는 트럼프카드에 그려진 캐릭터들이 살았다. K와 Q, J는 카드상태 그대로 벽에 박제된 모습이었다. 그들은 무심하고, 무력해보였다. 숫자 카드들은 이상한 나라의 엘리스에 나오는 카드 병정처럼 팔과 다리가 있었다. 클로버들은 바닥에 쓰러졌고, 다이아몬드 패거리가 클로버들을 짓밟았다. 그 옆에 하트들이 찢겨져서 나뒹굴었다. 스페이드 병정들은 집 밖에서 낮잠을 잤다.

"무슨 의미일까요?"

광심이 말했다.

"오른쪽 구석에 사인이랑 그림을 그린 날짜가 적혀 있어요."

해환의 말대로 'HONG'이란 사인과 날짜가 적혀 있었다.

"상천5동에서 폭력철거사태가 벌어지고 난 후에 그린 그림입니다. 그 사건을 기점으로 홍기창의 안에서 뭔가 변해버린 거예요."

이어진 그림들도 암울한 분위기는 마찬가지였다. 사람이건 건물이건 형태가 뒤틀렸다. 있는 그대로의 모습은 아무것도 없었다. 건물의 지붕이 거대한 입으로 변해 안에 있는 모든 것을 집어삼켰고, 계단마다 피가 흘러내렸다.

광심은 학교에서 본 홍기창의 미완성작이 떠올랐다. 광심은 홍기창에게 그림 속의 여자가 살아있냐고 물었다. 홍기창은 '아직은'이라고 답했다. 그림 속의 여자는 아직 살아있지만, 분명 죽어갔다. 홍기창에게 죽은 선미를 발견한 순간은 무척이나 충격적이었을 것이다. 작가인 홍기창이 선미가 죽은 사건을 그림으로 표현했다고 해서 이상할 일은 아니었다.

'하지만 그림 속의 여자는 선미가 아니다. 홍기창은 선미가 죽은 다음에 발견했으니까. 그림 속의 여자는 역시 영혜가 아닐까.'

광심이 자리에서 일어나 창가로 갔다. 상천5동 쪽엔 겨우 두어 집의 불빛이 밤하늘의 별처럼 반짝였다.

"저기 가봐야겠군요?"

"모든 일이 시작된 곳이니까요."

해환이 따라 일어나며 말했다.

"뭘 찾아야 하죠?"

"뭐든지요. 홍기창이 세상을 보는 눈을 바꿔버렸을 만한 것은 전부 다."

"세상을 바라보는 눈이요?"

"결국 보이는 대로 쓰고, 그리는 거니까요."

"사진도 찍어올까요?"

광심이 해환을 돌아보며 말했다.

"괜찮습니다. 저 동네가 어떤 곳인지는 잘 알고 있으니까요."

"여기서 보는 것과는 다르지 않을까요?"

해환이 광심을 멀뚱히 바라보다 웃으며 입을 열었다.

"저는 처음부터 여기 살았습니다."

"네?"

"이 아파트가 생기기 전부터 여기 살았다고요. 상천1동 재개발 지구에서요. 저도 홍기창과 같은 철거민이었어요."

"아….”

일의 시작은 항상 있는데 사람들은 종종 일의 결말만을 보고 처음부터 그랬던 것처럼 생각한다. 해환은 자신에게 닥쳤던 일의 시작을 이야기해주었다.

"1동은 5동에 비하면 무난하게 재개발이 진행됐지만 반대를 하던 집도 있었지요. 그런데 갑자기 불이 났어요."

"원인은요?"

"누전이라고 하더군요. 오래된 집이라 위험했던 건 사실이에요. 하지만 누군가 일부러 불을 질렀다는 말도 있었지요."

"수사는요?"

"의심스런 사람을 봤다는 목격자도 있었지만 사고로 종결되었습니다."

해환이 기억을 털어버리려는 듯 고개를 젓고 계속 말했다.

"작가가 되고 나서 상천1동에 아파트가 올라선다는 이야기를 듣고, 바로 결심했어요. 이곳에 돌아오겠다고요. 높은 곳을 좋아하진 않지만 제일 높은 층이어야 했어요. 우리를 토해낸 땅의 꼭대기에서 세상을 내려다보고 싶었죠."

"결국 해내셨네요."

광심의 말에 해환이 뜻 모를 미소를 지어보였다. 광심은 문득 궁금해졌다.

"여기서 바라본 세상은 어떤가요?"

"네?"

"작가님이 세상을 바라보는 눈은 어떻게 변했냐고요."

해환은 창밖으로 시선을 돌렸다.

"불타고 있지요."

해환이 어둠이 내린 세상을 보며 말했다.

18 산꼭대기의 방주

광심이 차를 몰고, 상천5동으로 들어서는 터널 앞에 도착했다. 십 미터나 될까 싶은 터널을 통과하면 왼쪽으로 상천동 중에서도 가장 고지대에 위치한 상천5동이 나온다. 4차선 도로를 사이에 두고 오른편에 위치한 4동과는 전혀 다른 풍경이다. 4동은 재개발이 끝나 아파트가 빼곡했지만 5동은 시간이 멈춰버린 듯했다. 덕분에 상천5동은 80년대를 배경으로 한 영화와 드라마의 단골 촬영지였다. 그 중에는 대박을 친 작품도 많아 상천5동은 한때 관광명소로 이름이 높았다. 사진을 찍으려 몰려든 사람들 때문에 주민들이 불편을 호소할 정도였다. 하지만 지금은 다 지나간 이야기다.

광심은 길 건너 4동 공영주차장에 차를 대고, 5동이 시작되는 지점으로 걸어갔다. 버스정류장 옆에 건설사 가건물이 보였다. 가건물 앞에 커다란 현수막이 걸렸다.

'협의계약 98% 완료, 성원에 감사드립니다.'

가건물 입구 옆에는 상천5동에 들어설 아파트 단지가 그려진 조감도가 보였다. SF영화에 나올 법한 미래도시 같았다. 하지만 현재의 상천5동은 전쟁 중에 폭격을 맞은 도시처럼 처참한 몰골이었다.

주민 98%가 협의를 했다더니 과연 멀쩡한 집은 거의 없었다. 양 옆으로 이어진 빈 집의 대문마다 출입금지 경고문이 붙었고, 벽에는 '철거 예정'이란 글씨가 빨간색 스프레이로 써 갈겨있었다. 유리창은 전부 깨졌고, 벽이 무너진 집도 많았다. 올라가는 길목마다 집 밖으로 끄집어낸 가재도구들이 나뒹굴었다. 생명의 온기가 떠나버린 동네에 침묵이 눈처럼 내려앉았다. 광심은 36도가 넘는 기온에 오르막길을 걸으면서도 싸늘한 기운을 느꼈다.

광심이 미로처럼 구불구불한 길을 걷다 막다른 골목에 다다랐다. 광심은 다시 길을 돌아 나오다 한 여자와 마주쳤다. 여자는 얼굴이 보이지 않을 정도로 커다란 썬캡을 쓰고 있었다. 광심이 말을 걸었다.

"안녕하세요. 여기 사시나요?"

"네… 누구세요?"

여자가 잔뜩 경계하는 목소리로 말했다.

"상천 방주교회에 가려고 하는데요. 길을 찾기가 어려워서요."

"거긴 왜요?"

"조사할 게 좀 있어서요."

광심이 여자에게 경찰 신분증을 보여주었다. 여자의 표정은 썬캡 때문에 보이지 않았지만 여자는 온몸으로 '경찰' 광심에게 거부감을 드러냈다. 여자의 불안과 두려움이 지진처럼 광심에게 전해져왔다.

"저 뒷길로 돌아서 가세요."

여자는 광심과 얼굴을 마주 하기 싫은 듯 몸을 비스듬히 돌리면서 길을 가리켰다. 그리곤 황급히 자리를 피했다. 노골적으로 경찰을 피하는 모습이 꼭 죄를 지은 사람 같았다. 여자를 붙잡아 이유를 묻고 싶을 정도였다. 하지만 광심은 시간이 없었다. '아직은' 살아 있는 그림 속의 여자가 눈앞에 아른거렸다. 광심은 여자가 가르쳐 준 길을 따라 오르막길을 쉴 새 없이 걸었다. 좁은 길이 이리저리 이어지며 15분 정도 올라가자 상천5동에서도 제일 높은 지대가 나타났다. 그리고 십자가가 보였다.

멀리서 본 교회는 언뜻 이 동네와 어울리지 않는 깔끔한 모습이었다. 철거된 집들처럼 낡은 교회가 잠시나마 산뜻하게 보인 이유는 벽화 때문이었다. 교회 벽면에는 십자가를 지고 언덕을 오르는 예수가 그려져 있었다. 드론으로 찍은 것처럼 하늘에서 내려다보는 구도의 벽화였다. 십자가를 짊어진 예수의 머리 위로 파란하늘이 펼쳐졌고, 하늘에 떠다니는 꽃씨가 바람에 날려 흩어졌다. 거의 모든 것이 파괴되고, 남은 것조차 곧 파괴될 이곳에서 벽화는 다시 시작될 부활의 생명을 이야기하는 것 같았다.

"어떻게 오셨나요?"

광심이 목소리를 듣고 돌아봤다. 문 앞에 머리가 희끗희끗한 남자가 빗자루를 들고 섰다.

"목사님이신가요?"

광심이 남자에게 다가가며 물었다.

"네, 어디서 오셨지요?"

"경찰입니다. 홍기창 씨 아시죠?"

목사가 들고 있던 빗자루를 떨어뜨렸다. 목사는 미처 방주에 타지 못한 사람이 거센 물결에 휩쓸리는 모습을 본 얼굴이었다.

너희는 세상의 빛이라.

산 위의 동네가 숨겨지지 못할 것이요.

- 마태복음 5장 14절

광심은 교회 사무실에 걸린 액자 속의 글을 보며 방주교회와 어울리는 구절이라고 생각했다.

"여기 있습니다."

담임목사 이충만이 얼음을 넣은 미숫가루를 내놓았다. 20년 전, 청년 이충만이 상천5동에 교회를 개척하자 주변 사람들은 그가 미쳤다고 생각했다. 한 스님의 자비로운 마음에서 시작된 동네가 아니던가. 주민들은 이충만과 인사를 나누는 것조차 부담스러워했다.

"힘드셨겠네요."

광심이 말했다.

"이 동네 분들이 의리가 있으십니다."

이충만이 웃으며 말을 이었다.

"그 의리 때문에 처음엔 많이 힘들었지만 지금은 감사합니다. 이렇게 어려운 상황에서도 믿음을 지켜가는 모습을 보면서 오히려 제가 위안을 받을 때가 많습니다."

이충만이 사무실 유리창 너머로 마룻바닥으로 된 예배당에 옹기종기 모인 사람들을 보았다. 건설사와 협의를 못한 상태에서 집이 철거된 주민들이었다. 그들은 이충만과 함께 방주교회에서 먹고, 씻고, 잤다. 산꼭대기에 만든 배처럼 쓸모없어 보였던 방주교회는 재개발의 물결이 상천동을 집어삼키며 집을 잃은 사람들의 피난처로 떠올랐다.

"홍기창 씨도 여기서 지냈나요?"

광심이 묻자 이충만이 고개를 끄덕였다.

법원이 철거예고 소장을 발부했다. 주민들은 두려움 속에서 집을 지켰다. 철거는 주말 새벽을 틈타 군사 작전처럼 진행됐다. 용역 수백명이 동원되어 주민들을 집 밖으로 끌어냈다. 주민들은 격렬히 저항했다. 양측에 부상자가 속출했지만 대기하던 119구조대는 용역들만 태우고 현장을 떠났다. 한 할머니가 화를 참지 못하고 옷을 벗어던지며 길을 막았다. 용역들은 집 안에서 꺼내온 이불로 할머니를 둘둘 말아 쓰레기를 버리듯 치워버렸다.

"저는 교회 봉고로 부상자를 실어 날랐습니다."

이충만이 그날을 회상하며 말했다.

"홍기창 씨는요? 그날 무슨 일이 있었지요?"

"기창이 집은 아래쪽에 비하면 대비할 시간이 있었어요. 평소부터 준비를 하기도 했고요. 철거가 시작된 걸 알고는 문을 틀어막고 집 안에서 농성을 했지요."

덕분에 용역들도 철거에 애를 먹었지만 결국 시간문제일 뿐이었다. 건설사는 중장비를 동원해 지붕을 뜯어버렸다.

"사람이 안에 있는데요?"

광심이 물었다.

"그들 눈엔 우리가 사람으로 보이지 않았나 봅니다. 막무가내로 집을 부수고 들어가선 기창이를 죄인처럼 바깥으로 끌어냈지요. 기창이 어머님은 미리 밖에 나와서 저와 함께 있었지만 그 모습을 보고 쓰러지셨어요. 사람이 안에 있는데 뭐하는 짓이냐고 항의를 해봤지만 저도 용역들한테 얻어맞았지요."

"경찰은요?"

"출동을 하긴 했죠. 난리가 났으니까요. 그런데…."

이충만이 광심의 눈치를 보며 망설였다.

"괜찮습니다. 말씀해주세요."

"보고만 있었습니다. 경찰은 용역을 잡아가지도, 말리지도 않았어요. 그게 엄청난 충격이었어요. 깡패들한테 둘러싸여 있어도 경찰이 나타나면 아, 이제 살았구나 싶을 거 아닙니까. 근데 우리를 지켜줄 거라 믿었던 경찰들이 멀뚱히 보고만 있는 겁니다."

이충만 뿐 아니라 그곳에 있던 모든 주민이 충격을 받았다. 주민들은 대부분 6·25 전쟁 중에 나라를 지키기 위해 싸웠던 참전용사들의 후손이었다. 하지만 나라는 그들을 지켜주지 않았다. 오히려 범법자로 여겼다. 주민들의 마음이 집과 함께 무너져 내렸다.

다이아몬드에 짓밟힌 클로버, 찢긴 채로 나뒹군 하트. 무력했던 K, Q, J. 지붕 위에서 낄낄거리며 포커를 치던 배트맨과 조커. 남 일처럼 집 밖에서 낮잠을 자던 스페이드. 홍기창은 자신의 눈에 보인 대로 세상을 그렸다. 비열한 세상이었다.

"기창이 어머님도 충격을 많이 받으셨어요. 우울증 증세가 보여서 제가 병원도 데려다드리고 했는데…."

이충만의 눈에 눈물이 차올랐다.

"돌아가셨나요?"

"목숨을 끊으셨습니다."

이충만이 목이 멘 목소리로 말하더니 한동안 말을 잇지 못했다. 이충만은 잠시 감정을 추스르고는 말을 이었다.

"목사를 하다보면 장례식에 많이 참석하게 됩니다만 그때만큼 비참했던 초상집도 없었지요. 살던 집에서 억울하게 쫓겨나 자살을 했는데 가는 길이 얼마나 쓸쓸하던지요. 가난한 사람은 뼛가루조차 판잣집 같은 함에 들어가고, 납골당 자리 하나 잡지를 못하는 겁니다."

이충만이 손으로 눈물을 훔치고 계속 말했다.

"그래도 기창이 아버님이 찾아오셔서 다행이었지요."

"찾아왔다고요?"

"네, 이혼을 한 건지 별거 상태였는지 사정은 모르지만 떨어져 살았어요. 왕래도 없던 걸로 압니다. 장례를 다 치르고, 기창이는 아버님과 함께 떠났습니다."

이충만이 자리에서 일어나 책상 뒤편에 있던 도자기를 들고 왔다.

"아버님이 도자기 공예를 하신다더군요. 도와줘서 고맙다고 이걸 주고 떠나셨어요."

이충만이 테이블에 올려놓은 도자기는 확실히 공장에서 찍어낸 물건과는 달라보였다. 광심은 도자기를 살피다 도자기 안에서 영수증과 각종 쿠폰을 발견했다. 이충만이 얼굴을 붉혔다.

"관상용으로 두기엔 자리가 좁아놔서…."

"아버님 성함은 아시나요?"

"잘 모르겠습니다. 그 후론 기창이도 한참 동안 보지를 못했어요."

"시체가 발견되던 날까지요?"

"네, 갑자기 말도 없이 찾아와서 저도 놀랐지요."

"목사님 자제분을 만나러 왔는데 없어서 차만 마시고 갔다고 했지요?"

"말은 그렇게 했는데 딱히 그런 것 같지도 않아요. 사실 아들하고 그리 친한 사이도 아니었고요. 지나가다 생각이 나서 들렀다는데 마음이 어려워 보였습니다."

"무엇 때문에요?"

"슬럼프였던 것 같아요. 그림이 그려지지 않는다고 했습니다. 안색이 좋지 않고, 우울해 보였어요."

"특별히 더 나눈 이야긴 없었나요?"

"그냥 잠깐 왔다 간 거여서요. 이게 답니다."

광심이 고개를 끄덕이며 녹음을 위해 내려놓았던 휴대폰을 집었다.

"홍기창 씨가 시체를 발견했을 때, 목사님도 함께 계셨다고 들었습니다. 같이 가주실 수 있을까요?"

"네, 그럼요. 여기서 가깝습니다. 안내해드리지요."

광심과 이충만이 사무실 밖으로 나왔다. 예배당에 모인 사람들이 광심을 힐끗거렸다. 주민들의 시선에서 불신과 두려움이 배어 나왔다. 광심은 그제야 썬캡을 쓴 여자의 태도가 이해가 갔다. 경찰은 상천5동의 주민들에게 신뢰를 잃었다. 광심은 홍기창이 했던 말을 떠올렸다.

'난 당신들 도운 적 없어요. 그리고 당신들도 날 돕지 않는다는 거 알아요.'

교회 밖으로 나온 광심이 벽화를 가리키며 말했다.

"이건 누가 그린 건가요?"

"벽화 봉사를 하는 청년들이 그려준 겁니다."

"보기 좋네요."

"그렇죠. 결국 무너지고 말 벽에 수고를 해주다니 고마울 뿐입니다."

이충만이 미소를 지으며 말했다.

"교회도 철거되는 건가요?"

"다른 집처럼 함부로 때려 부수지는 못하겠지만 결국 그렇게 되겠죠."

"이주보상금은 얼마나 되나요?"

"이백만 원입니다."

이충만이 쓸쓸하게 웃어 보였다.

"여기서 나간 주민들은 전부 다 그 돈만 받은 건가요?"

"건설사에 협조한 주민들이 있어요. 그 사람들은 좀 더 챙겼다고 들었습니다."

"협조라 하시면….."

"대부분은 땅을 빌려서 집을 지은 사람들이지만 집을 갖고 있는 주민도 몇 있었어요. 그런 사람들은 쉽게 쫓아내기 힘들죠. 건설사 입장에선 눈에 가시 같았겠죠. 그래서 다른 주민을 이용한 겁니다."

"어떻게요?"

"주민 조합 정보도 팔아넘기고, 내분을 일으키고, 심지어 집문서도 훔치게 했어요. 이십 년 넘게 이웃사촌으로 지내던 인간을 시켜서요. 여기서 찍은 드라마를 보면 달동네는 항상 정이 넘치게 묘사가 되지만 사람 사는 동네는 다 똑같답니다."

이충만은 사람들이 떠난 동네를 돌아보고는 말을 이었다.

"저쪽입니다. 가시지요."

이충만이 앞장을 서고, 광심이 뒤를 따랐다. 한동안 말없이 걷던 이충만이 입을 열었다.

"근데 여기서 있었던 사건, 그 자살했다는 범인 말입니다. 신학생이라고 했지요. 실은 경찰의 총에 맞아 죽은 거라는 소문도 있던데….."

이충만이 조심스레 말을 꺼냈다. 박희도의 죽음에 대해서 광심보다 잘 아는 사람은 없었다. 광심은 박희도의 죽음을 목격한 유일한 사람이었으니까. 하지만 광심은 진실을 말할 수 없었다.

"제가 쓸데없는 말을 했나 봅니다. 죄송합니다. 아는 사이는 아니지만 저와 같은 길을 걸으려 했던 후배인데 어쩌다 그렇게 됐을까 안타까워서….."

광심의 반응이 싸늘하다고 느꼈는지 이충만은 멋쩍은 미소를 지으며 계속 주저리주저리 말을 이어갔다.

"사실 신학생이라고 하면 대단한 사명감이 있는 줄 알지만 오히려 신학대에 가서 신앙을 잃어버리는 경우도 많아요. 자기가 믿어왔던 것들과 세상과의 충돌이 본격적으로 일어나는 시기니까요. 뿌리가 튼튼하지 못하면 단숨에 흔들려 버리지요. 아, 저기네요."

이충만이 가리킨 곳에 녹아내린 아이스크림처럼 허물어진 집 한 채가 보였다. 광심이 휴대폰으로 시간을 확인했다. 교회에서 10분 정도 거리였다. 광심이 무너진 담을 넘어 집 안으로 들어갔다. 현장보존 기간은 오래 전에 끝난 상태였다. 이제 와서 새로운 증거를 발견하기는 힘들었지만 광심은 집안을 유심히 살폈다. 폐가는 방 한 개에 싱크대와 화장실이 딸려있는 바깥 공간이 전부였다. 범행은 밖에선 보이지 않는 방에서 이뤄졌다. 홍기창은 교회로 올라가는 길에 정희가 선미와 함께 폐가로 들어가는 모습을 봤다. 20분 정도 교회에서 머무른 후, 홍기창은 올라갔던 길로 다시 내려왔다. 그러다 내리막길 끝자락으로 사라지는 정희와 박희도를 발견했다. 여자 두 명이 폐가에 들어갔는데 한 명이 남자로 바뀌었다. 홍기창은 뭔가 꺼림칙한 기분이 들어 폐가 안을 살폈고, 죽어있는 선미를 발견했다. 홍기창이 직접 진술한 내용이었다.

광심이 마루로 나와 집 밖에 있는 이충만에게 말했다.

"그날 홍기창 씨를 따라 오셨다고 했지요?"

"네, 5분쯤 후에요. 그냥 보내기엔 마음에 걸려서 뭐 해줄 게 없을까 생각하다가 신앙서적을 한 권 주면 좋겠다 싶어서요. 빨리 따라가면 만날 수 있겠다 싶었죠."

"내려오면서 전화를 거셨겠네요?"

"네, 근데 바로 끊어졌어요. 여기까지 내려왔는데도 보이질 않아서 벌써 갔나 했는데, 지금 형사님 계신 자리에 있더군요. 뭐하는 거냐고 물었더니 사람이 죽었다고 했어요. 신고를 해야 하는데 배터리가 없다고 제 휴대폰을 빌렸지요."

"홍기창 씨는 여기서 무엇을 하고 있었나요?"

"네?"

"목사님도 그날 물어보셨잖아요. 거기서 뭐하는 거냐고요. 뭘 하고 있던가요?"

"뭘 하고 있긴요. 말씀드렸잖아요. 사람이 죽은 걸 보고는 신고를 하려고 했지요."

이충만이 웃으며 말했지만 광심은 자신이 딛고 선 땅만큼이나 차가운 얼굴이었다.

"목사님, 보신 그대로 말씀해주시면 됩니다."

"무슨 말씀이신지 잘 모르겠네요. 그냥 신고를 하려고…."

"휴대폰을 들고 있었나요? 방 쪽을 보고요."

"네, 방 안에 사람이 죽어 있으니까…신고를 하려고…."

"휴대폰을 어떻게 들고 있었나요?"

"…그냥 들고 있었지요. 왜 이러시는지…."

이충만의 얼굴에 땀이 흘렀다. 광심이 마루에서 내려와 이충만에게 걸어갔다. 이충만이 광심의 기세에 눌려 고개를 숙였다. 광심이 주머니에서 휴대폰을 꺼내 영화를 볼 때처럼 휴대폰을 돌렸다.

"이렇게 들고 있었습니까?"

이충만은 기도를 하는 것처럼 눈을 감았다가 고개를 끄덕였다.

"네."

"협조해주셔서 감사합니다."

광심은 인사를 하고, 바로 길을 내려갔다.

이충만이 뒤에서 소리를 질렀다.

"기창이가 뭘 잘못했습니까? 그냥 잠깐 보기만 했잖아요! 기창이가 신고해서 범인도 잡았고, 이젠 다 끝난 사건이잖습니까!"

이충만의 말이 맞다. 홍기창은 보기만 했다. 홍기창은 아직 살아있던 선미를, 하지만 죽어가던 선미를 카메라에 담았다. 이충만이 한 말 중에 틀린 것은 하나뿐이다. 사건은 이제 시작됐다.

/9 커피와 마약

해환이 전기 포트에 끓인 물을 컵에 부었다. 물은 컵의 입구에 걸려 있는 드립백 커피를 통과해 아래로 떨어졌다. 일종의 인스턴트 드립 커피였다.

"처음 보는 거네요."

광심이 말했다.

"형이 사온 건 향이 별로라서 새로 샀어요. 저야 마시지 않지만 향이라도 좋으면 낫겠다 싶어서요."

광심이 커피를 한 모금 마셨다. 해환은 광심이 커피를 넘길 때까지 기다렸다가 입을 열었다.

"어떻게 그런 생각을 하신 거예요?"

"정황상 가능하다고 생각했을 뿐이에요. 죽어가는 여자를 그린 그림을 봤으니까요."

선미는 결박을 당하고 얼마 되지 않아 피를 토하기 시작, 30분 정도 후에 사망한 것으로 추정된다. 홍기창이 교회에서 내려온 시간을 감안하면 그때까지 살아있었을 가능성도 있다. 하지만 숨이 붙어있었어도 선미를 살리기엔 늦은 시간이었다. 홍기창이 선미가 죽은 집에 머문 시간은 길어야 5분, 생사를 가를 상황은 아니었다. 하지만 그게 죽어가는 사람을 카메라에 담아도 될 이유가 되진 않는다.

"홍기창이 선미를 찍었다면 '그림 속의 여자'는 선미일까요?"

해환이 말했다.

광심이 고개를 저었다.

"선미는 아니에요. 현장에 다녀와 보니 알겠어요. 그림 속의 집은 낡고 더럽긴 해도 사람이 사는 집 같았어요. 선미를 발견한 일이 영향을 줬는지는 모르지만 선미는 아니에요."

"그럼 고영혜일까요? 짝사랑이 스토킹으로 변했고, 자신이 목격했던 범죄를 모방해 고영혜를 납치했다. 그리고 자신이 저지른 일을 그림으로 그렸다?"

해환은 간을 보는 요리사처럼 지금껏 나온 이야기들을 머릿속으로 정리해보더니 다시 입을 열었다.

"잘 들어맞는 것 같지만 뭔가 생략된 부분이 많네요."

그 말이 맞는 것 같았다. 광심의 추리는 보기엔 먹음직하지만 중요한 재료를 빼먹은 요리 같았다. 광심은 찬장을 뒤지듯 홍기창의 집을 수색하고 싶었다. 분명 뭔가가 나올 것 같았다.

"일단 잡아서 조사를 해보시죠."

해환이 말했다.

"무슨 혐의로요?"

"마약이요."

아무런 계획도 없이 극장에 들어가 영화나 한편 볼까요라고 말하는 사람 같았다. 광심이 해환을 빤히 쳐다봤다. 해환은 자신만의 룰이 있고, 그 룰에 따라 사는 사람이다. 오늘은 글을 쓰기 싫으니 영화나 보러 갈까 하는 생각은 하지 않는 사람. 해환이 고른 말에는 분명 이유가 있다. 광심이 해환이 입은 옷을 보며 말했다.

"한여름에 긴 팔을 입고 다녀서요?"

해환은 검정과 흰색이 섞인 스트라이프 셔츠를 입고 있었다. 집안의 온도는 19도였지만 바깥은 연일 폭염주의보가 이어졌다. 그런데도 홍기창은 검정색 옷으로 온몸을 칭칭 감고 다녔다.

"그것도 하나의 이유이기는 해요."

"뭐가 더 있지요?"

"전부 다요. 옷차림부터 시작해서 홍기창의 말, 행동, 그림까지. 경위님이 직접 만나서 보고 들으셨잖아요. 제가 아는 건 다 경위님을 통해서 안 거지요. 다시 만난 순간부터 홍기창의 모습들을 떠올려보세요. 술에 취한 사람은 금방 알아볼 수 있잖아요. 하물며 마약이에요. 생각해봐요. 홍기창이 보여준 모습이 정상인가요?"

광심과 부딪히고도 뭔가에 홀린 듯 앞만 보며 걷던 모습부터 자신을 놓아버린 것 같은 더러운 옷과 신발, 망가진 카메라처럼 초점이 맞지 않던 눈동자, 구질구질한 옷 위로 팔을 북북 긁으며 횡설수설하던 모습이 차례로 떠올랐다.

"분명히 경위님 눈에도 이상해 보였을 거예요. 하지만 예술 하는 사람이 별나 보이는 건 이상하지 않지요. 오히려 당연해 보여요. 그게 마지막 이유예요. 바로 그런 생각들 때문에 약을 하는 사람이 많거든요. 직장인이 약에 손을 대면 한심한 범죄자일 뿐이지만, 예술가는 다른 차원에서 이해를 받으니까요. 자유로운 영혼이니 불꽃같은 삶이니 해가면서요. 똑같이 약에 중독된 인간일 뿐이고, 비참한 중독자의 삶일 뿐인데요."

해환이 자리에서 일어나며 말을 이었다.

"흔히들 마약이 창작에 도움을 준다고 하죠. 전부 핑계예요. 중독자는 무슨 일이 있어도 마약을 해야 되니까 어떻게든 합리화를 하는 거죠. 마약은 오히려 감성을 망가뜨려요. 자유롭게 살고 싶다면 절대로 피해야 될 물질이죠."

"해본 사람처럼 말씀하시네요."

"해봤어요."

해환이 냉장고를 열어 정체 모를 차가 든 용기를 꺼냈다.

"드셔보실래요?"

"마약을요?"

광심이 인상을 쓰며 말했다.

해환이 컵에 차를 따라 전자레인지에 넣었다.

"생강차예요. 몸은 홀라당 탔어도 속은 찬 편이라서요. 생강차가 몸을 따뜻하게 해준다고 하더라고요."

"마약을 해보셨다고요?"

광심이 다시 물었다.

"수갑은 꺼낼 필요 없어요. 완벽하게 합법이었으니까."

'띵' 소리와 함께 전자레인지가 멈췄다. 해환이 차를 꺼내 광심 앞에 다시 앉았다.

"사고가 났던 날 이야기는 해줬죠? 차라리 죽고 싶을 정도로 아팠다고요. 그런데 사실 지금은 기억이 잘 안 나요. 그 후에 치료 받을 때가 훨씬 더 아팠거든요. 정말 믿지 못할 정도의 고통이었죠."

사고 후 해환은 한동안 병원 침대에 누워만 있었다. 해환의 눈에 보이는 것은 천장과 눈앞을 오가며 자신을 살피는 사람들뿐이었다. 마침내 처음으로 몸을 일으켜 자리에 앉았을 때 해환은 자신의 다리를 보고 숨이 멎을 뻔했다. 껍질을 벗겨놓은 생닭 같은 꼴이었다. 해환은 눈앞의 현실이 믿기지 않았다. 악몽을 꾸는 것 같았다.

"피부가 살짝 까진 곳에도 소독약을 바르면 따끔하잖아요. 그런데 제 몸은 붉은 덩어리가 보일 정도였어요. 정기적으로 상처에 감아놓은 붕대를 제거하고, 상처를 닦은 후에 새로운 붕대를 감아야 했어요. 얼마나 아팠을지 상상해보세요. 장담하는데 분명히 그 이상으로 아팠어요. 비명을 지르면서 혼절할 정도였죠."

해환은 생각만으로도 통증이 되살아나는지 얼굴을 일그러뜨렸다. 해환은 약을 먹듯 생강차를 마시고 말을 이었다.

"수술은 마취라도 하지요. 가장 강한 마약류 진통제도 소용이 없었어요. 그래도 계속 놔달라고 했어요. 나중엔 의사가 중독자 취급을 하더라고요. 아파서가 아니라 마약을 즐기는 거 아니냐고요. 그 뒤로는 아무리 아파도 그냥 참았어요. 너무 아파서 죽을 것 같았는데 죽지는 않더라고요."

"의사를 죽이고 싶었겠네요."

"조금요?"

해환이 웃으며 계속 말했다.

"근데 죽지 않고 살아보니까 의사들이 정말 죽을 사람한테는 마약이고 뭐고 아끼지 않고 주더라고요. 어차피 갈 사람이니까요. 그래서 나는 아마 살 것처럼 보였나 보다, 그렇게 받아들였어요. 그러니까 의사가 좀 덜 미워지더라고요."

해환이 남은 차를 다 마시고 자리에서 일어났다.

"홍기창을 다시 만나보세요. 이번엔 아무것도 먼저 생각하지 말고, 있는 그대로 지켜봐요. 남을 죽일 만한 사람인지 아닌지요."

광심은 컵을 씻는 해환의 등을 보며, 해환이 자신을 어떻게 보고 있을지 궁금해졌다. 광심이 남을 죽일 만한 사람인지 아닌지 해환은 알고 있을까. 해환은 있는 그대로의 광심을 보고 있는 걸까. 해환의 등은 아무런 말도 없었다.

20 신이 된 인간

홍기창이 사라졌다. 마술사가 사람을 사라지게 하는 마술이라도 부린 것처럼 과방 구석에 있던 검은 천막과 함께 홍기창은 모습을 감췄다. 홍기창의 행방을 아는 학생은 아무도 없었다. 광심은 기록을 뒤져 홍기창의 집을 찾아갔다. 홍기창은 학교 근처 상가건물의 옥탑방에 살았다. 집은 좁고, 허름했다. 잔뜩 어질러진 모습이 방금 집을 떠난 것 같았지만 자세히 보면 오래 방치된 티가 났다.

"원체 잘 보이질 않았어요. 이상하긴 했는데 예술 하는 학생이라니까 그러려니 했지. 사람 끌어들여서 시끄럽게 하는 것도 아니고, 잘 안 보여도 신경 쓸 필요가 없었어요."

집주인이 건넨 홍기창의 휴대폰 번호는 해지된 상태였다. 통신사에 조회해봤지만 홍기창 이름으로 개통된 다른 전화는 없었다. 차에 탄 광심이 운전대에 머리를 박았다.

'방심했다.'

홍기창은 급하게 도망친 것이 아니다. 이미 도피처를 구해놓고 언제든 사라질 수 있게 준비를 해놓은 상태였다.

박희도가 사라졌을 때도 마찬가지였다. 선미의 죽음은 예기치 못한 사건이었고, 목격자인 홍기창이 등장하면서 경찰은 순식간에 정희를 찾아냈다. 정희도 바로 자백을 해서 경찰은 박희도의 집을 급습했다.

하지만 박희도는 흔적도 없이 모습을 감췄다. 정희 덕분이었다.

　박희도는 총무로 일했던 독서실에서 정희를 만났다. 최저임금도 받지 못했지만 업무량이 많지 않고 공부도 할 수 있어 선택한 자리였다. 하지만 좀처럼 공부에 집중이 되지 않았다. 박희도는 그즈음 공부를 하는 이유를 잃어버리고 있었다. 고민 끝에 입학한 신학대였다. 하지만 막상 대학에 가고 나니 그 길이 맞는지 의문이 들었다. 세상은 악해 보였고, 신은 보이지 않았다. 성경이 말하는 정의가 시대와 동떨어지게 느껴졌다. 게다가 늦은 밤이 되면 머릿속뿐 아니라 뱃속에서도 난리가 났다. 집에서 저녁을 먹고 나와도 다시 배가 고플 시간이었다. 밥 한 끼 마음껏 사먹지 못하는 자신의 형편이 서러웠고, 이렇게 살면서 확신도 없는 공부를 계속 해야 하나란 생각이 들었다. 그런 밤에, 한 여학생이 총무실 문을 열고 들어왔다. 정희였다. 정희는 집에서 만든 샌드위치를 수줍게 내놓았다. 샌드위치를 받아 베어 문 순간, 박희도는 정희가 던진 미끼에 걸렸다. 사람들은 자신의 감각을 과신하지만 때론 목마름과 배고픔도 제대로 구분하지 못한다. 영원한 사랑에 대한 갈망으로 신을 찾았던 박희도는 불타는 감정을 신이 허락한 사랑으로 오인했다. 거기에 정희를 만나기 전부터 들끓던 정의감이 합쳐지자 거칠 것이 없었다. 강도에게 부모를 잃은 가련한 아이, 세상 물정 모르고 착하기만 한 아이, 그래서 학교에서도 괴롭힘을 당하는 아이, 그리고 너무나 예쁜 아이. 박희도가 정희를 보호해야 할 이유는 차고도 넘쳤다. 하지만 그것이 선미를 납치하고 감금까지 할 이유는 되지 못했다.

　선을 넘게 하려면 금부터 밟게 해야 했다. 정희는 범행 전에 박희도가 금기를 범하게 했다. 독서실 영업을 끝내고 박희도가 정희를 바래

다줬던 날, 정희는 허물어지듯 박희도에게 안겼다. 박희도는 당황했지만 정희를 거부하지 않았다. 박희도가 내심 꿈꾸었던 순간이었기 때문이다. 정희가 미성년자란 사실은 아무런 문제도 되지 않았다.

'만14세 이상이면 법적으로 성적 자기결정권이 있다. 편견을 가진 이들이 도덕을 논하며 욕할지 모르지만 애초에 몇 살이 되어야 같이 잘 수 있다는 건 누가 정하는 것인가. 유일한 기준은 사랑이어야 한다. 성경에서도 서로 사랑하라고 말하지 않았는가. 사랑이 어떻게 죄가 된다는 것인가.'

박희도는 자신의 욕정을 그럴싸한 단어로 포장했다. 하지만 얄팍한 포장지는 이불을 걷어차는 것만큼이나 쉽게 벗겨졌다. 박희도는 성적 자기결정권이 있는 정희가 다른 누군가와 잤다는 사실을 확인하자 화를 참지 못했다. 밥을 짓기 전 쌀을 불려놓는 것처럼 정희는 박희도의 욕망과 분노를 부풀어 오르게 했고, 마침내 죄를 지을 준비가 된 마음에 불을 지폈다. 정희가 선미에게 협박을 받아 여러 남자와 원치 않는 관계를 맺었다고 고백하자 박희도의 눈에 불꽃이 튀었다. 박희도는 당장 선미를 찾아가겠다고 길길이 날뛰었다.

'성경에서도 눈은 눈으로, 이는 이로 갚으라고 했다.'

그 구절은 그만큼 무거운 죄의 책임을 말하는 것이지만 이미 자기 입맛에 맞는 대로 성경을 해석하기 시작한 박희도에겐 성경조차도 자신이 저지르게 될 죄를 합리화할 도구일 뿐이었다. 박희도는 선미를 결박하고 교복을 벗기면서도 자신이 범죄를 저지른다는 생각을 하지 못했다. 정희 같은 아이가 피해자가 되었다는 사실이야말로 신은 부재하거나, 무능하거나, 정의롭지 못하다는 증거였다. 자신의 기준으로 성경을 편집한 박희도는 이미 스스로 신이 된 상태였다. 자신이야말로 정희를 구할 구세주이자, 선미를 벌할 심판자였다.

　박희도는 선미를 바닥에 눕혀놓고, 발가벗긴 모습을 자신의 휴대폰으로 찍었다. 그리고 다른 손으로 빼앗은 선미의 휴대폰을 뒤졌다. 하지만 정희가 말한 증거 사진은 나오지 않았다. 선미의 휴대폰 사진첩엔 고양이 사진만 잔뜩 있었다. 선미가 버려진 길고양이를 돌보며 매일 사진으로 남긴 기록이었다. 그게 전부였다.

　갑자기 고양이 울음소리가 들렸다. 스크롤을 내리다 사진 사이에 있던 영상을 재생해버린 탓이다. 박희도는 깜짝 놀라 휴대폰을 떨어뜨렸다. 박희도가 허리를 숙여 다시 휴대폰을 잡으려는데 선미가 발작을 하듯 몸부림을 쳤다. 선미의 입을 막은 테이프가 피에 젖었고, 코에서도 피가 흘러나왔다. 박희도가 선미의 입을 막은 테이프를 뜯자 피가 솟구쳐 박희도의 얼굴에 튀었다. 박희도는 고통에 몸부림치는 선미를 보며 오래 전에 스스로에게 물었어야 하는 질문을 했다.

　'지금 내가 뭘 하고 있는 거지.'

　답은 금방 떠올랐지만 박희도는 답하지 못했다. 이미 저질러버렸으니까. 박희도는 답안지를 걷는데 그제야 밀려 쓴 오답들을 발견한 학생처럼 몸을 떨었다. 감독관은 정해진 시간이 되면 아무리 사정을 해도 답안지를 걷어간다. 박희도는 떨리는 손으로 휴대폰을 잡아 신고를 하려 했지만 정희가 박희도의 손등을 찰싹 하고 내리쳤다. 휴대폰이 다시 바닥에 떨어졌다. 박희도가 놀란 눈으로 정희를 쳐다봤다. 정희가 한 번도 본 적이 없는 얼굴로 말했다.

　"주워요."

　"정희야…."

　"주우라고."

말을 듣지 않는 어린 아들을 나무라는 말투였다. 박희도는 저도 모르게 손을 뻗어 휴대폰을 잡았다.

"나와요."

정희가 먼저 집 밖으로 나가며 말했다. 그동안에도 선미는 익사하는 사람처럼 끅끅거리며 몸부림을 쳤다. 박희도가 선미를 돌아보고, 정희를 향해 소리쳤다.

"그냥 가면 어떡해!"

정희가 우뚝 멈춰 말했다.

"여기 있으면요? 뭐가 달라지죠? 바로 잡혀갈래요?"

"…아니, 그렇다고 저대로 두고 가면…."

"일단 나와요. 도와줄 사람이 있어요."

"누가? 뭘 어떻게 도와줄 건데?"

"설명할 시간 없어요. 있고 싶으면 있어요. 난 갈 거니까."

정희는 뒤도 보지 않고, 집 밖으로 나가버렸다. 박희도는 어쩔 줄 모르고, 물고기처럼 입만 벙긋거렸다. 등 뒤에서 선미의 신음 소리가 들렸다. 한번 등을 돌린 박희도는 차마 선미를 다시 돌아보지 못했다. 자신이 저지른 죄와 맞닥뜨리는 것이 견딜 수 없이 무서웠다. 결국 박희도는 출구를 향해 달려갔다. 비명을 지르고 싶었지만 입에선 아무 소리도 나오지 않았다. 집을 나가자 정희가 바로 앞 골목에서 기다리고 있었다. 정희가 웃으며 박희도에게 손을 내밀었다. 박희도는 자신이 저지른 일을 후회했다. 만회할 방법이 있다면 무엇이든 하고 싶었다. 하지만 죄는 후회하거나 만회해서 해결할 문제가 아니었다. 회개하고 용서를 받아야만 했다. 그리고 회개는 자신의 죄를 인정하고, 고백하는 것부터 시작된다. 하지만 박희도는 자수를 하는 대신 정희와 악수를 했다.

박희도는 짐을 챙겨 정희가 말해준 인천항 주변의 허름한 국밥집으로 갔다. 문에는 쉬는 날이라고 적혀 있었지만 안에 들어가니 아주머니가 일하고 있었다. 박희도가 인사를 했지만 아주머니는 대꾸도 하지 않았다. 곧 한 남자가 가게 안으로 들어왔다. 남자는 짧은 머리에 동그란 안경을 썼다. 키는 크지 않았지만 몸이 다부졌다. 손목에 찬 금시계가 시선을 잡아끌었다. 남자는 단골인 것처럼 자연스럽게 국밥 두 개를 시켰다. 아주머니는 남자도 보이지 않는 사람처럼 취급했지만, 주문한 대로 국밥을 내놓았다. 남자는 국밥이 나오는 동안 박희도에게 가짜 여권과 중국으로 가는 티켓, 그리고 휴대폰을 건넸다. 남자는 중국에 도착하면 마중 나온 사람이 있을 거라고 말했다. 박희도는 난데없는 전개에 정신을 차릴 수가 없었다.

"선생님은 뭐하는 분이십니까? 정희랑은 어떻게 아세요?"

박희도가 말했다.

"그냥 인생 살다보면 생기는 이런저런 문제를 해결해주는 사람입니다. 정희 씨는 제 고객이고요."

"흥신소 같은 건가요? 이런 일도 하시나요?"

정희는 미성년자라 부모의 유산을 전부 물려받지는 못했다. 하지만 자산 관리를 맡은 은행으로부터 매달 넉넉하게 생활비를 받았다. 사람을 고용할 돈은 충분했다.

"불경기라서요. 먹고 살려면 뭐든 열심히 해야죠. 흥신소 하면 불륜만 떠올리는데 요즘은 아이들 괴롭히는 일진들 혼내주는 서비스가 인기 폭발입니다. 재밌는 세상이죠."

박희도가 물을 마시다 사레에 걸린 것처럼 콜록거렸다.

"천천히 드세요. 여기 있는 동안은 안전하니까."

남자가 휴지를 건넸다. 남자의 손목에서 번쩍이는 금시계가 덜렁거렸다.

"정희와는 언제부터 아셨나요? 이번이 처음은 아닌 것 같은데요."

박희도가 입가를 닦고, 말했다.

"처음 본 건 한 3년 됐죠."

"그땐, 무슨 일로…?"

남자가 박희도를 빤히 보더니 지갑에서 명함을 꺼내 건넸다. 명함에는 '비밀 엄수 보장'이란 말이 크게 박혀 있었다.

"비밀을 지키려면 어떻게 해야 되는지 아십니까? 꼭 알아야 할 것 외에는 아무것도 모르면 됩니다. 저는 오늘 선생님께 무슨 사정이 있는지 모릅니다. 알고 싶지도 않고요. 그저 한국을 떠나실 필요가 있다는 것만 알지요."

"네에…."

"필요하면 언제든 연락주세요. 뭐든 뒤탈 없게 처리해드릴 테니까."

남자가 미소를 지으며 명함을 건넸다. 박희도는 명함을 챙기고, 화장실을 다녀오겠다며 일어섰다. 그리고 바로 도망쳤다.

금시계 남자의 말대로라면 선미도 흥신소에 맡기면 될 문제였다. 굳이 자신이 나서서 설치게 만들 이유가 없었다. 선미의 휴대폰에는 정희를 괴롭혔다는 증거가 없었고, 정희는 3년 전에 무엇이든 뒤탈 없이 처리해준다는 흥신소에 모종의 의뢰를 했다. 그게 정확히 무엇인지 모르지만 정희의 부모가 3년 전에 강도에게 살해당한 사건과 연관이 있을 것 같았다. 무슨 일이 있었는지 상상하기조차 두려웠다.

박희도는 무작정 식당 골목을 빠져 나왔지만 어디로 가야 할지를 몰랐다. 곳곳에 보이는 방범카메라가 온통 자신을 쫓는 것 같았다. 정신없이 걷던 박희도 앞에 파출소가 나타났다.

'지금이라도 자수를 할까.'

박희도는 금시계 남자에게 받은 휴대폰을 켰다. 박희도는 선미를 두고 떠난 이후 애써 뉴스를 외면하고 있었다. 메인 화면에 들어가자 기본으로 깔려있던 위젯에서 속보가 떴다.

'상천동 여고생 살인사건의 용의자는 신학생'

'신학생인 남자 친구가 범행을 주도.'

'신학생, 미성년자 용의자와 동거.'

관련 기사가 쭉 이어졌다. 기사 목록을 내리는 손가락이 덜덜 떨렸다.

'타고난 먹사네.'

'사탄이 장학금 줄 듯.'

'개독은 박멸이 답.'

기사에 달린 수천 개의 댓글이 하늘을 뒤덮는 화살처럼 박희도의 가슴에 날아와 꽂혔다. 그중 한 댓글이 특히 눈에 띄었다.

'이 개독새끼 써놓은 글 좀 보소.'

댓글에 걸린 링크를 누르자 웹진 〈복음과 사회〉에 실린 박희도의 글이 나타났다. 성범죄와 횡령 등 각종 범죄를 저지른 목사를 통렬하게 비판하는 내용이었다.

박희도는 휴대폰 화면을 꺼버렸다.

'내 인생은 이미 끝났다'

순찰이라도 가는지 파출소에서 경찰들이 몰려 나왔다. 박희도는 황급히 몸을 돌려 반대 방향으로 사라졌다. 후에 박희도가 자기 발로 광심 앞에 나타날 때까지 경찰은 박희도를 찾지 못했다.

광심이 운전대에 고개를 묻고 있다가 휴대폰을 살폈다. 해환에게서 온 전화였다.

"지금 사진 몇 개 보낼 테니까 확인해보세요."

해환은 광심이 전화를 받자마자 말했다. 곧 사진이 전송되는 소리가 들렸다. 광심은 휴대폰을 스피커모드로 바꾸고 해환이 보낸 사진을 클릭했다. 해환이 보낸 사진은 전부 그림을 찍은 것이었다.

'죽어가는 사람'을 그린 그림, 과방에서 본 홍기창의 그림과 똑같은 구도였다. 하지만 그림 속의 사람은 전부 달랐다. 처음 본 그림 속에선 비쩍 마른 백발노인이 죽어갔고, 두 번째 그림 속에선 중년 남자가 죽어갔다. 세 번째 그림 속에선 후덕한 몸집을 가진 할머니가 죽어갔다. 마지막 그림 속에 등장한 사람은 광심도 아는 사람이었다. 그림 속에서 죽어가는 사람은 선미였다.

21 적의 연작

덩샤오핑이 개혁 개방 노선을 주창하며 사유재산을 인정하자 중국 전역에 돈이 흘렀다. 왕궁보는 시대의 흐름을 읽고, 상하이로 상경해 부동산 사업에 뛰어 들었다. 경제 발전과 함께 부동산 시장은 폭등을 거듭했다. 한화로 1억을 벌었을 때, 왕궁보는 몇 달 동안이나 통장을 보며 기뻐했다. 하지만 30억 자산가가 됐을 때는 일주일 정도만 기뻐했다. 마침내 100억을 벌게 되었을 때는 아무런 감각도 없었다. 거실에 둔 소파가 8천만 원, 탁자는 5천만 원, 탁자 위에 둔 커피세트는 2천만 원이었다. 돈이 많아질수록 돈의 가치가 없어졌고, 그래서 돈을 더 많이 벌어야 했다.

여자들은 가난에서 벗어나기 위해 자신을 팔았다. 스폰서가 돼줄 부자를 구하는 광고가 인터넷에 줄줄이 올라왔다. 중국에선 스폰서를 찾는 여자들을 '얼라이(첩)'라고 불렀다. 왕궁보는 왕이 후궁을 두는 것처럼 얼라이들에게 별장을 나눠주고 차와 생활비를 지원했다. 얼라이들은 한 달에 한 번 밖에 왕궁보를 보지 못했지만 왕궁보의 얼굴을 보기 힘든 것은 본처와 딸도 마찬가지였다. 얼라이들과 비슷한 나이였던 왕궁보의 외동딸은 아버지를 경멸했다.

왕궁보는 호주와 캐나다에까지 사업을 확장했다. 왕궁보뿐 아니라 다른 중국 투자자들도 합세하자 해당 지역의 집값이 껑충 뛰어올랐다. 뉴스에서 그래프로 표현된 집값의 변화는 가파른 절벽과 같은 형태였다. 왕궁보는 커다란 이득을 보았지만 평범한 사람들의 삶은 벼랑 끝으로 내몰렸다. 시민들은 중국인 투기 세력을 쫓아내달라며 시위를 했다. 왕궁보는 인종차별이라고 화를 냈다. 자신은 사업가인데 나라를 좀 먹는 돈벌레처럼 취급받는 것이 분했다. 왕궁보는 그즈음 처음으로 미술품에 관심을 가졌다. 부동산 개발을 한다고 하면 벼락부자에 졸부 취급을 받았는데 미술품에 투자한다니 예술과 문화의 가치를 아는 신흥 귀족처럼 여겨졌다. 부르는 액수가 값인 미술품 시장은 이미지 세탁뿐 아니라 돈 세탁에도 안성맞춤이었다. 게다가 작품을 보는 눈만 있다면 되팔아 수익을 낼 수도 있었다.

왕궁보는 유명한 작가의 작품보다는 앞으로 유명해질 작가를 찾았다. 지폐에 들어간 마오쩌둥 초상화 외에는 미술에 관심을 가져본 일이 없지만 왕궁보는 자신의 후각을 믿었다. 무엇이 좋은 작품인지는 몰라도 돈 냄새가 나는 작품은 알아볼 자신이 있었다. 부자들만 출입하는 사교클럽에서 '적(赤)' 선생이라는 화가가 그린 그림을 보았을 때, 왕궁보는 음식을 물리고 즉시 그림의 소유주를 찾았다. 유망하나 유명하진 않은 작가의 작품에 1억. 같은 테이블에 앉은 사람은 돈을 버린다고 혀를 찼지만 왕궁보는 어느새 미술 애호가라도 된 것처럼 그에게 핀잔을 줬다. 적 선생은 뛰어난 기술을 갖춘 자가 분명했다. 적 선생은 벌거벗은 여자 아이를 그렸다. 배경은 버려진 빈 집처럼 보였다. 아이는 바닥에 옆으로 누워 죽어가고 있었다. 아이의 입에서 나온 피가 바닥에 흘렀다. 땅이 입을 열어 피를 마셨다. 무엇을 표현한 그림인지는 몰랐지만 그림에서 나오는 무시무시한 박력이 왕궁보의 마음을 사로잡았다. 왕궁보는 적 선생을 찾아 후원자가 되어주겠다고 제안했다. 적 선생은 왕궁보의 제안을 받아들여 '적의 연작'을 그리기 시작됐다. 적 선생은 오로지 죽어가는 사람만을 그렸다. 노인과 아이, 남자와 여자를 가리지 않았다. 죽음은 누구에게나 찾아오니까.

왕궁보는 방을 따로 마련해 '적의 연작'을 걸어두었다. 왕궁보의 아내는 죽어가는 사람의 그림이 잔뜩 걸린 방을 보고 영안실 같다며 질색했다. 왕궁보의 딸은 한술 더 떠 '적의 연작'이 걸린 방을 범행 현장이라고 불렀다. 그림 속의 사람들은 하나같이 폐가 같은 집에서 죽어갔는데 전부 옷이 벗겨진 채로 손과 발이 결박되어 있었기 때문이다. 왕궁보는 인생에 속박당한 사람들이 태어났을 때처럼 벌거벗은 모습으로 죽어가는 순간을 표현한 거라고 설명했지만 딸의 눈에는 살인마에게 납치되어 원통하게 죽어가는 사람들처럼 보였다. 왕궁보는 기껏 대학에 보내놔도 무식한 소리만 한다며 딸에게 역정을 냈다.

왕궁보는 날이 갈수록 '적의 연작'에 빠져들었다. 집에 들어갈 때면 매일 적의 연작이 걸린 방에 들어가 한참을 머물렀다. 죽음의 순간에 폭발하는 응축된 감정이 왕궁보를 사로잡았다. 돈도, 여자도 넘쳐났지만 왕궁보의 마음은 좀처럼 채워지지 않았다. 쾌락이 주는 즐거움은 지속되지 않았고, 잠시만 지루해져도 삶이 공허하게 느껴졌다. 하지만 '적의 연작'을 보는 순간만큼은 살아있다는 생각이 들었다. 왕궁보는 적 선생에게 다음 작품을 재촉했다. 걸핏하면 연락을 해서 돈은 신경 쓰지 말고 '적의 연작'을 마무리해달라고 성화를 부렸다. 하지만 왕궁보는 '적의 연작'의 끝을 보지 못했다.

왕궁보는 후천성면역결핍증, AIDS에 감염됐다. 감염 경로는 왕궁보가 돈을 주고 샀던 열여덟의 여자아이였다. 왕궁보가 아이에게 준 돈은 한화로 이백만 원이었다. 아이는 사랑하는 사람과 가정을 이루고 소박하게 살길 원했지만 모두가 미쳐가는 세상 속에서 평범한 삶을 살아내기는 어려웠다. 중국을 배불린 돈의 흐름은 나라 구석구석에 퍼지지 못했다. 막대한 부는 복부비만에 걸린 사람처럼 몇몇 도시에만 집중됐다. 아이의 고향은 쇠락한 시골마을이었다. 마을에 헌혈의 집이 들어서자 모든 주민이 헌혈에 참여했다. 헌혈 한 번이면 한화로 6천 원을 받았다. 가난한 주민들에겐 큰돈이었다. 사람들은 밥을 먹기 위해 피를 팔았다. 개중엔 헌혈을 수십 번이나 한 사람도 있었다. 아버지 돈을 훔쳐 도시로 나갔다가 전부 탕진하고 돌아온 남자도 헌혈에 동참했다.

몇 년 후부터 주민들이 죽어나갔다. 당국이 조사에 나섰다. 주민 대부분이 에이즈에 감염된 사실이 확인됐다. 마을의 출입이 즉시 통제되었다. 시골 마을은 거대한 공동묘지가 되어버렸다. 아이는 잠복기에 마을을 나와 이모가 사는 도시로 갔다. 돈을 모아 아픈 부모님을 돕고 싶었지만 매달 방세를 내는 것만도 빠듯했다. 인터넷에서 스폰서를 구하는 얼라이들의 글을 보았다. 부모님으로부터 더는 약값을 감당하기 힘들다는 소식을 들었던 날, 아이는 얼라이들이 모이는 사이트에 글을 올렸다.

왕궁보는 의사를 고용해 집에서 치료를 받았다. 하지만 방탕한 생활로 지병까지 있던 몸은 빠르게 쇠약해졌다. 왕궁보는 '적의 연작'이 있는 방에 침대를 두고 대부분의 시간을 그곳에서 보냈다. 피할 수 없는 죽음이 찾아온 밤에도 왕궁보는 침대에 걸터앉아 적의 연작을 보았다. 왕궁보는 죽어가는 사람들이 그려진 그림에 둘러싸여 자신도 '적의 연작'의 일부가 되어간다고 느꼈다. 누군가 자신이 죽어가는 모습을 그리고 있을 것 같았다. 왕궁보는 힘겹게 자리에서 일어나 초점

없는 눈동자로 주변을 둘러보았다. 그리고 깨달았다. '적의 연작'을 그린 존재는 사람이 아니란 것을.

아침에 방에 내려온 딸이 아버지의 주검을 발견했다. 왕궁보는 그림 속의 사람들과 같은 자세로 바닥에 쓰러져 있었다. 딸은 장례를 치르고 '적의 연작'을 내다 버렸다. 백억이 넘는 돈을 지불한 그림이지만 딸에겐 아무런 가치도 없었다. '적의 연작'은 돌고 돌아 벼룩시장에 걸렸다. 하지만 누구도 관심을 가지지 않았다. 쓰레기가 되기 직전에야 '적의 연작'은 그곳을 지나던 기자의 눈에 띄어 다시 세상에 알려졌다. 왕궁보의 비극과 함께.

"집 공개는 처음이시죠? 집이 정말 독특하네요."

기자가 말했다.

"네, 처음 설계를 할 때부터 미술관처럼 꾸며보고 싶다고 생각을 해서 이번 전시가 더 설레네요."

홍은호가 말했다.

거실 유리창 밖으로 스태프들이 전시될 작품을 배치하는 모습이 보였다. 홍은호는 유럽 출장에서 떠오르는 신예 작가의 첫 번째 국내 전시를 유치했고, 전시 장소를 자신의 집으로 정했다. 전시를 앞두고 홍은호의 집에서 열린 기자 간담회에는 다양한 매체의 기자들이 참석했다.

"이번 전시가 유럽진출의 교두보가 될 거란 말이 많습니다."

"그렇게까지 말할 게 있습니까? 제가 그 쪽에서 전시를 하는 것도 아닌데요."

홍은호는 겸손하게 말했지만 이미 홍은호의 유럽 데뷔는 구두로 약속된 상태였다. 홍은호는 이미 타이틀까지 생각해두고 있었다.

유럽의 신예와 아시아의 거장, 세대와 국경을 초월한 교류전.

홍은호의 입가에 미소가 그려졌다.

"유럽 전시가 성사되면 '적의 연작'도 볼 수 있을까요?"

홍은호가 소리가 난 쪽을 돌아봤다. 그곳에 있는 사람은 기자가 아니었다.

"안녕하세요."

광심이 기자들 뒤편에서 나타나 인사를 건넸다. 기자들이 갑작스럽게 등장한 광심을 보고 웅성거렸다.

"오늘은 손님이 많네요. 바쁘신데 죄송하지만 홍 교수님께 꼭 여쭤봐야 할 것이 있어서요. 아, '적' 선생님이라고 부를까요? 중국에선 그렇게 불리신다고요?"

홍은호가 기자들의 눈치를 보며 입을 다물었다.

"이것 좀 봐주시겠습니까?"

광심이 홍은호에게 다가가 휴대폰으로 그림을 보여줬다. 죽어가는 사람을 그린 그림. '적의 연작'이었다.

"이 그림 아십니까?"

광심이 말했다.

홍은호가 그림을 보고, 다시 기자들을 살폈다. 방금 전까지만 해도 홍은호를 추어올리느라 여념이 없던 기자들은 먹잇감을 앞에 둔 짐승 같은 눈으로 상황을 지켜보고 있었다.

"죄송하지만 오늘은 여기까지 해야겠네요. 제자한테 문제가 조금 생겨서요. 밖에 전시돼있는 작품들 한번 둘러보고 가시지요."

홍은호가 기자들에게 고개를 숙이며 말했다.

기자들이 엉거주춤한 자세로 눈치를 보자 홍은호가 대기하고 있던 스태프에게 지시를 내렸다.

"뭐해요? 안내해 드리세요."

스태프들이 나서자 기자들은 마지못해 따라 나갔다.

광심만 남자 홍은호가 다시 자리에 앉았다.

"형사님 좋게 봤는데 참 무례하시네요."

"기자들을 내보낼 시간을 드린 것이 제가 선생님께 보일 수 있는 예의였습니다. 마음에 들지 않으시면 다시 부르시죠. 방금 나갔으니 금방 다시 오겠네요."

광심이 홍은호 앞에 앉았다. 홍은호가 입을 다물고 광심을 노려봤다. 광심이 다시 휴대폰을 보여주며 물었다.

"이 그림은 선생님 작품입니까?"

"네, 제 작품입니다."

광심이 그림을 확대해 홍은호에게 보여줬다. 그림 귀퉁이에 '적(赤)'이라고 적혀 있다.

"선생님 사인이 맞지요?"

광심이 재차 확인했다.

"말했잖습니까. 근데 이걸 어떻게 갖고 있나요? 일반엔 공개된 작품이 아닌데."

"아직 모르시는군요. 이 그림을 사신 분이 병으로 돌아가셨답니다."

"아…, 그랬군요. 안타까운 일이네요. 진짜 가치 있는 작품을 알아보는 분이셨는데…."

홍은호가 놀란 얼굴로 탄식인지 뭔지 알 수 없는 소리를 냈다.

광심이 휴대폰 화면을 밀어 새로운 그림을 홍은호에게 보여줬다. 죽어가는 선미가 그려진 그림이었다.

"그럼 이 그림도 선생님이 그리신 거죠? 사인도 들어있네요. 맞나요?"

"네."

홍은호가 고개를 끄덕이며 대답했다.

"이 그림은 실제 살인사건의 범행 현장을 그대로 보고 그린 것 같은데요. 어떻게 그리신 거죠?"

"…이미 알고 오신 것 같으니 편하게 말씀드리겠습니다. 기창이가 그 사건의 목격자지요. 기창이의 도움을 받았습니다."

"무슨 생각으로 그리신 건가요?"

"무슨 생각으로 그렸냐고요? 무슨 생각으로 하신 질문인지 모르겠네요. 예술은 시대상을 담아내는 그릇입니다. 무척 충격적인 사건이었고, 저는 그 비극을 표현해내고 싶었습니다. 문제가 됩니까?"

"제가 궁금한 건 홍기창 씨가 어떤 도움을 주었는가 하는 겁니다."

"기창이가 그날의 상황을 상세하게 말해줬습니다. 그걸 듣고 있자니 영감이 떠올랐죠. 그래서 제가 그림으로 그려보자고 했습니다. 이 시대에 꼭 필요한 작품이 될 것 같아서요."

"말만 한 겁니까?"

"도대체 원하는 답이 뭐예요?"

"누가 그린 건가요? 그걸 말씀해주시죠."

"……."

"간단한 질문입니다. 선생님이 그리신 겁니까? 아니면 홍기창 씨가 그린 겁니까?"

"기창이가 많은 도움을 주긴 했습니다. 하지만 명백하게 제 작품입니다."

"어째서죠?"

"보세요."

홍은호가 손을 들어 거실 바깥에 펼쳐진 들판을 가리켰다. 스태프들이 설치한 작품들이 들판 곳곳에 서 있었고, 기자들이 그 앞에서 사진을 찍어댔다.

"이름은 말해봐야 알지도 못하실 테니 넘어가죠. 전부 유럽의 유명한 작가 작품입니다."

"그런데요?"

"저것들 다 누가 만들었을 것 같습니까?"

광심은 선뜻 대답하지 못했다. 홍은호는 광심이 질문을 이해하지 못했다고 생각했지만 광심은 홍은호가 쓴 '만들었다'는 표현을 납득하지 못했다. 광심의 눈에 전부 '쓰레기'처럼 보였기 때문이다. 비아냥거리는 것이 아니라 말 그대로 버려진 고물들 같았다. 고물들을 모아 뭔가를 만들려고 한 것까진 알겠지만 그걸 창작이라 불러야 할지는 의문이었다. 광심이 말을 하지 않자 홍은호가 먼저 입을 열었다.

"현대미술에서 누가 선을 긋고, 색을 칠했느냐는 문제가 되지 않아요. 중요한 건 컨셉트입니다. 저 작품들은 거의 다 조수들이 만든 거예요. 작가는 컨셉트만 잡고, 지시를 내리는 거죠. 그래도 저 작품은 작가의 것입니다."

"홍기창 씨는 선생님이 지시한 대로 그림만 그렸다는 건가요?"

"저는 전통적인 의미의 화가가 아닙니다. 〈적의 연작〉은 제가 기창이의 기술과 경험까지 재료로 삼아 작품으로 만들어낸 겁니다. 자꾸 대작이라도 시킨 것처럼 말씀하시는데 기창이한테 직접 물어보세요."

"저도 그러고 싶지만 홍기창 씨와 만날 수가 없네요. 어디 있는지 아시나요?"

"제가 어떻게 알겠어요."

"홍기창 씨에게 새로운 작업을 지시한 게 있습니까?"

"아니요. 없습니다."

"학교에 갔을 때, 홍기창 씨가 그리고 있는 그림을 봤어요. 그것도 죽어가는 사람의 그림이었지요. 교수님이 지시하신 게 아닌가요?"

"전 모르는 일입니다. 이제 가주시겠습니까? 저도 전시 준비로 바빠서요."

홍은호가 자리를 털고 일어났다. 나가란 소리였다. 홍은호는 바로 가서 술병을 집어 들었다. 광심이 홍은호에게 마지막 질문을 던졌다.

"선생님은 궁금한 게 없으신가요?"

"뭐가요?"

홍은호는 광심을 보지도 않고, 술을 잔에 따랐다.

"고영혜 씨 소식은 궁금하지도 않으세요? 전에는 그냥 가면 어쩌냐고 하셨잖아요."

홍은호가 술병을 내려놓고, 광심을 봤다.

"협조 감사합니다."

광심은 답을 들을 필요도 없다는 듯 밖으로 나갔다. 홍은호는 광심이 사라지자 거실 안쪽으로 들어갔다. 홍은호가 바닥에 있던 엘피 레코드를 집어 턴테이블에 걸었다. 쳇 베이커의 마이 퍼니 밸런타인이 흘러나왔다. 홍은호가 유리박스 위에 술잔을 놓았다. 박스 안의 쥐는 먹이를 주는 줄 알았는지 앞발을 들어 벽을 짚었다. 홍은호가 무릎을 꿇고 쥐와 눈을 마주쳤다. 흥분한 쥐가 유리벽을 긁으며 울었다. 홍은호가 미소를 지으며 빨간 버튼을 눌렀다.

22 사라진 제보자

광심이 주차해놓은 차 앞에 여자가 서 있었다. 가까이 가보니 간담회에 참석했던 기자였다. 남자 기자가 동행해 영상까지 촬영한 팀이어서 눈에 띄었다.

"또 만났네요."

처음 본 여자가 광심에게 손을 내밀었다.

"누구시죠?"

광심은 손을 맞잡는 대신 질문을 했다.

"서운하네요. 벌써 세 번째 만나는 건데."

여자가 명함을 꺼내 건넸다. 명함에는 굿뉴스 탐사보도팀장 강수미라고 적혀 있었다.

"전에 뵌 적이 있다고요?"

광심이 반문하자 강수미가 손을 들어 반대편에 주차된 흰색 쏘나타를 가리켰다. 차 안에는 동료 기자 맹준영이 타고 있었다. 맹준영이 광심을 보고 고개를 꾸벅 숙였다.

"오늘은 사이렌 안 켜고 오셨어요?"

강수미가 말했다.

쏘나타의 번호판에 0824가 적혀 있었다. 고보경의 집 앞에서 처음 보았고, 천현숙과 만날 때도 나타났던 차였다.

"시사 고발 프로 기자님이 여긴 왜 오셨지요?"

"일단 차에 들어가서 이야기하죠. 너무 덥네요."

강수미가 손으로 그늘을 만들며 말했다.

"하실 말씀 있으면 여기서 하시죠. 제가 바빠서요."

"고영혜를 찾느라 바쁘신가요?"

광심은 강수미가 상황을 알고 묻는 것인지, 슬쩍 떠보는 것인지 알수가 없었다.

"시간은 금이죠. 서로 정보를 나누면 피차 도움이 되지 않을까요?"

강수미가 넉살 좋게 말했다.

먼 길을 와서 홍은호를 만났지만 소득은 별로 없었다. 홍기창이 죽어가는 선미를 그렸다는 것과 홍은호가 홍기창을 이용했다는 것만 확인했을 뿐, 홍기창과 고영혜의 행방은 오리무중이었다. 광심이 차 문을 열었다. 강수미가 냉큼 보조석에 앉았다.

"먼저 제 질문에 답해주세요. 순서가 마음에 들지 않으면 당장 나가서도 괜찮습니다."

광심이 선수를 치듯이 말했다.

"고보경이 바람을 핀다는 제보를 받았어요."

강수미가 대뜸 말했다.

고보경이 그간 방송에서 해온 말을 생각해보면 놀라운 소식은 아니었다. 어찌 보면 이제야 언행이 일치된 셈이다.

"시사 프로에서 방송인 불륜을 다루나요?"

"오늘부로 고보경은 공인의 영역에 진입했어요. 정식으로 문화관광부 장관 후보자가 됐거든요."

강수미가 휴대폰 화면을 보여줬다. 강수미의 말대로 모든 언론이 고보경의 장관 후보자 선정 소식을 속보로 전하고 있었다. 광심이 기사를 읽는 동안, 강수미가 계속 말했다.

"선거에 나설 거란 말이 많았는데 갑자기 장관 자리를 차지하게 될지도 모르겠네요. 장관 후보자의 불륜이라면 충분히 공익에 부합하는 뉴스죠."

"제보자는 믿을 만한가요?"

광심이 휴대폰을 돌려주며 말했다.

"신원은 확실하죠. 지금 어디 있는지를 몰라서 문제지."

"……."

"맞아요. 고영혜가 제보자예요."

딸이 아버지의 치부를 폭로한다. 정치판에서 종종 벌어지는 일이다. 가족은 정치인에게 든든한 지원군이지만 관계가 깨지면 위험한 내부고발자로 변해버린다. 폭로의 진위 여부를 떠나 전 국민 앞에서 가족과 대립하는 모습을 보이는 것만으로도 이미지 실추는 막지 못한다. 게다가 고영혜의 제보는 진짜일 가능성이 높았다.

"부부 사이가 좋지 않은 건 사실이에요. 고보경과 고영혜는 잘 지냈지만 근래 크게 싸운 적이 있다고 했어요."

광심이 말했다.

"천현숙이 그러던가요?"

"네, 싸운 이유를 물어봤는데 둘 다 가르쳐주지 않았다고 했어요."

강수미는 어느새 수첩을 꺼내 광심의 말을 받아 적더니 상황을 정리했다.

"고영혜가 고보경의 불륜을 알게 됐다. 고영혜는 일단 천현숙에겐 비밀로 하고, 고보경을 추궁해서 불륜 관계를 정리하길 바랐다. 하지만 고보경은 동의하지 않았고, 두 사람은 크게 다퉜다. 화가 난 고영혜는 고보경의 불륜을 폭로하기로 했다. 상황은 들어맞네요."

"아직 제 질문에 답하지 않으셨어요. 여긴 왜 오신 거예요?"

"폭로를 하겠다던 고영혜가 사라져버렸으니 홍은호를 통해서라도 고보경의 여자 문제를 알아볼까 했지요."

"두 사람은 친구 사이 아닌가요?"

"일본에서 유학 시절을 같이 보내긴 했어요. 조선문예회라는 동아리에서 만났지요. 초대 회장이 고보경이었고, 2대가 홍은호였어요. 얼마나 친하면 회장직까지 물려줬을까 싶지만 들리는 소문으론 홍은호가 고보경을 쫓아냈답니다."

"쫓아내요? 쿠데타라도 일으켰다는 말인가요?"

"그때도 여자 문제가 얽혀 있었던 것 같아요. 아무튼 그 사건을 계기로 고보경은 예정보다 일찍 유학생활을 정리하고 귀국했어요. 그리고 업계에서 먼저 자리를 잡은 고보경은 일본에서 돌아온 홍은호에게 계속 혹평을 했어요. 제 생각에 공과 사가 분명해서는 아닌 것 같아요."

"알아낸 게 있나요?"

광심의 질문에 강수미가 고개를 저었다.

"은근슬쩍 물어보려고 했는데 전시랑 무관한 질문이라면서 받아주질 않더라고요. 단독 인터뷰 요청도 거절당했고요. 그러던 차에 형사님이 떡하니 나타나신 거죠. 자, 이제는 제 차례인 거죠?

강수미는 펜을 움켜쥐고 마이크처럼 광심에게 들이밀었다.

"고보경은 용의자입니까?"

강수미는 광심이 답할 시간도 주지 않고, 재촉하듯 말을 이었다.

"단순 실종일지도 모른다고 하지 마세요. 실종 사건은 항상 살인 사건이 될 가능성을 염두에 두고 가족부터 수사한다는 거 알고 있어요. 저는 제보자도 노출시켰어요. 용의자가 누구라고는 못해도 고개 정도는 끄덕여줄 수 있잖아요."

광심은 잠시 고민하는 척 하다가 강수미가 원하는 대로 고개를 끄덕여줬다. 강수미의 얼굴이 밝아졌다. 거짓말은 아니었다. 분명 고보경도 용의자였다. 동기가 생겼으니까. 하지만 여전히 가장 의심스러운 용의자는 홍기창이었다. 강수미가 홍기창의 존재를 알게 되는 것은 곤란했다.

"절대로 먼저 방송하지 않을게요. 대신 저희한테 정보를 주세요. 저희도 지금 가용 가능한 모든 채널을 통해서 취재를 하고 있어요. 수사에 도움이 될 정보라면 바로 넘기겠습니다."

강수미가 손을 내밀며 말했다.

나쁘지 않은 제안이었다. 이 정도로 파고 들어왔다면 차라리 협조를 하는 편이 좋았다. 광심은 강수미의 손을 잡았다.

"수사 지휘는 황옥호 형사가 하는 거죠?"

강수미가 차에서 내리려다가 말했다.

옥호와 광심이 고보경의 집에 들어가는 모습을 봤으니 당연한 판단이었다. 실제론 옥호는 보고만 받을 뿐, 광심과 해환이 한 팀을 이뤄수사를 하고 있었지만 굳이 강수미의 말을 정정해줄 필요는 없었다.

"네, 경감님 지시 하에 수사하고 있습니다."

"현장에서 은퇴했다지만 실은 내부에서 비밀 수사를 하고 있다는 말은 사실이었던 건가요?"

"글쎄요. 이번 건은 특수한 상황이라 저도 잘 모르겠네요."

"한 가지만 더요. 이건 이번 사건과는 별개로 묻는 건데요."

강수미는 운을 띄워놓고, 한동안 말을 잇지 못했다.

"네, 말씀하세요."

"주해환은 도대체 누구인가요?"

"네?"

"주해환이 실은 황옥호 형사와 함께 일하는 비밀경찰이란 소문이 있잖아요. 혹시 본 적 있어요?"

광심은 저도 모르게 웃어버리고 말았다.

"혹시 본인 아니에요? 일부러 남자 이름으로…."

"저도 알고 싶네요. 주해환이 어떤 사람인지."

광심이 말을 끊으며, 강수미의 멋대로 뻗어나가는 상상을 제지했다.

"황옥호 형사랑 일하면서 정말 아무것도 몰라요?"

"잘은 모르지만…."

"모르지만?"

강수미가 기대에 찬 눈으로 말했다.

"아마 생각보다 평범하고, 좋은 사람일 거예요."

"그게 뭐예요. 그런 말은 아무한테나 다 하겠네."

강수미가 실망한 얼굴로 핀잔을 주었다.

"그런가요? 그게 내 꿈인데요. 평범하고, 좋은 사람으로 살아가는 거."

광심이 미소를 지으며 말했다. 왠지 모르게 쓸쓸해 보이는 미소였다. 강수미가 슬쩍 눈치를 보더니 덧붙였다.

"뭐, 평범하게 사는 것도 쉽진 않죠. 이 미친 세상에서 좋은 사람으로 살아간다는 것 자체가 특별한 사람인 거 같긴 하네요."

갑자기 주변이 소란스러워졌다. 밖에서 누군가 쌍욕을 하며 고래고래 소리를 질렀다. 소리는 기자들이 모여 있는 곳에서 시작해 점점 광심의 차에 가까워졌다. 스태프 대여섯 명이 한 중년 남자를 둘러싸고 범죄자를 연행하듯 끌고 갔다. 남자는 격렬하게 저항했지만 혼자 힘으로 아무것도 할 수 없었다. 스태프들이 남자를 내동댕이치자 맹준영이 급히 차에서 내려 남자를 부축했다.

"가볼게요. 연락해요."

강수미도 차에서 내려 맹준영과 남자에게 다가갔다.

남자는 이 미친 세상에서 소중한 무언가를 잃어버린 사람처럼 울부짖었다. 평범한 광경은 아니었다.

23 버튼

해환의 주방에 못 보던 물건이 생겼다. 광심이 원두커피머신을 보고 말했다.

"사신 거예요?"

"네, 차라리 기계를 사는 게 좋을 것 같아서요. 그냥 원두만 넣으면 되니까 편하기도 하고요. 얼음 넣어서 드세요."

해환이 거실 창가에 의자를 가져다 놓으며 말했다. 광심이 컵에 얼음을 채워 커피를 따랐다. 달라진 것은 커피머신만이 아니었다. 처음으로 거실의 창문이 열렸다. 더위는 여전했지만 늦은 밤인데다 워낙 고층이라 시원한 바람이 불었다. 에어컨을 끄자 늦가을 같던 집안의 날씨가 바깥의 계절과 보조를 맞췄다. 해환은 면으로 된 하얀 긴팔 티셔츠와 회색 바지를 입었다. 광심도 가져온 스웨터를 소파에 놓고 해환 옆에 앉았다.

"오늘은 다른 게 많네요."

"가끔은 환기도 시켜야죠."

광심이 고개를 끄덕이며, 시원한 커피를 한 모금 마셨다.

해환은 옥호가 말한 대로 도움이 됐다. 〈적의 연작〉을 찾은 것도 해환 덕분이었다.

'홍기창은 죽어가는 선미를 찍었다. 홍기창이 선미가 아닌 다른 누

군가를 모델로 삼아 그와 비슷한 구도의 그림을 그렸다면 그전에 선미를 그린 그림도 존재하지 않을까.'

해환은 의문을 품었다.

"홍은호가 제자들과 중국 시장에 진출했다는 게 떠올랐어요. 그림을 판다면 그쪽이란 생각이 들었죠. 그래서 중국 출판사를 통해 알아봤지요."

"중국 출판사요?"

"제 책이 중국에도 번역돼서 출간되거든요. 제법 큰 출판사라 미술 전문 서적도 많이 내요. 도움을 좀 받았죠."

〈적의 연작〉은 홍기창이 사라지면서 남긴 흔적이었다. 그 흔적은 설원에 남겨진 핏자국처럼 선명했지만 갑자기 끊어져버린 발자국처럼 홍기창과 이어지진 않았다. 수상한 그림을 그렸다고 홍기창을 수배할 수는 없는 노릇이었다.

"마법의 순간은 멀었나요?"

광심이 말했다.

"네?"

"작가님이 그러셨잖아요. 캐릭터를 파악하는 순간, 누가 무슨 짓을 저질렀고, 앞으로 무얼 할지도 알게 된다고요."

해환은 출판사에 독촉을 받은 소설가처럼 난감한 얼굴이 됐다.

"글쎄요. 홍기창이 지금 어디 있는지, 그리고 앞으로 무얼 할지는 잘 모르겠네요. 하지만 홍기창이 지금까지 무슨 짓을 했는가라면 알 것도 같습니다."

광심이 자세를 바로 잡고 해환을 바라봤다. 해환이 휴대폰 화면에 〈적의 연작〉을 불러들였다.

"다른 그림 찾기 한번 해보죠. 선미를 그린 그림과 다른 그림들은 무척이나 비슷하지만 약간의 차이가 있어요."

해환이 손가락으로 그림을 가리키며 계속 말했다.

"보세요. 선미는 발가벗고 있고, 얼굴도 보이지만 다른 그림 속의 인물들은 뭐라도 걸치고 있거나 얼굴을 가리고 있어요."

해환이 말한 대로였다. 백발노인은 러닝셔츠와 사각팬티를 입었다. 중년 남자는 낡은 야구 모자로 얼굴을 반쯤 덮었고, 할머니는 엎드려 있어 얼굴이 보이지 않았다.

"그러네요. 무슨 차이죠?"

광심이 말했다.

"범인이 달라서 생긴 차이죠."

"전부 다 실제 상황을 그린 거라고 생각하세요? 이 사람들이 다 실존 인물이라고요?"

"소설 한번 써보는 거죠. 제가 가진 재주는 그것뿐이에요. 계속 해볼까요?"

광심이 마음대로 해보라는 듯 팔짱을 끼었다.

"홍기창은 상상을 하기보단 보고 그리는 쪽이죠. 추상화 같은 그림도 그렸지만 그것도 경험을 통해서 나온 거고요."

해환의 말에 광심이 고개를 끄덕였다.

"그림을 비교해 보세요. 직접 현장을 목격하고 그린 선미 그림에 비해서 다른 그림이 부족하다고 느껴지세요? 제가 보기엔 다른 그림이 오히려 더 강렬한 인상을 줘요. 죽어가는 사람뿐 아니라 죽인 사람의 감정까지 느껴지지 않나요?"

"홍기창을 말하는 건가요?"

"이 남자는 모자로 눈을 가렸고, 할머니는 얼굴이 보이지 않게 엎드려놨죠. 선미는 자기가 죽인 게 아니지만, 이 두 사람은 본인이 죽인 겁니다. 얼굴을 마주 보기가 힘들었던 거죠."

해환이 그림을 보며 계속 말했다.

"잘 모르는 사람이었을 겁니다. 원한 관계도 없었을 거고요. 그래서 죄책감이 든 거죠."

"작가님 말씀대로라면 이 사람은 아는 사람이겠네요. 얼굴도 잘 보이고, 묶여있지도 않으니까요."

광심이 그림 속의 백발노인을 가리켰다.

"네, 선미 사건과 똑같아요. 자기가 죽인 게 아닙니다. 그저 죽음을 목격하는 중이죠."

속옷 밖으로 나온 백발노인의 팔과 다리는 앙상했다. 노인은 누가 봐도 죽어가는 환자처럼 보였다.

"임종을 지켜보는 걸까요?"

"홍기창 아버지라면 어떨까요. 어머니 장례식에 찾아왔다던…."

광심은 이충만과 만난 후에 바로 홍기창의 아버지를 조사했지만 홍기창의 아버지는 오래 전에 주민등록이 말소된 상태였다. 이혼한 기록도 없고, 어디 사는지도 알 수 없었다. 홍기창의 아버지는 사회에서 존재하지 않는 사람이었다. 병원이 아니라 집에서 죽음을 맞이하는 그림이 자연스럽게 느껴졌다.

"왜 세상을 등졌을까요?"

"예술을 위해선 평범한 인생을 버려야 한다고 믿는 부류들이 있습니다."

광심이 해환을 빤히 쳐다보자 해환이 물었다.

"왜 그렇게 보시죠?"

"작가님이 스스로 선택한 삶은 아니지만 평범하게 살았다면 작가님이 되셨을 것 같진 않아서요."

"그렇긴 하죠. 하지만 저는 글을 쓰기 위해 살지 않아요. 살기 위해서 글을 쓰죠."

해환이 휴대폰을 광심에게 건넸다.

"이 그림들을 봐보세요."

해환의 휴대폰에는 홍기창의 다른 그림들이 떠 있었다. 저번에 봤던 배트맨과 트럼프 그림의 연작 같았다. 잔뜩 쌓인 트럼프 카드 위에 배트맨이 누워 있었고, 밑에 있는 조커가 돈에 불을 붙여 카드더미에 던졌다. 밤하늘엔 배트맨을 부르는 조명이 빛났지만, 배트맨은 터지기 직전의 풍선처럼 배가 부풀어 올라 움직이지도 못했다.

"홍기창은 철거 사태로 집에서 쫓겨나고 어머니까지 잃어버렸지요. 그 후로 홍기창은 현실을 풍자한 그림을 그립니다. 현실에선 막을 수 없던 사람들을 그림 속에서나마 조롱하고 처벌한 거죠."

해환이 자리에서 일어나 산책하듯 거실을 거닐었다.

"홍은호는 홍기창의 그림을 눈여겨보고 중국으로 데려갑니다. 중국에서도 홍기창의 그림은 인정을 받았지요. 원래부터 능력은 충분했고, 분노란 건 표현하기에 따라 강력한 연료가 되니까요."

"하지만 슬럼프가 왔죠."

"분노는 순간적인 힘은 있어도 연비가 좋지 않거든요. 엔진에 무리도 가고요. 길게 보면 좋을 게 없지요. 하지만 그 시점에서 운전대를 잡은 사람은 홍기창이 아니라 홍은호였을 거예요. 홍기창은 계속 달려야만 했어요. 점점 지쳐가면서도요. 거의 멈춰버리기 직전까지 간 홍기창은 갑자기 외부에서 강력한 연료를 공급받게 되지요."

"선미의 죽음을 목격한 게 기폭제가 된 걸까요?"

광심이 몸을 돌려 앉았다. 해환이 계속 말했다.

"굳이 표현하자면 악마가 영감을 준 거겠죠. 비극이 시작된 곳에서 또 다른 비극을 목격한 거니까요. 자신이 억울하게 쫓겨난 곳에서 영문도 모르고 죽어가는 사람을 목격한 거잖아요. 얼마나 강렬한 경험이었겠어요. 홍기창은 그 순간을 그림으로 재현해낸 거예요."

"하지만 그림은 홍은호 이름으로 발표돼요."

"악마가 준 선물이란 게 늘 그런 식이죠. 홍기창은 자기 이름으로 발표하기엔 부담을 느꼈을 거예요. 유일한 목격자가 시체팔이를 한 것처럼 보일 테니까요. 그걸 잘 아는 홍은호가 나서 홍기창의 그림을 가로챈 거죠. 그림은 거액에 팔렸고, 홍은호는 연작을 만들겠다고 제안하며 후원을 받아들였어요. 홍기창은 계속 그려야만 했지요. 상상만으론 그릴 수 없었어요. 홍기창은 모델이 필요했습니다. 죽어가는 사람이요."

"그래서 죽였다고요? 알지도 못하는 사람을?"

"알지도 못하는 여고생을 납치해서 죽인 사람도 있잖아요. 애초에 살인이란 멀쩡한 상태로 저지를 수 있는 게 아니죠. 정상적인 사고가 가능한 사람이라면 살인 같은 건 생각하지 않아요. 당연하잖아요."

맞는 말이다. 사람은 정상적인 상태에서 사람을 죽일 생각을 하지 않는다. 누군가를 죽이게 되지 않을까 두려워하지도 않는다.

'어딘가 고장 난, 나처럼 잘못된 인간이 아니라면 그런 생각 따위는 하지 않는다.'

생각의 파도가 광심을 삼키려 할 때, 해환의 목소리가 들렸다.

"정상과 비정상의 경계엔 벽이 없어요. 그저 선이 하나 그어져 있을 뿐이죠. 누구나 비정상적인 세계에 빠져들 수 있어요."

해환이 광심 앞에 앉았다. 해환은 테이블 위에 있던 에어컨 리모컨을 광심 앞으로 옮겼다.

"전원 버튼을 누르면 10억을 줄게요. 대신 이 세상 어딘가에서 경위님이 모르는 사람 열 명이 죽어요. 버튼을 누르시겠어요?"

"무슨 말이에요?"

"그냥 이야기예요. 지어낸 이야기. 어떻게 할래요?"

"더위 먹은 거면 눌러줄게요. 아니면 필요 없어요."

"이런 질문이 인터넷에 올라왔을 때, 의외로 많은 사람들이 버튼을 누르겠다고 댓글을 달았어. 열 명 중 한 명은 넘었죠. 실제였다면 어땠을까요? 돈이 목숨만큼 중한 상황이었다면? 인류가 멸망할지도 몰라요."

광심은 홍은호의 집에 있던 유리 상자가 생각났다. '누르지 마시오'라는 문구가 적힌 유리 상자. 전시회를 찾아온 사람들은 전시 내내 버튼을 눌렀다고 했다.

"버튼을 누르겠다고 답한 사람들을 비난하려는 게 아닙니다. 지켜온 가치가 흔들리는 상황에서 죄책감만 덜어주면 사람은 자기 행동을 합리화하고 해선 안 되는 행동을 한다는 말이에요. 일단 버튼을 누르기 시작한 사람이 스스로 멈출 수 있을까요? 이미 저질러 버렸어요. 두 번 못할 이유는 뭡니까? 버튼을 누르면 얻게 될 이득은 분명해요. 한 번만 더, 한 번만 더 하다 보면 나중엔 버튼을 누르지 않는 사람들을 비난하게 될 겁니다. 위선자라고요."

해환이 리모컨을 다시 집어 들었다.

"하지만 그건 위선이 아니고 선택이에요. 뼛속부터 의인은 아무도 없어요. 그런데도 스스로 티 없는 의인인 양 행동하는 사람이 위선자죠. 자기 내면의 악을 똑바로 응시하면서 유혹에 맞서 올바른 길을 택하려는 사람은 위선자가 아닙니다."

밤바람이 어둠을 헤치고 창문을 넘어 밀려왔다. 바람이 부드럽게 광심을 스치고 지나갔다. 광심이 든 잔에서 '쩡' 하고 소리가 났다. 잔 안의 얼음이 깨지는 소리였다. 광심은 마음을 숨기듯 잔을 들어 얼음을 삼켰다.

갑자기 휴대폰 진동 소리가 들렸다. 해환이 식탁에 가서 휴대폰을 집었다.

"예, 아저씨, 네, 네? 네, 네…."

해환은 전화를 끊고 휴대폰으로 뭔가를 검색하며 광심에게 돌아왔다.

"경감님이세요? 무슨 일이에요?"

해환이 광심에게 다가와 휴대폰 화면을 보였다. 화면에 뉴스가 떠 있었다.

"누가 버튼을 누른 모양입니다."

해환이 말했다.

24 심판의 날

빈집에서 시체가 발견됐다. 밤이 되면 불빛을 찾기 힘든 상천5동은 기자들이 찍어대는 카메라 플래시로 요란하게 번쩍였다.

살인사건은 통계상 하루에 2.3건 일어난다. 같은 날에 상천5동이 아닌 어딘가에서 살인사건이 벌어졌다 해도 놀라운 일은 아니다. 살인은 큰 사건이지만 특정한 직업군에선 매일 벌어지는 일상이다. 기자들이 상천5동에 몰려든 이유는 단순히 살인 사건이 벌어졌기 때문이 아니다. 기자들은 죽은 사람의 신원보다는 장소에 관심이 있었다.

시체는 선미가 죽었던 집에서 발견되었다. 상천동 여고생 살인사건의 범행 현장에서 또 다른 시체가 나타난 것이다. 신분을 밝히지 않은 남자가 공중전화로 경찰에 신고를 했고, 이어서 언론에도 연락을 했다. 정희는 교도소에 있었고, 박희도는 죽었다. 기자들은 모방범을 의심하며 저마다 연줄을 동원해 시체가 어떤 모습으로 발견되었는지를 알아내려 했다. 경찰은 현장을 봉쇄하고 철저히 함구했다. 경찰은 같은 경찰인 광심에게도 입을 닫았다.

"신원 파악 됐죠?"

광심이 물었다.

"이제 막 발견했는데 신원 파악을 어떻게 합니까?"

선미 사건 당시에 수사팀 막내였던 형태가 퉁명스럽게 말했다. 형태는 누가 보지나 않을까 불안한 눈빛으로 주변을 살피더니 광심을 데리고 기자들이 없는 골목으로 갔다.

"홍보단 가셨다면서요. 여긴 왜 오셨어요?"

"피해자가 누군지만 말해줘요. 귀찮게 안 할 테니까."

"왜요? 정희가 탈옥이라도 했을까 봐? 내년이면 출소할 애가 뭐하러요. 정희랑은 아무런 상관도 없어요."

"그러니까 피해자 신원만 말해달라고요."

"아, 박희도는 죽었잖아요!"

형태가 저도 모르게 언성을 높였다가 고개를 숙였다. 형태는 선미 수사팀에 파견 나왔던 광심을 유난히 챙겼다. 선배들이 반했냐고 놀릴 정도였다. 실제로 형태는 광심에게 호감이 있었다. 하지만 광심이 홀로 수사를 진행하다가 박희도가 사망하면서 팀 전체가 문책을 받았다. 형태는 여전히 광심을 나쁘게 생각하진 않지만 동료들이 광심을 본다면 입장이 곤란했다.

"미안해요. 나쁜 뜻으로 이야기한 거 아니에요. 근데 현장도 떠난 사람이 왜 그렇게 집착을 해요. 다 끝난 일이잖아요. 아직도 정희가 박희도를 조종했다고 생각해요? 정희가 박희도 대신 다른 놈이라도 시켜서 한 짓이라고 생각하고 왔어요? 현장도 그때랑 똑같을 거 같죠?"

"똑같잖아요. 옷을 벗기고, 결박한 상태로 두고 가겠죠. 벗긴 옷은 근처에 있었을 거고, 옷 속에 신분증이 들어있었을 거예요."

광심이 틈을 주지 않고, 계속 쏘아붙였다.

"그딴 건 궁금하지도 않아요. 안 봐도 아니까. 그리고 그 애 때문에 온 거 아니에요. 피해자 때문에 온 거지. 피해자가 누군지만 말해줘요."

"피해자는 알아서 뭐하려고요?"

형태가 난감한 얼굴로 말했다.

"다른 피해자가 안 생기게 하려고요."

형태가 광심을 유심히 살폈다.

"경위님, 뭐 아는 거 있어요?"

"먼저 말해줘요. 그럼 말해줄게요."

"경위님, 뭐 아는구나? 그래서 온 거죠? 박희도 때처럼 무슨 연락이라도 받았어요?"

"확인을 해줘야 말할 수 있어요."

잠시 고민하던 형태는 결국 입을 열었다.

"오케이. 알았어요. 대신 이번엔 절대 혼자 하면 안 돼요. 약속해요."

"……."

"왜 말이 없어요!"

"알았어요."

광심이 고개를 끄덕였다.

형태가 주변을 살핀 후에 광심에게 조용히 말했다.

"피해자 이름은 박인덕, 나이는 52세, 저 길 건너 아파트에 혼자 삽니다."

광심은 휴대폰을 꺼내 해환에게 문자를 보냈다.

"아니, 지금 뭐해요? 어디다 연락을 하는 거예요?"

형태가 놀라서 말했다. 광심은 아랑곳하지 않고 휴대폰 화면을 주시했다. 곧 답문이 오는 소리가 들렸다. 광심은 문자를 확인하고, 고개를 들었다.

"한 가지 더 확인할 게 있어요."

"뭔데요?"

"저기 가면 알 수 있어요."

광심이 언덕 위를 바라봤다. 어둠 속에서 방주 교회의 십자가가 빛나고 있었다.

"아니, 나한테 말해줄 게 있다면서요. 지금 그냥 도망가려고 그러죠?"

"다녀와서 말할게요."

광심은 안절부절 못하는 형태를 두고, 교회로 올라갔다. 현장을 떠나지 못하는 형태는 멀어지는 광심을 바라볼 뿐이었다. 형태는 망했다고 생각했지만 광심의 말은 거짓이 아니었다. 광심이 예상한 대로 이충만 목사는 박인덕을 알고 있었다.

박인덕은 상천5동 주민이자 방주 교회에 출석했던 교인이었다. 하지만 상천 4동의 신축 아파트로 이사하면서 교회를 떠났다.

박인덕은 처음 아파트에 들어갔던 날을 생생하게 기억했다. 넓지는 않았지만 신축된 아파트는 드라마에 나오는 집처럼 근사해보였다.

'드디어 나도 사람답게 살게 되었구나.'

박인덕은 눈물이 날 것 같았다. 하지만 사람답게 살기는 생각보다 쉽지 않았다. 형님이라 부르며 따랐던 사람을 배신한 대가로 얻은 아파트였다. 자신 때문에 집에서 쫓겨난 형님은 자살을 했고, 볼 때마다 착하다고 칭찬했던 형님네 아들은 어디론가 사라졌다. 아파트는 박인덕이 저지른 죄의 증거였다. 박인덕은 아침저녁으로 걸레를 빨아 지문 하나 남기지 않을 정도로 아파트를 청소했다. 하지만 두려움과 죄책감은 사라지지 않았다. 갑자기 경찰이 들이닥쳐 수갑을 채울 것만 같았다. 박인덕은 아파트 근처의 교회에 새로 등록해 모든 예배에 참석했다. 헌금도 아끼지 않고 넣었다. 하지만 신은 매수를 당하지 않았다. 여느 때처럼 예배에 참석한 박인덕은 주보에 적혀 있는 말씀이 신의 목소리처럼 느껴졌다.

'그러므로 예물을 제단에 드리다가 거기서 네 형제에게 원망들을 만한 일이 있는 줄 생각나거든 예물을 제단 앞에 두고 먼저 가서 형제와 화목하고 그 후에 와서 예물을 드려라.(마태복음 5장 23절)'

박인덕은 죄책감 때문에 망상에 빠졌다고 생각했다. 하지만 발바닥에 박힌 가시처럼 어디를 가도 그 말씀이 떠올랐다. 땅에 두 발을 딛고, 살기 위해선 반드시 그 말씀대로 해야 할 것 같았다. 박인덕은 다시는 가지 않으리라 마음먹었던 상천5동으로 향했다. 상천5동은 폐허가 되어 있었다. 남아있는 거주민들은 거의 없었지만 박인덕은 혹시나 누가 자신을 알아볼까 두려워 커다란 썬캡을 쓰고 오르막길을 올랐다. 형님은 이미 죽었고, 형님네 아들도 상천5동을 떠났지만 방주교회 이충만 목사라면 형님네 아들의 행방을 알지도 몰랐다. 형님네 아들을 만나서 무슨 말을 할지는 모르겠지만 일단 방주 교회에 가보기로 했다. 하지만 박인덕은 내심 이충만 목사가 아는 것이 없다고 말해주길 바랐다.

'그럼 어쩔 수 없는 거니까. 그래도 나는 노력했으니까.'

박인덕은 면죄부를 받고 싶었다. 죄의 무게를 짊어지고, 언덕을 오르는 박인덕의 발걸음이 점점 둔해졌다. 양옆에 늘어선 빈 집에서 사람이 튀어나올 것 같았다. 자신의 머리채를 잡고, '이 나쁜 년, 배신자!'라고 외칠 것 같았다. 박인덕은 당장이라도 내달려서 골목을 벗어나고 싶은 충동을 느꼈다. 하지만 가파른 오르막길은 걷는 것만 해도 힘들었다. 박인덕은 숨을 몰아쉬다 아래를 내려다봤다. 내려가는 길은 편안하고 쉬워보였다. 박인덕이 망설이고 있는데 옆으로 이어진 골목에서 젊은 여자가 나타났다. 여자는 경찰 신분증을 보여주며 박인덕에게 방주 교회로 가는 길을 물었다. 그때부터는 아무 말도 귀에 들어오지 않았다. 박인덕은 여자에게 대충 길을 가르쳐 주고는 경보 선수처럼 내리막길을 걸었다. 뒤에서 여자가 자신을 잡으러 뛰어올 것 같았다. 박인덕은 정신이 나간 상태로 집에 돌아와 한동안 밖을 나가지 못했다. 하지만 계속 집에만 있을 수는 없었다. 박인덕은 결국 다시 일하던 식당에 나가기 시작했다.

　범인은 일을 마치고 집으로 귀가하던 박인덕을 덮쳤다. 박인덕은 정문이 아닌 후문을 통해 아파트로 들어갔다. 조금 돌아가야 했지만 사람들의 눈에 띄지 않는 길이었다. 넓고 긴 길에 조명이 하나뿐이라 밤에는 꽤 어두웠다. 범인은 박인덕의 동선을 파악하고 어둠 속에서 박인덕을 기다렸다. 그리고 박인덕이 조명에서 가장 멀어진 순간, 뒤에서 튀어나와 박인덕을 제압했다. 범인의 동작은 간결하고 정확했다. 범인은 돌아볼 시간도 주지 않고 박인덕의 입을 틀어막은 후, 주사를 놓았다. 따끔한 느낌과 함께 약기운이 삽시간에 박인덕의 몸에 퍼졌다. 박인덕이 눈을 뜬 곳은 아파트가 아니라 자신이 떠난 동네의 빈 집이었다. 박인덕은 약기운 때문에 꿈을 꾸고 있는 거라고 생각했다. 박인덕의 옷은 벗겨졌고, 손과 발이 묶여 있었다. 입에는 재갈이 물렸다. 바닥에서 올라오는 냉기에 몸이 떨렸다. 박인덕의 시야에 범인이 보였다. 금방 알아보진 못했지만 친숙한 얼굴이었다. 언젠가 박인덕의 얼굴을 그려주었던 형님네 아들이었다. 아파트로 이사한 후에 짐을 정리하다가 자신의 얼굴을 그린 그림을 발견하곤 놀랐던 기억이 났다. 박인덕은 그림을 구겨 쓰레기통에 넣었다가 곧 다시 꺼냈다. 누군가 쓰레기통을 뒤져 그림을 찾아낼 것만 같았다. 박인덕은 화장실에서 그림을 태웠다. 사람 좋게 웃는 박인덕의 얼굴이 불에 타서 사라졌다.

　범인이 다가와 주사를 다시 놓았다. 따끔한 감각과 함께 박인덕은 꿈에서 깰 시간이라고 생각했다. 하지만 박인덕은 잠에서 깨지도, 다시 잠들지도 못했다. 발작이 시작됐다. 온몸이 뒤틀리는 고통 속에서 박인덕은 자신이 처한 상황이 꿈이 아님을 알았다. 핏줄이 서고, 눈물이 쏟아졌다. 박인덕은 자신이 죽어간다는 사실을 알아챘다. 마지막으로 참석한 예배에서 들었던 말씀이 떠올랐다.

　'사람이 한 번 죽는 것은 정해진 것이요. 그 후에는 심판이 있으리니.'

25 악마의 작품

　누군가 불쑥 기창의 앞으로 나와 바닥에 누운 여자에게 다가갔다. 검은 후드를 뒤집어쓴 남자였다. 남자와 여자의 얼굴은 잘 보이지 않았지만 두 사람 다 자신과 아는 사이 같았다. 남자는 손에 주사기를 들었다. 누구도 설명해주지 않았지만 위험한 상황이 분명했다. 남자는 여자를 죽이려 했다.

　검은 후드를 입은 남자가 여자에게 주사를 놓는 순간, 기창이 소리를 지르며 잠에서 깼다. 밖은 환했다. 산 속의 맑고 시원한 공기가 집 안을 가득 채웠다. 기창은 이부자리에 오줌이라도 싼 것처럼 땀을 흘려서 조금 춥게 느껴졌다. 새가 지저귀는 소리가 들렸고, 아침에 내린 부슬비가 집을 둘러싼 나무의 잎사귀마다 맺혔다. 악몽 속의 집과는 전혀 다른 풍경이었다.

　기창이 아버지와 이곳에 온 지도 벌써 3년이 지났다. 아버지가 장례 식장에 나타나기 전까지 기창은 아버지의 얼굴도 몰랐다. 아버지는 기창이 갓난아이였을 때 집을 떠났고, 엄마는 기창이 장성하도록 아버지의 이야기를 꺼내지 않았다.

　아버지는 인적이 드문 산 속에 기역자 모양의 집을 지었다. 마당엔 도자기를 굽는 불가마까지 만들었다. 집은 잠만 자는 방과 마당이 보이는 마루를 빼면 전부 작업공간으로 만들어졌다. 집은 온통 도자기로 가득했다. 기창은 아버지뿐 아니라 도자기도 잘 몰랐지만 아버지가 구워낸 도자기의 빛깔이 보기에 좋았다. 하지만 정작 기창의 눈길을 사로잡았던 도자기는 집 뒤편에 쌓아놓은 실패작들이었다. 뜨거운 불가마를 견디고 세상에 나왔지만 아버지가 성에 차지 않아 깨버린 조각들이었다.

'아버지는 아름다운 도자기를 만들기 위해 가족을 깨버린 거구나.'

기창은 도자기의 무덤 앞에서 아버지가 가족을 떠난 이유를 깨달았다. 기창은 얼마 지나지 않아 아버지가 다시 자신 앞에 나타난 이유도 알게 됐다. 아버지는 엄마의 장례를 치르려고 온 것이 아니라 자신의 장례를 부탁하러 온 것이었다. 아버지는 죽을병에 걸렸던 것이다. 염치도 없이 찾아와 병간호를 해달라는 말은 아니었다. 아버지는 오히려 치료를 거부했다. 아버지는 마지막 순간까지 도자기를 빚다가 죽을 테니, 죽으면 불가마에 넣어 태워달라고 말했다. 기창은 아버지의 얼굴에 주먹을 날렸다. 바닥에 쓰러진 아버지의 입가에 피가 배어나왔다.

'그게 소원이었어요? 그거 때문에 돌아온 거였어? 난 또 이제 와서 용서해달라고 그럴 줄 알았네. 나는 도저히 용서가 안 되는데 용서해달라고 말할 줄 알고 괜히 쫄았네! 네, 좋아요. 어려울 거 있나. 당신 소원 들어 줄 테니까 죽을 때 되면 꼭 연락해요. 반드시 돌아와서 당신 뒈지는 꼴 지켜볼 테니까.'

기창은 아버지의 집을 떠나 학교 근처에 옥탑 방을 얻었다. 1년 반쯤 지난 여름날, 아버지에게서 연락이 왔다. 아버지는 아들에게 얻어맞는 수치를 당하고도 기어이 기창을 불렀다. 다시 만난 아버지는 혼자 씻지도, 싸지도, 먹지도, 입지도 못하는 상태였다. 기창이 도착했을 때, 아버지는 불가마가 보이는 마당에 쓰러져 있었다. 그 상태로 얼마나 오래 있었는지 속옷 차림에 오줌과 똥 냄새가 풍겼다. 파리와 모기가 아버지의 주변을 날아다녔다. 처참한 몰골이었다. 하지만 다른 사람처럼 변해버린 것은 아버지만이 아니었다. 아버지는 기창을 보고, 놀란 눈을 껌뻑거렸다. 자신에게 주먹질을 하고 떠난 아들의 모습은 찾아볼 수가 없었다. 분노로 부릅떴던 아들의 눈은 감정이라곤 느껴지지 않는 구멍처럼 보였고, 자신을 아프게 쳤던 아들의 주먹은 해골처럼 뼈만 남아 있었다. 붉게 상기되었던 아들의 뺨은 칼로 도려낸 듯 움푹 패어 있었다. 기창은 바닥에 쓰러져 있는 아버지를 보고도 아무런 행동도 하지 않았다. 그 순간을 기다렸다는 듯 그 꼴이 뭐냐고 조롱을 하지도 않았다. 기창은 말없이 마루에 걸터앉아 가져온 가방에서 그림 도구를 꺼냈다. 그리고 죽어가는 아버지를 그렸다. 아버지는 아편에 중독되어 그림을 그리던 환쟁이들을 알고 있었다. 아버지는 아들에게 무슨 일이 생겼는지 알았지만 아들에게 말 한마디 건넬 수가 없었다. 마침내 죽음의 순간이 다가왔다. 〈적의 연작〉 두 번째 그림, '죽어가는 백발노인'이 탄생한 순간이었다.

홍은호는 기창이 들고 온 그림을 보고 전율했다. 죽어가는 노인의 얼굴 속엔 절망과 두려움, 후회와 미안함, 그리고 이 모든 마음을 전하지 못하는 안타까움이 생생히 담겨 있었다. 전작인 〈죽어가는 소녀〉도 괴이한 기운을 뿜어냈지만, 도자기를 만들기 위해 가족을 버린 아버지와 아버지의 죽음을 앞에 두고 그림을 그리는 아들의 이야기가 〈죽어가는 백발노인〉을 한 편의 완벽한 복수극처럼 보이게 했다.

"넌 천재야. 기창아."

스승은 제자에게 찬사를 보냈다. 하지만 제자는 찬사가 아닌 주사

바늘을 원했다.

마리화나에 처음 손을 댔을 때만 해도 이 지경이 될 줄은 몰랐다. 엄마가 세상을 떠나고 난 후, 기창은 밤마다 악몽을 꿨다. 홍은호는 기창에게 마리화나를 권했다.

"담배랑 큰 차이도 없어. 중독성도 약하고, 따져보면 담배가 몸에 더 나빠. 왜? 불법이라 맘에 걸려? 합법인 나라도 있어. 법이라는 게 뭐야. 사람이 정하기 나름이라고. 예술한다는 놈이 규칙에 얽매여서 뭐할래? 너 스스로를 제한하고 있잖아. 이것도 경험이야. 한번 해봐. 해보면 긴장도 풀리고, 작품에도 도움이 될 거야."

홍은호가 한 말이 틀린 것 같진 않았다. 기창은 몇몇 학우들이 밤샘 작업이나 시험공부를 하며 각성제를 쓴다는 말을 들은 적이 있었다. 결국 기창은 불필요한 용기를 내어 마리화나를 피웠다. 겉 담배를 피울 때처럼 입으로만 빨았다가 뱉었을 때는 아무런 느낌도 없었다. 하지만 다시 한 번 속까지 깊게 빨아들이자 몸에 반응이 왔다. 마리화나는 홍은호가 말한 대로 중독성이 약한 편이고, 사람을 흥분시키지도 않는다. 하지만 효과가 약한 약은 아니다. 마리화나는 엄연한 마약이다.

갑자기 세상이 일그러졌다. 기창은 눈이 핑핑 돌아 자리에 누워버렸다. 천장에서 돌아가는 실링팬이 점점 아래로 내려오는 것처럼 보였다. 기창은 패닉에 빠져 숨을 쉬기 힘들었다. 판매책이 옆에서 도와주지 않았다면 위험했을 상황이었다. 기창은 많이 놀랐지만 처음이라 그런 거라는 말에 어리석게도 다시 마리화나를 피웠다. 몸에 일어나는 반응은 그대로였다. 하지만 이미 경험해 본 일이니 공황 상태로 접어들진 않았다. 횟수가 늘어나면서 반응에 익숙해졌다. 두려웠던 순간들이 나른하고, 편안하게 느껴졌다. 복잡했던 머릿속이 비워졌고, 식욕만이 강렬하게 올라왔다. 무엇이든 먹어 치우고 싶었다. 마른 편이었던 기창은 한동안 폭식을 해서 오히려 보기 좋을 정도로 살이 찌기도 했다. 기창은 점점 마리화나에 심적으로 의존하게 됐다. 마음만 먹으면 언제든 끊을 수 있다고 생각했지만 약을 끊을 마음은 전혀 없었다. 끊기는커녕 기창은 다른 마약에도 손을 댔다. 신세계였다. 먹지도 않고, 자지도 않는데 기운이 넘쳤다. 자잘한 통증이 사라졌고, 소화도 잘 됐다. 무엇보다 한없이 올라간 기분이 떨어질 줄을 몰랐다. 급기야 환청이 들리고, 환각까지 보였지만 무섭다기보다는 신기했다. 기창이 좋아했던 음악이 배경처럼 깔리고, 그동안 보았던 영화 속의 이미지와 책 속의 문구들이 콜라주처럼 뒤섞여 사람의 형태로 나타났다. 기창은 환각에서 깨어난 후, 자신이 본 이미지를 이어 붙여 그림을 그렸다. 그전까진 생각도 하지 못했던 그림들이었다. 약물을 들이붓고 만든 그림들은 비싼 값에 팔렸지만 기창에게 남는 돈은 많지 않았다. 게다가 어느 시점이 지나자 오히려 그림을 그리기 어려워졌다. 당연했다. 마약은 영감을 주는 묘약이 아니라 신경을 교란시키는 약물이니까. 기창은 잠시 약을 끊어보려고도 했지만 금단증상은 악덕 사채업자 같았다. 약이 주었던 쾌락보다 갑절의 고통이 몰려왔다. 기창은 도저히 견딜 수가 없었다. 마약을 개인의 일탈 범죄 정도로 여기는 경우도 많지만, 약을 사기 위해 평생 사귄 친구의 재산을 빼앗고, 아내를 매춘업소에 팔아넘긴 인간도 있다. 중독자가 된 기창은 무슨 짓을 해서라도 약을 구해야만 했다.

기창이 죽인 사람은 생전 처음 보는 할머니와 아저씨였다. 홍은호가 노숙자들이 모여 사는 곳에서 그들을 가리켰다. 홍은호는 진열장 앞에서 물건을 고르는 사람처럼 말했다.

"저들을 봐. 이미 이 사회에서 쫓겨난 사람들이야. 사라진들 누가 관심이나 있을까. 갑자기 보이지 않게 되면 오히려 좋아할걸. 내 말이 거짓말 같아? 지나가면서 저들을 보는 사람들을 봐봐. 시궁창에 사는 쥐를 보듯 하잖아. 더럽고, 냄새나고, 시끄럽지. 틀린 말은 아니야. 저들은 어차피 비참하게 살다 죽을 팔자야. 길바닥에서 말이야."

홍은호가 기창의 어깨에 손을 올리며 말했다.

"기창아, 저들을 그려줘."

누구도 이 말을 듣고, 살인을 명령하는 중이라고 생각하지 못할 것이다. 분명 홍은호는 살인 청부가 아니라 작품을 청탁하고 있었다. 하지만 악마의 작품은 언제나 사람의 피를 필요로 한다. 기창은 살인자가 될 수는 없다고 생각했지만 기창의 몸은 이미 자신의 의지를 벗어나 있었다. 오랜만에 받아보는 사람의 관심, 거기에 치킨과 맥주 한잔 할 정도의 돈에 할머니와 아저씨는 기창을 따라 산 속의 집으로 들어갔다. 그리고 다시 나오지 못했다.

악몽 때문에 시작한 마약이었다. 하지만 마약은 현실을 악몽으로 만들어버렸다. 이젠 무엇이 진짜인지 알 수가 없게 되어버렸다. 기창이 기억하는 것은 한 가지 뿐이었다. 〈적의 연작〉을 완성시켜야 한다는 것이다. 홍은호와 약속한 그림은 이번이 마지막이었다. 〈적의 연작〉의 마지막 모델은 이미 준비해두었다. '그것'은 할머니와 아저씨가 죽었던 방에 갇혀 있었다. 그것은 인간 여자의 몸을 갖고 있었다. 하지만 사람은 아니었다. 그것은 단 한 번도 본 적이 없는 생명체였다. 그 생명체는 발광생물처럼 스스로 빛을 내뿜었다. 빛나는 머리카락이 촉수처럼 움직였고, 눈빛이 광선처럼 뿜어져 쳐다보기도 힘들었다. 투명한 피부 안쪽에서 빛이 꿈틀거렸다. 기창은 이 생명체를 언제, 어디서 만났는지, 어떻게 이곳까지 데려왔는지 전혀 기억하지 못했다. 기창은 그저 하루빨리 〈적의 연작〉을 완성시켜야 한다는 생각뿐이었다.

기창이 자리에서 일어나 방을 나왔다. 마루를 지나면 바로 주방이었다. 기창은 물통을 들고 물을 마셨다. 약수터에서 떠온 물은 냉장고가 필요 없을 정도로 시원했다. 하지만 사막에 물을 붓는 것처럼 기창의 속은 금방 말라버렸다. 기창은 물을 마시다가 사레에 걸려 허리를 꺾으며 기침을 했다. 거친 기침 사이에 연약한 외침이 끼어들었다. 기침이 잦아들자 외침이 또렷해졌다.

"기창 오빠…."

목소리는 닫혀있는 작업실 안쪽에서 들렸다. 기창은 목소리의 주인이 누군지 알았다. 기창이 물통을 놓치고 주저앉았다. 쓰러진 물통에서 물이 흘러나왔다. 흐르는 물이 닫힌 문의 틈 사이로 들어갔다. 그 틈 사이로 물에 빠진 사람이 도움을 구하듯이 다급한 목소리가 새어나왔다.

"오빠, 거기 있죠? 기창 오빠…."

목소리가 귓속을 파고들었다. 기창이 비명을 지르며 귀를 틀어막았다. 기창은 반대편 방 안으로 도망쳤다. 문을 닫았지만 결코 들려선 안 되는 목소리가 계속 들렸다. 기창은 책상의 서랍을 열었다. 철로 된 박스 안에 주사기 몇 개와 고무줄, 정체불명의 약이 보였다. 기창은 주사기에 약물을 주입하고, 고무줄로 한쪽 팔을 감았다. 그리고 주사 바늘을 자신의 팔에 가져갔다. 주사기를 든 손이 부들부들 떨렸다. 기창은 현실에서 도망치고 싶었다. 하지만 악몽 속으로 피해봐야 고통만 더해질 뿐이었다.

책상 위에 둔 휴대폰이 울렸다. 문자의 내용이 알람 화면에 떴다.

216

홍은호가 보낸 문자였다.

- 그랬냐?

기창이 대답을 않자 문자가 연이어 왔다.

- 지금 간다.

다리에 힘이 풀렸다. 기창이 주사기를 내려놓고, 방바닥에 주저앉았다. 세상 어디에도 도망칠 곳이 없었다. 기창은 통곡하며 머리를 벽에 들이받았다. 이마에서 피가 흘러 나왔다.

"엄마…."

기창은 방구석을 보며 엄마를 찾았다.

26 화장

광심은 방주교회에서 내려와 형태에게 홍기창과 박인덕의 관계를 설명했다. 홍기창은 범행 동기가 분명했고, 당시 수사를 맡았던 경찰 외에 선미 사건 현장을 그대로 재현할 거의 유일한 사람이었다. 수사팀은 광심의 의견을 받아들여 홍기창을 용의자로 특정했다. 하지만 광심은 홍기창이 고영혜를 납치한 것 같다는 말은 하지 않았다. 연쇄살인의 가능성이 있다는 말도 하지 않았다. 정황 말고는 증거가 없기 때문이다.

"갑자기 없어져도 관심을 가지지 않을 사람이었을 거예요. 이미 없는 취급을 받게 된 사람들을 범행 대상으로 택한 거지요."

해환의 말을 듣고 광심이 그림을 살폈다. 모자로 얼굴을 반쯤 덮은 중년 남자의 그림. 모자 아래로 아무렇게나 자란 수염과 덥수룩하게 기른 머리가 보였다. 벗은 몸도 꾀죄죄해 보였다.

"노숙자였을까요?"

"가능하죠. 홍기창 아버지도 주민등록이 말소된 상태였고, 아마 이 할머님도 비슷한 처지였을 거예요."

해환이 엎드린 상태에서 죽어가는 할머니 그림을 화면에 불러왔다. 광심이 고개를 끄덕였다. 해환이 선미 그림부터 시작해 백발노인과 할머니 그리고 중년 남자 순으로 그림을 정리했다.

"아마도 순서는 이렇게 진행됐을 거예요. 첫 번째와 두 번째 그림까지는 죽어가는 모습을 지켜봤을 뿐이죠. 그다음부턴 실제 모델을 찾았어요. 첫 범행으로는 아무래도 할머니가 제압하기 편했겠지요. 그다음엔 작은 체격의 중년 남자를 골랐고요. 학습을 하며 발전을 해나간 거죠. 그리고 마지막엔 원한이 있는 박인덕을 노린 겁니다."

해환이 술술 이야기를 풀어가다 엉킨 부분을 만난 것처럼 잠시 멈췄다.

"이 사건과 분명 연관이 있는 것 같으면서도 섞이지 못하는 사람이 있어요."

"고영혜요."

광심이 한 말에 해환이 고개를 끄덕였다.

"고영혜는 유명 인사의 딸이죠. 기준에 맞지를 않아요. 세상이 시끄러워질 테니까요."

"하지만 지금까진 조용해요."

"신기할 정도로요. 정말 고영혜가 없어지긴 한 건가 싶죠."

광심은 고보경의 얼굴을 떠올렸다.

"고보경은 지금 장관이 될 생각 밖에는 없어요."

"저도 그렇게 생각해요. 제가 궁금한 건 범인이 그런 것까지 계산을 했을까 하는 거예요."

광심이 고개를 저었다. 광심은 여자 친구를 끔찍이 아끼던 남자가 한순간에 끔찍한 존재로 바뀌는 모습을 종종 목격했다. 홍기창이 고영혜에게 연애 감정을 갖고 있던 것은 분명해 보였다. 하지만 감정은 어디로 튈지를 모른다. 홍기창은 연속해서 살인을 저질렀다면 폭력성이 극에 달해 갑자기 고영혜를 덮쳤다고 해도 이상하지 않았다.

"어쨌든 고영혜는 계획 밖이었을 거예요. 그래서 본인도 당황했고, 아직 죽이지 못했을 거라고 생각해요. 전 그보단 시체 쪽이 궁금해요. 살아있을 땐 아무도 관심을 안 가질 사람이었다지만 시체는 달라요. 시체를 어떻게 처리했을까요?"

광심이 말했다.

해환이 휴대폰 화면을 키웠다. 해환은 사람이 아니라 배경에 포커스를 맞췄다.

"이 주변을 보세요."

광심이 눈을 찡그리며 화면을 봤다.

"홍기창은 뭉뚱그려서 그리는 법이 없어요. 디테일한 부분도 놓치지 않아요. 사실상 이 그림들은 범행 현장이나 마찬가지죠."

해환이 그림을 잘라서 전에 나온 그림과 이어 붙였다. 각도가 달라 정확하게 들어맞지는 않았지만 같은 종류의 나무들이 보였고, 창문이나 벽면도 같은 양식으로 만든 집처럼 보였다.

"선미 현장을 빼놓으면 다 같은 곳이에요."

"숲속인 거 같은데요."

"홍기창 아버지는 도예가예요. 도자기를 구우려면 가마가 필요하고요. 근데 도자기를 만들려면 가마 온도가 1300도 이상이어야 한답니다."

"그런데요?"

뜬금없이 튀어나온 도자기 이야기에 광심의 눈썹이 올라갔다.

"화장터 온도가 보통 1000도 정도랍니다."

"……."

"여기가 도자기 굽는 곳이 아니라면요?"

"시체를 처리하는 화장터군요."

해환이 고개를 끄덕였다.

"고온에서 화장을 하면 유전자 감식도 할 수 없어요. 설사 유골이 발견된다 해도 누군지 알 수도 없지요."

홍기창 아버지는 주민등록이 말소되었으니 땅의 실소유자가 따로 있을 터였다. 후원자가 있을 정도라면 홍기창 아버지도 그 세계에선 어느 정도 알려진 인물일 것이다. 경찰은 방주 교회 이충만 목사에게서 홍기창 아버지가 주고 간 도자기를 확보했다. 그리고 미술품 위조와 도난을 전담하는 수사관에게 협조를 구해 홍기창 아버지를 수소문했다. 넓은 세계는 아니다. 분명 누군가 아는 사람이 있을 것이다. 해환은 그림 속의 장소를 찾아내는 것은 시간문제라고 생각했다. 하지만 고영혜의 구출도 시간이 문제였다.

"그렇다면 박인덕 시체는 왜 두고 갔을까요. 박인덕도 화장을 해버리면 되는데요."

광심이 말했다.

"홍기창은 경찰의 방관 속에 삶의 터전을 잃은 경험이 있지요. 어머니는 충격을 받아 스스로 목숨을 끊었고요. '사람이 계속 죽어나가는데 경찰은 아무것도 모르고 있다.' 홍기창은 무능하고 부패한 경찰의 민낯을 세상에 까발리려는 게 아니었을까요. 배신자인 박인덕을 처형하면서요."

"처형이요?"

"네, 다른 피해자는 눈도 마주 보기 힘들어 했는데 박인덕은 공개된 장소에 두고 가버렸잖아요. 스스로 언론에 제보까지 했고요. 죄책감이 느껴지질 않아요. 상황이 악화되는 거죠. 아직 고영혜가 살아있다 해도 남은 시간이 많진 않을 겁니다."

광심이 생각에 잠겼다. 해환이 광심을 보며 말했다.

"나는 생각이 다른데, 라는 얼굴이네요."

"아니요. 저도 남은 시간이 얼마 없다고 생각해요."

광심이 자리에서 일어났다.

"어디 가요?"

"고보경을 만나보려고요."

"만나서 뭐하게요?"

"설득을 해봐야죠."

고보경이 정식으로 고영혜의 실종 신고를 하고, 홍기창이 고영혜를 납치했을 가능성이 드러나면 동원되는 병력의 양이 달라진다. 경찰뿐 아니라 군대까지 동원되어 홍기창이 머물만한 곳을 샅샅이 뒤질 것이다.

고보경은 청문회를 앞두고 출연중인 방송을 순차적으로 정리하고 있었다. 광심은 관계자들에 전화를 돌린 끝에 고보경이 고정 출연하던 프로의 고별 방송을 찍고 있다는 정보를 입수했다. 촬영 장소는 방송국이 밀집되어 있는 디지털 미디어 시티였다. 광심은 즉시 달려가 주차장에 차를 대고, 엘리베이터에 탔다. 문이 닫히려는데 한 여자가 뛰어왔다. 광심이 문을 열어주자 여자가 엘리베이터 안으로 들어왔다.

"감사합니다."

여자는 꾸벅 인사를 하고, 곧 손에 쥐고 있던 종이 뭉치를 펼쳐봤다. 힐끗 보니 드라마 대본 같았다. 화장기 없는 얼굴이라 몰라봤지만 여자는 광심이 즐겨보는 드라마에 출연한 배우였다. 여자는 극중에서 오래 사귄 남자 친구와 이별 직전의 상태였다. 여자는 아직 대본을 숙지하지 못했는지 계속 대사를 읊조렸다. 잘 들리진 않았지만 여자는 남자 친구와 관련된 모든 물건을 버리려는 것 같았다. 여자는 원래 군것질을 좋아하고, 밥은 거의 먹지 않는 편이었다. 여자는 요리를 좋아하는 남자 친구를 만나 자연스레 밥을 챙겨먹고, 스스로 요리도 하게 되었다. 주방은 남자 친구와의 추억이 담긴 물건으로 가득했다. 여자는 요리도구를 내다 버리고, 울면서 라면을 끓여 먹었다. 엘리베이터가 멈췄고, 여자가 먼저 내렸다. 광심은 예기치 못한 스포일러에 당해 버린 사람처럼 멍하니 서 있었다.

고보경은 대기실 안에서 메이크업을 받다가 히죽 웃었다.

"선생님, 좋은 일로 그만 두신다고 해도, 너무 좋아하시는 거 아니에요?"

메이크업 아티스트 신송희가 말했다.

무슨 소리냐고 고개를 흔들었지만 고보경의 입가엔 미소가 지워지지 않았다.

"아까 친구 분이 놀러 오셔서 그런가요?"

뒤에 있던 신참 스태프가 말했다.

"아, 홍은호요? 잘 모르나? 요즘 방송에도 좀 나오고, 미술계에선 나름 유명한 친구인데."

스태프가 난처한 얼굴을 하자 고보경이 웃으며 말을 이었다.

"모를 수도 있지. 자기 관심분야가 아니면 아나? 나도 방송 나오고 하니까 알아보는 거지. 관심 없는 사람은 모르죠."

"에이, 선생님 모르는 사람이 어디 있나요. 곧 장관이 되실 분인데."

신송희의 말에 고보경의 얼굴이 활짝 펴졌다.

"그래도 친구 분이 되게 분위기가 있긴 하셨어요. 예술 하는 분이었구나."

스태프가 말했다.

"확실히 매력은 있는 친구지요."

고보경은 여전히 웃고 있었지만 입술이 살짝 일그러졌다. 신송희가 고보경의 얼굴을 살폈다. 신송희는 경험이 풍부했고, 고보경과도 오랫동안 일했다. 고보경은 방송에서건 회식 자리에서건 항상 주인공의 자리에 앉길 원하는 사람이었다. 다른 사람이 화제의 중심에 설 때면 고보경은 항상 심술궂은 얼굴로 변했다.

"그런 분이면 인기가 좋으셨겠네요."

스태프가 눈치 없이 웃으며 말했다. 고보경이 말없이 고개를 끄덕였다.

조선문예회는 한국 유학생들의 모임이었다. 밤새 술을 마시며 예술을 논하는 것이 주된 활동으로 청춘남녀들의 연애 사업도 활발했다. 특히 연극을 전공한 최서향의 어장엔 남자 회원들이 득실거렸다. 어장에 있다고 다 같은 고기는 아니었다. 고보경은 최서향과 가장 가까운 사이였다. 남자 회원들은 질투를 하면서도 고보경이라면 어쩔 수 없다고 생각했다. 하지만 그즈음 최서향의 어장에 처음 보는 물고기가 나타났다. 다들 예술 한다고 모인 친구들이었지만 홍은호는 결이 달랐다. 홍은호는 위험한 남자의 매력을 갖고 있었다. 영화나 드라마에서 흔한 캐릭터였지만 실제로는 보기 힘든 인물이었다. 뭔가 사연이 있을 것만 같은 범상치 않은 느낌이 사람을 끌어당겼다. 도도하던 최서향까지 홍은호에게 관심을 보이자 고보경은 부아가 치밀었다. 조선문예회는 애초에 고보경이 주도해선 만든 모임이었다. 어디서 왔는지도 모를 손님 한 명이 안방을 차지하게 둘 수는 없었다. 고보경은 친목도모를 위한 하우스에 홍은호를 초대했다. 당시는 예술가의 주색

잡기에 관대한 시대였다. 게다가 도박이라 해서 심각한 수준도 아니었다. 보통은 취기가 오른 친구들끼리 재미로 벌이는 판이었다. 고보경은 나름 그 판의 타짜로 통했다. 기술이라고 해봐야 밑장이나 빼고, 라이터에 상대 카드를 비춰 보는 수준이었지만 친구들 사이에서는 왕 노릇 하기에는 충분했다. 고보경은 딱히 돈을 벌려는 목적은 없었다. 그저 홍은호를 적당히 혼내주고 개평이나 집어주면서 서열을 확실히 하려 했다.

"구라치다 걸리면 어떻게 되는지 알지?"

고보경이 판을 개시하며 말했다. 그저 가벼운 인사말이었다. 하지만 돌아온 홍은호의 대답은 묵직한 펀치처럼 고보경의 명치에 꽂혔다.

"죽는 거지. 구라치다 걸리면."

홍은호는 웃으며 말했지만 고보경은 그날 밤새도록 웃지 못했다. 고보경은 마귀에 홀린 것처럼 겨우 하룻밤 사이에 다음 학기 등록금과 조선문예회 회비까지 털렸다. 고보경은 새벽녘에 사람들을 물리고, 홍은호에게 매달렸다. 급기야 고보경은 무릎까지 꿇고, 사정을 했다.

"은호야! 나 한 번만 살려주라! 내가 너 시키는 거면 뭐든지 할게! 부탁한다! 부탁합니다! 제발!"

신송희가 거울을 봤다. 고보경의 얼굴이 무섭게 변해 있었다. 화장으로도 숨겨지지 않는 고보경의 진짜 얼굴이었다.

고보경이 눈치를 채고, 얼굴을 풀며 말했다.

"다 됐나요?"

"네."

신송희가 도구를 챙겼다.

그때, 대기실 문이 열렸다. 고보경은 거울을 통해 대기실에 들어오는 광심을 보았다. 스태프가 광심을 막아섰지만 광심이 경찰신분증을 보여주자 고보경의 눈치를 보며 물러섰다.

"시키신 일 때문에 왔습니다."

광심이 말했다.

"괜찮아요. 나가 보세요."

고보경이 말하자 신송희와 스태프와 광심을 힐끗거리며 밖으로 나갔다.

"연락도 없이 어쩐 일이십니까?"

고보경이 돌아보며 말했다.

"번호를 바꾸셨던데요."

"아, 이번에 나라에서 일을 좀 맡게 되었어요. 주변이 시끄러워지는 게 싫어서 번호를 바꿨습니다."

고보경이 짐짓 거드름을 피며 말했다. 고보경은 축하드린다는 말과 함께 고개를 숙이는 일개 형사의 모습을 기대했지만 광심은 그의 기대를 배반했다.

"따님이 위험합니다. 당장 실종 사실을 밝히고, 공개 수사에 나서야 합니다."

"지금 내 말을 듣고 있어요? 내가 청와대에서 부름을 받았어요."

"잘 됐네요. 방송에서 따님을 돌려달라고 직접 말씀해주시죠."

"뭐요?"

"따님은 납치되었습니다. 범인을 알고 있고, 지금 범인의 은신처를 찾고 있는 중입니다. 하지만 다른 죄목으로 쫓고 있어요. 선생님이 실종 사실을 공표해주시면 지금보다 훨씬 많은 병력이 동원될 겁니다."

"하아…."

잠자코 듣던 고보경이 한숨을 내쉬었다.

　"이봐요. 지금 어디 있는지는 모르지만 딸아이한테는 아무 일도 없을 겁니다. 쫓고 있다는 사람이 뭘 잘못했는지 몰라도 내 딸과는 상관없어요. 그러니까 가서 범인이나 잡으세요."

　"범인은 다른 살인 사건의 용의자이기도 합니다. 이러는 동안에도 시간은 갑니다. 따님이 다음 피해자가 되길 원하지 않으신다면…."

　"이 사람이 진짜 못하는 소리가 없어!"

　고보경이 말을 끊으며 자리에서 일어났다. 대기실이 한동안 정적에 휩싸였다. 광심이 나직한 목소리로 침묵을 깼다.

　"고영혜 씨를 사랑하셨습니까?"

　"당연한 소리를 해서 뭐합니까?"

　"언제부터였습니까?"

　"뭐가요? 대체 무슨 소리를 하고 있는 겁니까!"

　고보경은 메이크업이 흘러내릴 정도로 열을 냈다. 고보경의 얼굴은 용암이 분출되며 폭발해버릴 화산 같았다. 하지만 광심이 이어서 던진 질문에 고보경은 순식간에 식어버린 용암처럼 굳어버렸다.

　"언제부터 고영혜 씨를 딸이 아닌 여자로 대했습니까?"

　고보경은 입술을 움찔거리기만 할 뿐 아무런 대답도 하지 못했다.

　"부모와 자식 사이가 남보다 못한 경우는 많습니다. 하지만 고영혜 씨와 선생님의 사이는 좋았다고 하셨지요. 사모님께서 말씀해주신 것이니 아마 맞을 겁니다. 다만 사모님이 생각하신 것과는 다른 관계였죠. 그래서 사모님이 아무리 애정을 쏟아도 고영혜 씨와 가까워질 수 없었던 겁니다. 지금 선생님은 고영혜 씨를 남보다 못하게 대하고 있습니다. 처음엔 그저 자리에 대한 욕심 때문에 눈이 멀었다고 생각했어요. 하지만 그게 아니라 두 사람의 관계가 끝나버린 거지요. 그것도 좋지 않게요. 정말로 남보다 못한 사이가 되어버린 겁니다."

"너, 미쳤어? 지금 무슨 소리를 하고 있는지 알아?"

"미친 건 열세 살짜리 아이를 집에 데려와 아내도 모르게 첩으로 삼은 당신이지."

"증거 있어? 설마 아무런 증거도 없이 나오는 대로 뱉는 건 아니겠지? 그래놓고 무사하길 바라는 건 아닐 거야. 그렇지?"

"확실한 증거가 있지. 고영혜. 고영혜가 바로 증거잖아. 근데 지금 어디 있는지 모르겠네. 당신은 혹시 알아? 고영혜의 실종에 당신도 관련되어 있나?"

"허, 이젠 날 아주 범죄자로 몰아? 너 누가 보냈어? 그런 말도 안 되는 루머로 공갈을 치면 내가 겁먹고 물러날 것 같아? 내가 장관이 될 사람이야!"

고보경은 악을 쓰며 소리를 질렀지만 광심은 차디찬 눈으로 고보경을 바라보았다.

"악의적인 루머라면 당장 실종 신고를 해. 하루빨리 고영혜를 찾아서 당신은 의혹을 벗고, 건방지게 장관이 될 사람한테 대든 내 옷도 벗겨 버리면 되겠네."

고보경은 광심에게 등을 돌리고 거울을 바라봤다. 거울 속에 스타일링이 끝난 머리가 흐트러진 것이 보였다.

"쓸데없는 소리 하지 말고 나가. 사람 불러서 쫓아내기 전에."

고보경은 머리를 가다듬으며 침착함을 유지하려 했지만 건드릴수록 모양새만 더 망가졌다.

고보경이 보던 거울에 광심이 불쑥 나타났다. 광심은 어느새 단정히 묶고 있던 머리를 풀어 헤친 상태였다. 고보경은 거울 속에서 귀신이라도 튀어나온 것처럼 기겁했다.

"고영혜에게 독립된 공간을 쓰게 한 건 당신이 편하게 오가기 위해서였지. 처음부터 그럴 목적이었던 거야. 고영혜는 알고 있었나? 자기가 입양이 되는 게 아니라 첩으로 간다는 걸? 그 아이도 동의한 거야?"

고보경은 더는 참지 못하고 돌아서며 소리쳤다.

"영혜는 나를 사랑했어!"

"그 아이가 사랑이 뭔지나 알았을까."

"나이가 무슨 상관이야!"

"그래, 당신을 보면 나이랑은 상관없어. 그 나이 먹도록 사랑이 뭔지 전혀 모르는 것 같으니까. 조금 늦었지만 고영혜도 당신이 말하는 사랑이란 게 얼마나 얄팍한 말인지 알게 됐어. 그래서 떠난 거야. 고영혜가 떠나고 고영혜 방에 가본 적이 있어? 아내 몰래 셀 수도 없이 들락거렸을 방 말이야. 거긴 이제 당신과 관련된 게 아무것도 없어. 당신과 관련된 건 사소한 것이라도 전부 버려버렸거든. 고영혜는 당신과 엮인 모든 시간들이 끔찍했던 거야."

고보경이 광심을 칠 기세로 손을 번쩍 들었다. 광심은 순식간에 고보경의 가슴팍으로 파고들었다. 두 사람의 거리는 숨소리가 들릴 정도로 가까웠다. 고보경은 광심의 기세에 눌려 치켜든 손을 어정쩡하게 내렸다. 광심은 이 세상 사람이 아닌 것처럼 고요했다. 고보경의 귀에는 자신의 거친 숨소리와 미친 듯이 뛰는 심장 고동 소리만 들렸다. 그 위에 광심의 목소리가 고요한 눈처럼 내려앉았다.

"당신이 내 아버지였다면."

광심의 목소리가 다른 모든 소리를 덮었다. 고보경은 숨조차 제대로 쉬지 못했다.

"난 당신을 죽였을 거야."

광심이 한기를 내뿜으며 말했다.

고보경이 다리를 후들거리며 의자에 주저앉았다. 고보경은 추락하는 비행기에 탄 사람처럼 고개를 무릎 사이에 묻었다. 광심은 잔뜩 웅크려 떨고 있는 고보경을 내려다보다 고개를 들었다. 거울 속의 자신이 광심을 노려보았다. 광심은 마치 다른 사람처럼 거울 속의 자신을 바라보다 머리를 묶었다.

27 살아갈 각오

광심은 대기실을 나와 바로 강수미가 속한 보도국으로 향했다. 회의실에서 만난 강수미는 광심이 말하는 내내 한 손으로 펜을 빙글빙글 돌렸다.

"정리해봅시다. 고영혜가 실종되었다. 정황상 납치된 걸로 판단된다. 같은 과 학생인 홍기창이 유력한 용의자다. 상천동 폐가에서 박인덕을 살해한 것도 그의 소행으로 보인다. 그뿐 아니라 홍기창은 연쇄살인을 저질렀을 가능성이 있다. 경찰은 홍기창을 쫓고 있지만 고영혜 실종도, 연쇄 살인도 아닌 박인덕 살인사건만 파악한 상태고, 고보경은 딸의 실종을 인정하지 않는다. 맞나요?"

"네."

"이걸 언제부터 알고 계셨던 건가요?"

"홍기창의 존재는 전부터 알고 있었어요. 미안합니다. 그때는 밝힐 수가 없었어요."

"그건 됐어요. 근데 어떻게 다른 경찰은 다 모르는 걸 형사님만 알고 있지요?"

"미친 소리처럼 들리겠지만 사실입니다. 내보내고 말고는 팀장님이 판단하실 일이고, 안 된다면 다른 곳을 찾아갈 생각입니다."

"말씀하신 게 사실이라면 보고부터 해야 하지 않습니까?"

"고보경이 고집을 부리는 한 소용없으니까요. 사건은 파악을 못하고 있지만 용의자는 제대로 쫓고 있고요."

"용의자를 추적하고 있다면 은밀히 수사하는 편이 좋지 않아요? 방송에서 공개를 해버리면 위험하지 않을까요?"

"확실히 그런 경우도 있지요. 하지만 고영혜를 납치한 범인은 잡히고 싶어 해요."

"네?"

강수미가 미간을 찌푸렸다.

"범인은 고영혜를 죽이기 전에 누군가 자신을 멈춰주길 바래요. 그래서 일부러 자신을 노출한 겁니다. 그러니 쫓고 있다는 걸 알려줘야해요. 조금만 견디면 된다는 걸요."

홍기창은 박인덕의 시신을 보란 듯이 두고 갔다. 해환은 기창이 경찰을 조롱하려는 의도라고 해석했다. 하지만 광심은 홍기창의 행동을 다르게 읽었다. 그리고 이것만큼은 자신이 옳다고 확신했다. 실은 광심도 이제껏 비슷한 생각을 해왔기 때문이다.

'내가 혹시 누군가를 죽이려 한다면 그전에 누가 나를 멈춰주기를.'

"저는 이해가 잘 안 가네요."

강수미가 말했다.

"보통은 이해가 안 가야죠. 살인범의 마음 같은 건…."

"형사님은 이해하신다는 말씀인가요? 어떻게요? 범인을 쫓다보니 범인의 사고방식을 이해하게 됐나요? 아니면 특별한 훈련이라도 받은 건가요?

"……."

"뭐라도 말씀을 좀 해주세요. 고보경, 곧 장관이 될 사람이에요. 대중적인 지지도 있고요. 경찰에선 인정도 않을 사건을 보도하려면 저에게 최소한의 믿음은 주셔야 하지 않나요?"

강수미가 펜으로 광심을 가리키며 말했다. 광심은 강수미의 펜이 각오를 묻는 칼처럼 느껴졌다.

"제 목숨을 걸 수도 있습니다."

광심이 말했다. 강수미가 눈을 깜빡거렸다.

"스캔들 난 정치인들이나 할 법한 말이네요. 날 믿어 달라. 목숨을 걸 수도 있다. 정말 죽는 사람은 한 명도 없던데요."

"어떻게 받아들이시든 자유지만 저는 진심입니다."

"빈말처럼 들린다는 게 아니에요. 이 자리에서 거짓말하는 사람을 많이 만나봤는데 형사님은 정말 진심이신 거 같네요."

"그럼 된 건가요?"

"아니요. 진심으로 죽을 각오 같은 건 필요 없어요. 죽어서 책임질 수 있는 건 아무것도 없거든요."

강수미가 펜 뚜껑을 닫았다.

"잘 안 되면 죽어버리겠다는 사람을 어떻게 믿겠어요. 살아갈 각오가 필요해요. 모든 게 잘못돼도 끝까지 살아갈 각오요. 그런 사람이라면 함께 갈 만하지요. 형사님은 어떠세요?"

"……."

광심의 침묵이 불안하게 느껴질 때쯤 회의실 문이 열렸다. 맹준영이 밤을 샌 얼굴로 눈을 비비며 들어왔다. 맹준영은 광심을 보고, 놀란 눈으로 고개를 숙였다.

"앉아."

강수미가 맹준영에게 자리를 권하고, 다시 광심에게 말했다.

"홍기창을 숨긴 건 미안하게 생각할 거 없어요. 우리도 모든 걸 다 말하진 않았으니까요. 솔직히 말씀드리지요. 우리는 고영혜가 접촉해 오기 전부터 고영혜를 조사해왔습니다."

강수미가 운을 띄우자 맹준영이 이어서 말했다.

"불륜 취재는 우리 영역이 아니에요. 지금은 장관후보자가 됐다지 만 그래봐야 정규 뉴스에서 내보내면 될 일이지. 심층보도까지 할 뉴 스는 아니죠. 우리가 파고 있던 건 다른 겁니다."

"고보경 때문에 홍은호 집에 간 게 아니군요."

광심의 말에 강수미가 고개를 끄덕였다.

"네, 처음부터 홍은호가 우리 취재 대상이었어요. 시작은 홍은호가 맡았던 한 학생의 자살 사건이었죠."

전형수가 성추행 사건으로 곤욕을 겪기 전, 홍은호가 먼저 곤란한 상황에 빠졌던 적이 있다. 홍은호의 수업을 듣던 학생이 자살을 한 것 이다. 학생의 가족들은 지도방식에 문제를 제기했다. 홍은호가 아들 을 극단으로 몰아붙였다는 주장이었다.

광심의 머릿속에 처절하게 울부짖던 한 남자의 얼굴이 떠올랐다.

"혹시 홍은호 집 앞에서 소란을 피우던 사람이…."

"네, 그 분이 아버님이세요. 저희한테 맡기고 기다려달라고 했는데, 그날, 홍은호가 기자간담회를 한다는 소식을 듣고는 도저히 참지 못 하고 찾아가신 거예요."

"체벌이라도 했다는 건가요? 요즘은 중학생들도 가만히 맞고 있지 않는데요."

"당시에 홍은호도 그렇게 변호했죠. 말해봐야 듣지도 않는다고요. 어느 정도는 사실입니다. 미대 학생들은 자존심도 세고, 고집도 강한 편이었죠. 실제로 홍은호에게 반감을 갖고 있는 학생들이 제법 있었어요."

강수미가 말했다.

전형수는 강수미와 만난 자리에서 홍은호 클래스의 학생들이 은밀하게 면담을 요청했다고 밝혔다. 홍은호가 철저하게 자신의 방식만을 따르게 했기 때문이다.

'렘브란트의 작품이라 해도 그 시대에서나 명화일 뿐, 지금은 따분한 그림일 뿐이다. 지금은 미디어 시대다. 다음 세대의 미술은 화폭이 아닌 화면 위에서 꽃을 핀다. 정 그림을 그리고 싶거든 너희가 화면에 나갈 수 있는 그림을 그려라.'

홍은호의 가르침을 거부감 없이 받아들이는 학생도 있었지만 자기 생각이 확고한 학생들은 전형수를 찾아가 하소연을 했다. 전형수는 고영혜가 찾아온 것도 그런 이유인 줄 알았다고 말했다.

"동료 교수와 부딪힌다는 건 상당한 부담이었겠지만 전형수 교수는 학생들을 위해서 홍은호와 대화에 나섰습니다. 하지만 전혀 대화가 되지 않았죠. 그 과정에서 양쪽 모두 마음이 상한 것 같습니다. 결국 전형수는 학생들의 의사를 모아 학교 당국에 전달했어요. 은연중에 압력까지 행사하면서요."

"압력이요?"

"홍은호를 동료로 인정할 수가 없다는 거죠. 홍은호도 화제성은 뛰어난 인물이지만 전형수는 학교 입장에서 성골 중의 성골이에요. 학교를 대표하는 인물이란 말이죠. 실제로 결국 홍은호가 나가게 될 거란 말이 돌았어요. 그 타이밍에 사건이 터진 거죠."

이번엔 맹준영이 강수미의 말을 이어 받았다.

"우리는 전형수 교수의 성추행 사건이 홍은호 연출, 고영혜 주연의 조작된 무고 사건이라고 봅니다."

"고영혜 친부가 홍은호인 것도 알고 있었군요."

광심이 말했다.

"네, 두 사람의 관계부터 파악하는 게 첫 번째였으니까요. 그런데 전형수가 투신을 하고, 갑자기 고영혜에게 연락이 온 거예요. 양심에 가책을 받았거나 아니면 압력을 주려고 연락했거니 생각했어요. 근데 뜬금없이 고보경의 불륜을 폭로하겠다는 겁니다. 그리곤 약속한 날엔 연락도 받지 않고 잠수를 타버렸죠. 어떻게 된 건지 알아보려고 가봤더니 고보경 집에 형사님이 나타났구요. 이제는 고영혜가 살인마에게 납치당했다니까 도대체 뭐가 뭔지 알 수가 없네요. 방송에 뭘 내보내야 할지도 모르겠어요."

강수미의 말에 늦게 들어온 맹준영이 고개를 갸웃거렸다.

"말씀드릴 게 한 가지 더 있어요."

광심이 말했다.

"아직도 뭐가 더 있어요?"

강수미가 질린 얼굴로 물었다.

"이걸 불륜 관계라고 불러야 할지는 의문입니다만 고보경이 불륜을 저지른 건 사실이에요."

광심의 말에 강수미와 맹준영이 서로를 바라봤다. 두 사람은 그게 누구냐는 듯 다시 광심에게 시선을 돌렸다.

"고영혜예요. 고보경의 불륜 상대."

강수미와 맹준영은 잠시 고장 난 것처럼 앉아 있었다. 맹준영이 먼저 머리를 감싸 쥐며 말했다.

"이런 개새끼. 방송 나와서 개소리 할 때부터 내가 알아봤어."

"개가 무슨 잘못이야. 다 모이라고 해."

강수미가 말하자 맹준영이 고개를 끄덕이고 밖으로 나갔다.

"우선 고영혜의 실종에만 초점을 맞춰서 가겠습니다. 한번에 터트리긴 사건이 너무 많이 엮여 있어요."

강수미가 말했다.

"알아서 해주세요."

"형사님이 불이익을 받을 수도 있어요."

"상관없습니다."

"저는 상관있어요. 형사님은 제 취재원입니다. 저는 형사님을 보호할 의무가 있고요. 보안을 유지하겠지만 노출이 될 수도 있어요. 그럴 때는 스스로를 지켜주세요. 왜 이렇게까지 하는지 모르겠지만 자신을 함부로 대하지 마세요."

회의실 밖에 팀원들이 하나둘씩 모였다. 강수미가 밖으로 나가며 말했다.

"폰은 항상 살려놓으세요. 그리고 다른 연락처 하나 적어주세요. 제 연락은 무조건 받으셔야 해요."

강수미가 나가고 광심은 홀로 남아 앞에 놓인 메모지를 잠시 바라보았다. 광심이 펜을 집어 번호를 적었다.

28 두 명의 아버지

"그냥 여기서 살면 안 돼요?"

고보경이 영혜를 데리고 가기로 한 날, 영혜가 말했다.

"여기 있고 싶어?"

홍은호의 말에 영혜가 고개를 끄덕였다.

홍은호는 창고에 들어가더니 쥐가 들어 있는 유리 상자를 꺼내 영혜 앞에 내려놓았다. 상자엔 빨간 버튼이 달려 있었다.

"눌러봐. 누르면 여기 있게 해줄게."

"누르면 어떻게 되는데요?"

"누르기 전에는 모르지."

홍은호는 기대에 찬 눈으로 영혜를 바라봤다. 영혜는 한참을 고민하다 고개를 저었다.

"아저씨가 잘 해줄 거야. 넌 엄마를 닮았으니까."

홍은호가 영혜의 머리를 쓰다듬어 주었다.

홍은호가 말한 대로였다. 영혜는 고보경의 지원 아래에 먹는 것, 입는 것부터 교육까지 부족함이 없이 자랐다. 고보경은 방학이 되면 영혜의 견문을 넓혀 주겠다고 직접 외국에 데려나가기까지 했다. 영혜의 인스타그램에는 세계의 명소를 배경으로 찍은 사진과 친구들이 남긴 부러움의 댓글이 가득했다. 하지만 가끔씩 알지 못하는 사람들이 악성 댓글을 남겼다. 고보경 때문에 가족인 영혜에게도 댓글 테러를 한 것이다.

고보경은 늘 논란을 불러일으켰다. 방송관계자들이 고보경을 섭외하는 이유였다. 고보경은 한 토크 프로에 나가서 박희도와 정희에 대해 말했다.

"박희도가 범죄자인 것은 분명합니다. 하지만 박희도가 고등학생을 사랑했다고 비난받는 것에는 동의할 수 없습니다. 사랑하는 게 어찌 죄가 됩니까? 사회통념상 지지받지 못할 관계란 것은 압니다. 하지만 어찌겠습니까. 하필이면 그 아이를 사랑하게 되어버렸는데요."

사랑해서 그렇게 어리석은 짓을 했냐는 다른 패널의 질문에 고보경은 '사랑은 원래 어리석은 것입니다'라고 답했다.

다음날, 고보경의 페이스북 댓글 창엔 전쟁이 벌어졌다. 그리고 그 전쟁 중에 발사된 미사일 하나가 엉뚱하게 영혜의 인스타그램에 떨어졌다.

'아버지 조심해야겠어요. 갑자기 네가 여자로 보인다고 할지도 몰라요.'

사람들은 오폭을 한 댓글에 분노했다. 무례하다는 질타가 이어지며 댓글은 포연처럼 사라졌다. 하지만 엉뚱한 곳에 쏘아 올렸다고 생각한 댓글은 영혜의 가슴을 직격했다. 미사일이 떨어진 땅에 진동이 울리는 것처럼 영혜의 가슴이 쿵쾅거렸다.

언제부터 고보경과 그런 관계가 되었냐고 묻는다면 정확히 답하긴 어려웠다. 낮과 밤은 분명히 나뉘지만 정확한 경계를 구분하기 힘든 것처럼 영혜는 그 시작을 짚어내지 못했다. 하지만 두 사람의 관계가 완전한 어둠 속에 잠겼던 순간만큼은 확실히 기억했다.

고보경의 몸이 어린 영혜를 눌렀을 때, 영혜는 유리 상자 속의 쥐를 떠올렸다. 버튼을 누르면 어떤 일이 생길지 몰랐지만 영혜는 홍은호에게 고개를 저었다. 고보경이 대체 무엇을 하려는지 알 수 없었지만 영혜는 그때와 똑같은 생각이 들었다.

'이래서는 안 된다.'

하지만 영혜는 고개를 젓지 못했다. 고개를 저으면 어떤 일이 생기는지 알기 때문이다. 늘 술에 취해 있던 엄마는 영혜를 아버지에게 보내며 다시는 돌아오지 말라고 했다. 아버지는 억지로 떠맡은 강아지를 분양하듯 영혜를 친구에게 맡겼다. 영혜는 주인에게 버려져 길에서 죽은 강아지를 본 적이 있었다. 영혜는 살고 싶었다.

고보경은 영혜를 사랑한다고 말했다. 고보경은 실제로 영혜에게 관심을 가졌다. 같이 밥을 먹으며 영혜가 무슨 반찬에 젓가락을 가져가는지 지켜봤고, 학교에 다녀오면 시험성적이 아니라 오늘은 어떤 일이 있었는지를 물었다. 고보경은 영혜를 섹스의 대상으로만 대하지 않았다. 그래서 고보경이 말하는 사랑의 실체를 분별하기 어려웠다. 고보경이 아동 포르노를 틀어놓고, 영혜 위에서 헐떡거렸다면 그게 사랑이 아니란 것쯤은 배우지 않아도 알았을 것이다. 하지만 영혜가 고보경과 함께 본 영화는 멀쩡한 극장에서 상영한 멜로 드라마였다. 평단의 찬사를 받고, 흥행에서도 성공한 영화는 중년 여성과 청년의 불륜 이야기였다. 고보경은 어지간히 이 영화가 마음에 들었는지 다니는 강연마다 이 영화를 소개하며 열변을 토했다.

'자신을 속이지 마라. 당신의 마음이 가장 중요하다. 가슴이 시키는 대로 살아라.'

고보경은 천현숙을 생각하면 가슴이 답답해졌다. 반면 영혜는 영리하고, 눈치가 빨랐다. 영혜는 고보경이 무엇을 가르치든 금방 이해하고, 받아들였다. 그리고 절대로 고개를 젓지 않았다.

영혜가 처음으로 고보경에게 다른 의견을 말한 것은 대학에 들어갈 때였다. 영혜의 성적은 어느 대학이든 골라서 갈 수 있을 정도로 우수했다. 영혜는 굳이 홍은호가 있는 대학에 갈 이유는 없다고 생각했다. 하지만 고보경은 홍은호에게 '네가 버린 아이를 내가 이렇게 가르쳤다'는 것을 보여주고 싶었다. 한편으론 영혜도 다시 만난 홍은호의 반응이 궁금하기도 했다.

"어, 오랜만이네. 잘 지냈지?"

홍은호는 친구 딸을 만난 것처럼 반갑게 영혜를 맞았다. 그게 전부였다. 미안하다는 말도, 잘 자라주어 고맙다는 말도 하지 않았다. 홍은호는 영혜를 다른 학생들과 똑같이 대했다. 홍은호가 특별하게 챙기는 학생은 홍기창이라는 선배뿐이었다. 홍기창은 홍은호의 애제자로 불렸다. 하필이면 성도 같아 숨겨놓은 아들이 아니냐는 말까지 나올 정도였다. 영혜는 홍기창이 미웠다. 홍기창이 자신에게 뭘 잘못한 것은 아니지만 눈앞에 얼쩡거리는 것만으로도 짜증이 났다. 영혜야말로 홍은호가 숨겨놓은 진짜 딸이었으니까.

영혜는 수업에 자주 빠졌고, 술을 많이 마셨다. 그러다 취기가 오르면 홍은호의 연구실에 쳐들어갔다. 자신만 힘들고, 자신만 화가 나는 것 같아 분했다. 사정을 모르는 사람들의 눈에 영혜는 몹시 불안하고, 무례해보였다.

'유명 인사의 망나니 같은 딸.'

그게 영혜에 대한 주변의 평가였다.

유명 인사는 망나니 같은 딸을 방치해두었다. 고보경은 그즈음 일주일에 고정 프로만 다섯 개가 잡혀 있었다. 어딜 가도 알아보는 사람이 다가왔다. 다가오는 사람은 대중만이 아니었다.

"문제가 되지 않을 것도 문제 삼는 곳입니다. 혹시 제가 알아야 할 것이 있다면 이 자리에서 먼저 말씀해주십시오. 그게 서로에게 좋습니다."

고보경은 영혜를 떠올렸다. 장관을 꿈꾼 적은 한 번도 없었다. 하지만 그 순간, 고보경은 장관이 되기 위해 태어난 것처럼 느껴졌다. 불륜을 저지르는 이들이 거부할 수 없는 운명의 상대를 만났다고 말하는 것처럼, 고보경은 가슴이 시키는 대로 아무런 문제도 없다고 대답했다.

고보경은 집에 돌아와 영혜에게 유학을 준비하라고 했다. 난데없는 이야기에 영혜는 당황했지만 고보경은 다 너를 위한 거라며 거침없이 밀어붙였다. 영혜는 늘 버림 받을까 봐 두려워하며 살았고, 애정에 굶주린 아이였다. 배를 곯으며 자란 아이는 성인이 되어도 배고픔에 민감하게 반응한다. 영혜는 고보경이 자신을 방해물로 여기고 치워버리려 한다는 것을 알아챘다. 엄마가 자신을 한국으로 보냈을 때가 떠올랐다. 영혜는 작은 가방 하나 둘러메고, 의자에 홀로 앉아 한국행 비행기를 기다렸었다. 한 번도 가본 적이 없는 나라에 얼굴 한 번 본 적 없는 아버지를 찾아 가는 길이었다. 그날의 온도, 의자의 감촉, 옆으로 지나가는 사람들의 말소리, 문득 서러움과 외로움이 북받쳐 올라 화장실로 뛰어갔던 복도, 쏟아져 나왔던 눈물과 거울 속에서 불안함에 떨던 소녀의 얼굴이 생생했다.

영혜는 습관을 따라 술에 취했고, 홍은호의 집을 찾아갔다.

"어쩐 일이야?"

홍은호가 문을 열어주며 말했다.

"딸이 아버지 집에 오는 게 이상해요? 와, 근데 집 좋다. 풀장도 있네. 수영 잘 해요?"

영혜가 술에 취한 목소리로 말했다.

"네 아버진 내가 아니라 고보경이다. 집에 가."

홍은호가 휴대폰을 들며 말했다.

"그 인간은 내 아버지 아니야!"

영혜가 소리를 지르며 홍은호의 휴대폰을 뺏어 풀장에 던져버렸다. 홍은호가 놀란 틈을 타서 영혜가 집 안으로 들어갔다.

"이건 아직도 있네."

홍은호가 뒤따라오니 영혜는 어느새 거실까지 들어가 쥐가 들어있는 유리 상자 앞에 서 있었다. 상자의 외관은 고급스럽게 바뀌었지만 버튼은 똑같았다.

"이거 누르면 돼요?"

영혜가 홍은호를 돌아보며 말했다.

"뭐라고?"

"이거 누르면 여기에 있게 해주냐고요."

"너 완전히 다른 사람이 됐구나. 고보경이 널 어떻게 한 거냐?"

홍은호가 웃는지 우는지 모르겠는 얼굴로 물었다. 영혜가 상자 속의 쥐를 보며 웃다가 홍은호를 돌아보았다.

"사랑한대요, 나를."

그 말의 의미를 깨달은 순간, 홍은호는 박수를 치며 웃었다. 홍은호는 눈물을 흘릴 정도로 낄낄거리다 소파에 주저앉았다.

"재미있어요?"

영혜가 싸늘한 얼굴로 말했다. 홍은호가 눈물을 닦으며 웃음 섞인 목소리로 말했다.

"그래, 너를 너무 사랑했지만 이제 그만 자기 인생에서 꺼져 달라든?"

영혜가 고개를 끄덕이고, 홍은호와 마주 앉았다. 홍은호는 고보경이 영혜에게 무슨 짓을 했는지 금방 알아챘다.

"고보경은 널 사랑한 적이 없다."

"알아요. 나도."

의지할 사람이라고는 고보경밖에 없는 상황에서 영혜는 고보경이 주는 음식을 먹는 것처럼 고보경의 욕망도 받아들일 수밖에 없었다. 영혜는 그전에 사랑을 받아본 적이 없었기에 그게 사랑이라고 믿어버렸다. 영혜는 누구에게도 밝힐 수 없는 비밀을 끌어안고, 그 비밀을 지키기 위해 늘 거짓말을 해야 했다. 무엇보다 괴로웠던 순간은 천현숙과 마주할 때였다. 천현숙은 영혜를 사랑하려고 노력했다. 하지만 영혜는 그 사랑을 받아줄 수가 없었다. 영혜는 천현숙이 해주는 음식을 먹는 것조차 죄스러웠다. 고보경이 방송에 나와 사랑 타령을 하며 자기합리화에 여념이 없을 때, 영혜는 거짓을 내뱉은 목구멍에 손가락을 집어넣어 천현숙의 사랑을 토해냈다.

…사랑은 상대를 세워주는 것이다. 건강하게 만드는 것이다. 생명을 낳는 것이다. 자신이 없으면 살 수 없도록 만드는 것은 사랑이 아니다. 남겨진 사람의 삶을 파괴하는 사랑이란 존재하지 않는다. 포도향만 첨가된 탄산주스처럼 그것은 사랑이라 불렸을지 모르나 실체는 다른 것이다. 모든 것이 끝나도 사랑은 가슴에 남아 그 남은 생을 살아가게 한다…

영혜는 도서관에서 해환의 책을 만났다. 책은 영혜를 기다리고 있던 것처럼 다른 책들보다 조금 앞으로 나와 있었다. 영혜는 별 생각 없이 책을 펼쳐보았다가 한참동안 그 페이지에서 나가질 못했다.

고보경은 사랑의 형태가 다를 뿐이라고 말했다. 하지만 다른 것이 아니라 틀린 것이었다. 고보경과의 관계는 시간이 지날수록 갈증만 더해갔고, 뼈까지 삭아가는 기분이었다. 고보경이 먼저 관계를 정리하려 한다면 환영할 만한 일이었다. 하지만 관계를 정리하는 방식이 잘못되었다. 고보경은 아무것도 모르는 어린 아이에게 몹쓸 짓을 했다고 사과해야 했다. 내가 나빴다고, 용서를 구해야 했다. 하지만 고보경은 끝까지 너를 위한 거라며 영혜를 추방하려 했다. 고보경은 영혜를 부끄러운 존재로 여겼고, 자신의 발목을 잡을 폭탄으로 취급했다. 영혜는 수치스러웠다.

"너도 가슴이 시키는 대로 하면 되겠네. 그게 고보경이 너한테 가르친 거잖아. 그대로 해줘."

홍은호가 웃으며 말했다.

영혜는 폭탄 취급을 받았으니 진짜 폭탄 노릇을 해보기로 했다. 전형수를 먼저 함정에 빠뜨린 것은 일종의 쇼케이스였다. 거짓말로도 전형수를 파멸시킬 수 있다면 고보경은 문제도 되지 않을 터였다. 전형수를 속여 넘긴 것은 버튼을 누르기만큼이나 쉬웠다. 홍은호가 말한 대로 다른 피해자가 나타나 대자보를 붙이자 일말의 불안도 사라졌다. 고보경은 당장 반응을 해왔다. 눈앞에서 시한폭탄이라도 작동된 것 같은 얼굴이었다. 고보경은 어떻게든 폭탄을 해체하려 했지만 영혜는 멈출 생각이 없었다.

"내가 부끄러워? 부끄러워해야 할 사람은 당신이야! 다 물러나. 방송도 전부 그만둬. 그럼 나도 조용히 당신 앞에서 사라져줄게."

때마침 천현숙이 집에 들어오지 않았다면 고보경은 영혜 앞에 무릎을 꿇고 빌었을지도 몰랐다. 고보경에게는 이 상황을 벗어날 방법이 없었다.

전형수가 옥상에서 투신을 하기 전까진 모든 것이 영혜가 바라던 대로 되는 것 같았다. 영혜는 자신을 위해 모인 학우들의 집회 장소에서 전형수가 바닥에 떨어지는 모습을 봤다. 전형수는 나무에 두어 차례 부딪힌 후 땅에 떨어졌다. 주변에 있던 학생들이 비명을 질렀다. 몇몇 사람이 영혜를 지나쳐 땅을 박차고 전형수가 떨어진 쪽으로 달려갔다. 영혜의 마음속에 의혹의 빗방울이 떨어지더니 곧 벼락이 쳤다. 영혜는 전형수가 떨어진 곳이 아닌 홍은호의 집으로 달려갔다.

영혜가 홍은호의 풀장 앞에 도착했을 때, 홍기창이 포장된 캔버스를 들고 와 있었다. 홍기창은 영혜를 보고 쭈뼛거리며 인사를 했다.

"안에 있어요?"

영혜가 말했다.

홍기창은 들리지도 않게 웅얼거리기만 했다. 홍기창은 영혜가 가는 곳마다 나타나면서 정작 눈이 마주치면 항상 시선을 피하고 움츠러들었다. 영혜의 눈엔 '내가 네 자리를 빼앗아 미안하다'고 말하는 것처럼 보였다.

"비켜봐요."

영혜가 문 앞에 선 홍기창을 밀치고, 안으로 들어가려 했다. 갑자기 집 안쪽에서 플래시가 터지며 홍은호가 카메라를 들고 나타났다.

"야, 작품이네."

홍은호가 방금 찍은 사진을 확인하며 감탄했다.

"전형수 교수가 건물에서 뛰어내렸어요."

영혜가 말했다.

"오, 그래서 이런 얼굴이구나. 역시 진짜가 주는 박력에는 당할 수가 없어. 안 그러냐? 기창아."

홍은호가 웃으며 말하자 홍기창이 움찔하며 그림을 쥔 손에 힘을 줬다.

"사람이 떨어졌다고요!"

영혜가 참다못해 소리를 쳤다.

"알아, 너 때문이잖아."

"……."

"이럴 줄 몰랐다는 얼굴은 뭐야. 정말 몰랐어? 아니야. 너 알았어. 알면서 한 거야."

"…나한테 말했잖아요. 전형수도 고보경과 똑같은 놈이라고. 전형수가 학생들을 성추행 했다고 했잖아요."

"그런 소문이 있다고 했지."

"지금 무슨 말을 하는 거예요? 대자보도 붙었…."

영혜는 문득 멈춰서 뒤를 돌아봤다. 홍기창이 죄인처럼 고개를 숙이고 있었다.

"선배예요? 선배가 한 거예요?"

"……."

"대답해요. 네가 한 거냐고!"

홍기창은 영혜의 기세에 밀려 뒷걸음질 치다가 그만 풀장에 빠져버렸다. 홍기창은 그림을 끌어안고 물속에서 버둥거렸다. 물에서 허우적대는 사람은 홍기창인데 영혜는 자신이 물에 빠진 기분이었다. 풀장은 허리 높이밖에 되지 않아 홍기창은 곧 다시 일어났다.

"왜 그랬어요? 이 사람이 시켰어요?"

영혜가 홍기창에게 말했다.

홍기창은 물에 젖어 오들오들 떨기만 했다. 홍은호가 뒤에서 말했다.

"누가 들으면 오해하겠네. 나는 그냥 영혜가 곤경에 빠진 것 같다는 이야기만 해줬지. 나머진 기창이가 알아서 한 거야. 기창이가 너한테 관심이 많아. 안 그러냐? 기창아."

"다 밝힐 거예요."

영혜가 말했다.

"뭘? 내가 소문을 말해줬다고? 아니면 네가 전형수를 모함했다고? 내가 네 손을 끌어서 전형수를 밀기라도 했어? 네가 한 거야. 버튼을 누른 건 너라고."

홍수에 범람하는 저수지처럼 영혜의 커다란 눈에 눈물이 차올랐다.

"폭탄이 터지면 주변에 있는 사람들도 다쳐. 그 정도 각오는 했어야지. 이제 와서 양심선언이라도 하면 누가 박수쳐줄 것 같아?"

홍은호가 뒤에서 영혜의 어깨에 손을 올렸다. 영혜의 몸이 파르르 떨렸다.

"엄마가 나를 쫓아낼 때, 그냥 살아만 남자고 생각했어. 당신이 나를 고보경에게 보냈을 때도 그랬어. 고보경 집에 들어가서도 어떻게든 살아남자고 매일 다짐했어."

영혜가 고개를 숙이고 말했다. 홍은호가 다 안다는 것처럼 미소를 지었다.

"그래, 다들 그렇게 살아. 그러니까…."

영혜가 세차게 고개를 저으며 홍은호의 손을 뿌리쳤다.

"이젠 그렇게 살기 싫어. 이젠 사람답게 살고 싶어."

영혜가 홍은호를 돌아봤다.

"당신은 짐승은 길러도 사람은 못 키워. 당신이 사람 새끼가 아니니까. 그러니까 이제 당신 말은 안 들어."

영혜는 그대로 홍은호의 집을 떠났다. 그리고 바로 방송국에 전화를 걸었다. 영혜는 모든 이야기를 다 쏟아내고 싶었지만 막상 통화를 하니 말을 꺼내기가 쉽지 않았다. 영혜는 일단 만나기로 약속을 했다. 하지만 약속을 지키지 못했다.

영혜가 정신을 차린 곳은 홍기창 아버지가 작업실로 쓰던 방이었다. 무슨 약물이라도 썼는지 두통이 심했지만 이내 영혜는 침착하게 상황을 살폈다. 어딘지는 몰라도 도심이 아닌 산속이 분명했다. 게다가 발에는 수갑이 채워졌다. 도망칠 방법은 누군가 수갑을 풀어주는 것뿐이었다. 그리고 수갑을 풀어줄 사람은 영혜를 납치한 홍기창뿐이었다. 의식을 찾고 처음 홍기창을 보았을 때, 영혜는 영민한 아이답게 순식간에 상황을 파악했다. 홍은호가 시킨 일이라는 것은 굳이 물어볼 필요도 없었다. 처음엔 악만 쓰던 영혜는 이내 전략을 바꿔 기창에게 부지런히 말을 걸었다. 영혜는 기창을 오빠라고 부르며 친근함을 표시했고, 무턱대고 풀어달라기보다 천천히 자기 이야기를 해나갔다.

'자신을 납치한 범인에게 자신을 풀어달라고 부탁한다.'

허망한 생각 같았지만 가능성은 있었다. 홍기창은 영혜를 가둬두기만 하고, 폭행은커녕 위협도 하지 않았다. 때가 되면 식사도 잘 챙겨줬다. 홍기창은 감옥의 간수처럼 주어진 일을 감정 없이 해나가고 있는 것 같았다. 하지만 아무리 마음을 싸매도 흘러나오는 죄책감과 두려움을 숨기진 못했다. 홍기창은 홍은호의 애제자로 불렸지만 홍은호가 진정으로 홍기창을 아낄 리가 없었다. 영혜는 풀장에 빠져 허우적거리는 홍기창을 떠올리며 홍기창도 자신과 같은 처지란 것을 알았다. 홍은호가 아니라면 홍기창이 자신을 납치할 이유 따위는 없었다. 하지만 홍은호는 보이지 않았다. 영혜는 이유를 생각하다가 홍은호가 유럽에 갈 예정이었다는 사실을 떠올렸다. 홍은호가 없는 동안 홍기창이 양심의 목소리에 귀를 기울이게 해야 했다. 홍기창은 겉으론 아무 반응도 하지 않았지만 문밖에서 자주 인기척이 느껴졌다. 영혜는 홍기창이 자신의 말을 듣고 있다고 확신했다. 가끔은 흐느끼는 것 같은 소리가 들리기도 했다. 희망이 커졌지만 홍기창의 상태는 예측이 안 될 정도로 불안정했다. 갑자기 챙겨주던 식사가 불규칙해졌고, 영혜가 말할 때면 비명에 가까운 소리를 지르기도 했다. 오늘도 마찬가지였다. 날짜는 정확히 몰랐지만 홍은호가 돌아올 날이 분명 가까워졌다. 어쩌면 이미 왔는지도 몰랐다. 홍기창이 아닌 홍은호가 문을 열고 들어온다면, 그땐 돌이킬 수 없었다.

　문밖에서 마루를 밟는 소리가 났다. 누군가 영혜가 있는 방에 다가왔다. 삐걱대는 소리가 문 앞에서 멈췄다. 곧 문이 열렸다.

　"오빠…."

　영혜가 문 앞에 선 남자를 보고 말했다.

29 노대장

　고영혜 실종을 보도한 굿뉴스는 시청률 톱으로 올라섰다. 그간 고보경의 아내로만 알려졌던 천현숙이 홀로 방송에 나와 인터뷰를 했다. 청문회까지 사건을 막으려 했던 고보경의 노력이 물거품이 된 순간이었다. 천현숙은 방송에서 딸의 실종을 밝히며 공식 수사를 요청했다. 야당에서는 장관 자리에 눈이 멀어 딸의 실종조차 숨기려 했다며 공격을 퍼부었다. 각종 커뮤니티에서도 비난 여론이 일어났다. 고보경은 근거 없는 가짜뉴스라며 반박했지만 강수미가 바로 후속보도를 내놓았다. 강수미는 두 번째 방송에서 고영혜가 단순 실종이 아닌 납치되었을 가능성을 제기하고, 방송 마지막에 용의자의 이름까지 밝혔다. 이충만 목사는 방송에서 홍기창이라는 이름을 보고 자리에 주저앉았다.

　경찰은 방송을 접하고 수사 협조를 요청했다. 강수미는 광심의 정체를 숨기고, 자료를 제공했지만 광심이 고보경의 대기실에서 벌인 소동까지 숨기진 못했다. 경찰은 광심이 제보자란 사실을 알아냈고, 광심은 수사라인에서 배제되었다. 원래부터 홍보단이 관여할 사건도 아니었으니 당연한 절차였다. 광심이 원했던 대로 경찰은 병력을 대대적으로 보강해 홍기창의 거처를 찾아 나섰다. 이젠 늦지 않기만을 바랄 뿐, 광심이 할 수 있는 일은 없었다.

광심은 홍보단에 배속되고 처음으로 종일 사무실에서 시간을 보냈다. 책상 앞에서 보내는 시간은 더디게 흘렀고, 퇴근 후의 시간은 빠르게 지나갔다. 환절기 날씨처럼 변덕스러운 시간의 흐름 속에서 광심은 수시로 뉴스를 체크했다. 하지만 경찰이 영혜를 찾았다는 소식은 들려오지 않았다.

광심은 고보경과 만난 후로 해환에게 연락을 하지 않았다. 사건은 이미 두 사람의 손을 떠났다. 해환은 옥호의 말대로 광심을 도와주었다. 다시 만나면 해환은 광심에게 취재를 도와달라고 할 것이다. 하지만 광심은 해환을 어떻게 도와야 할지 몰랐다. 광심은 우선 해환의 책이라도 읽어야겠다고 생각했다. 그렇잖아도 영혜 소식에 지나치게 신경을 곤두세우고 있었다. 간절히 기다린다고 해서 영혜를 더 빨리 찾을 수는 없었다. 소설을 읽으며 긴장을 푸는 것도 좋을 것 같았다. 업무와 관련이 없는 소설을 읽는 것은 거의 십 년 만이었다.

광심은 해환의 책을 읽으며 오랜만에 소설을 읽는 재미를 느꼈다. 좀처럼 책 읽기를 멈추기가 힘들 정도였다. 결국 광심은 거의 밤을 새어 책을 읽다가 잠깐 눈을 붙이고 출근을 했다. 광심은 점심시간에도 토스트로 간단히 식사를 하며 계속 책을 읽었다. 마침내 점심시간이 끝나기 전, 광심은 마지막 페이지를 덮었다. 시간이 어떻게 갔는지 모를 정도였다. 왜 사람들이 해환이 쓴 소설을 좋아하는지 알 것 같았다. 하지만 광심은 약간의 아쉬움을 느꼈다.

'이 이야기를 해주면 도움이 될까.'

퇴근 시간을 앞두고 광심은 해환에게 연락을 해볼까 고민했다. 광심이 자리를 정리하고 일어서는데 택배가 배달되었다. 광심은 커터 칼로 테이프를 뜯고 박스를 열었다. 박스 안에는 에어쿠션으로 돌돌

말린 함이 들었다. 도자기로 만들어진 원형의 함이었다. 광심은 에어쿠션을 벗겨내고 함의 뚜껑을 열었다. 눈앞에 하얀 가루가 날렸다.

하얀 천으로 덮인 엄마의 관은 불길 속으로 사라졌다. 불길 속에서 남은 것은 하얀 가루뿐이었다. 엄마는 납골당이 아닌 완도 앞바다에 육신의 마지막 흔적을 뿌려달라고 했다. 광심은 아빠와 함께 배를 타고 나가 조그만 함에 담긴 엄마의 뼛가루를 집어 허공에 던졌다. 뼛가루는 쌓이지 못하고 녹아버리는 눈처럼 사라졌다. 함을 다 비우자 아빠가 배를 돌렸다. 광심은 동생 광복의 손을 쥐고 배에서 내렸다. 뭍에서 기다리던 사람들은 엄마를 잃은 남매를 보며 눈시울을 붉혔지만 아빠는 주먹을 쥔 광심의 손을 주목해보았다. 광심은 집에 가는 내내 손을 펴지 않았다. 엄마의 화장품 케이스 안에 숨긴 하얀 가루는 보관된 케이스만 바뀐 채 지금도 광심의 화장대 한구석에 있었다.

광심에게 배달된 뼛가루 속에 하얀 종이가 삐죽 나와 있었다. 광심은 함 안에 손을 뻗어 종이를 끄집어냈다. 종이는 평범한 편지 봉투였다. 광심은 봉투를 꺼내 안에 들어있는 편지를 펼쳐보았다. 편지에는 주소와 함께 약도가 프린트돼있었다. 엄마와 고영혜가 지금 어디에 있는지는 모르지만 홍기창은 그곳에서 자신을 기다리고 있었다. 박희도가 그랬던 것처럼.

30 탈출

나는 오광심이다.

박희도가 문 앞에 초대장을 두고 갔다. 자신이 정한 장소에 홀로 나오면 새로운 정보를 주겠다는 내용이었다. 얼핏 대담해보이지만 아마추어다운 행동이다. 박희도는 경찰이 따라 붙어도 자신이 따돌릴 수 있다고 생각했다. 영화를 많이 본 탓이다.

재판이 진행되며 관련 기사에는 박희도에게 퍼붓는 분노와 저주의 댓글이 넘쳐났다. 댓글을 읽고 있노라면 박희도는 몸이 부들부들 떨렸다. 박희도는 자신이 저지른 죄를 받아들이지 못했다. 순진한 얼굴로 모든 죄를 자신에게 덮어씌운 정희야말로 악마이며, 자신은 그 악마에 속아 넘어간 희생양이라고 생각했다. 박희도는 지금이라도 법정에 서서 자신을 변호하고 싶었지만 이미 세상은 박희도를 사건의 주범으로 인식했다.

박희도는 경찰이 정희를 다시 수사하게 하고 싶었다. 박희도가 나를 선택한 것은 여자인 내가 정희와 가장 많은 시간을 보냈을 테고, 접근도 쉬울 거라 여겼기 때문이다. 박희도는 내가 자기 말을 들을 정도로 멍청하지 않다는 것을 몰랐다.

하지만 나는 박희도가 제안한 대로 그를 찾아갔다. 왜 그랬을까. 도대체 무엇 때문이었을까. 생각해라. 나라면 그 상황에서 어떻게 행동했을까가 아니라 철저하게 오광심의 입장이 되어서 생각해라. 나는 오광심이다. 나는 오광심이다.

"나는 오광심이다."

해환이 거실 바닥에 누워 말했다.

광심은 박희도를 만나기 전까진 규정을 어긴 적이 없었다. 오히려 규정을 지키다 문제에 휩쓸린 적은 있다. 비리를 저지른 동료를 감싸주지 않은 것이다. 고발된 당사자는 관행처럼 해오던 일이라 억울해했지만 광심은 가차 없이 행동했다. 광심은 그만큼 선을 분명히 지켰다.

"그런 사람이 왜⋯."

해환이 몸을 일으켜 자리에 앉았다. 창밖에 서서히 어둠이 내렸다. 해환은 오랜 시간동안 옥호와 형 외에는 사람을 접하지 않았다. 두 사람 모두 담백한 성격을 가졌고, 허세나 과장된 행동과는 거리가 멀었다. 저염식단에 익숙한 사람에게 식당 음식이 짜고, 느끼한 것처럼 해환에게 정희의 눈물은 조미료가 과하게 쳐진 국물처럼 느껴졌다. 해환은 선미 살인 사건을 파헤쳐 보기로 했다. 하지만 조사를 하면 할수록 가장 신경이 쓰였던 존재는 정희도, 박희도도 아닌 오광심이었다.

광심은 정희를 만난 후 그전까지 철저히 지켰던 선을 가볍게 넘어버렸다. 근무일지를 빼먹기는커녕 오탈자도 남기지 않던 사람이 아무런 보고도 없이 혼자 박희도를 만나러 갔다. 광심은 박희도를 만나 새로운 증거를 확보하려 했다고 증언했지만 결국 아무 증거도 얻지 못했다. 그저 시체 하나를 만들었을 뿐이다.

박희도 사망 이후에도 광심은 계속 문제를 일으켰다. 오토바이를 훔쳐 달아나는 중학생과 추격전을 벌이다 아이가 사망한 적도 있었다. 아이 부모는 광심이 무리한 추격으로 아이를 죽게 했다며 소송을 걸었다. 다행히 대로변에서 벌어진 사건이라 증거가 확실했다. 아이는 분노의 질주에 출연한 것처럼 신호를 무시하고 달렸다. 당시 광심이 운전하던 차에 동승한 남자 형사는 그때를 생생히 기억했다. 죽는 줄 알았기 때문이다. 광심은 두려움을 모르는 사람처럼 어긋난 신호 사이를 달려 아이를 쫓았다. 결국 사거리에서 오토바이가 마주 오던 승합차와 충돌했다. 하지만 광심의 차가 먼저 사고를 당했어도 이상하지 않았을 상황이었다. 영화에서라면 짜릿한 장면이었겠지만 현실에선 차가 멈추고도 다리가 후들거렸다. 선배였던 동승자는 광심에게 소리라도 치고 싶었지만 너무 놀라서 말도 잘 나오지 않았다.

'목숨을 걸고 범인을 잡겠다와 죽어도 상관없다는 비슷해 보여도 전혀 다른 말이다. 오광심 경위는 꼭 죽고 싶어 하는 사람 같다.'

선배가 남긴 말이다. 광심은 좋게 말하면 용감했고, 나쁘게 말하면 무모했다. 칼을 든 양아치에게 거침없이 다가갔고, 투신을 하려는 여고생과 함께 옥상에서 뛰어내렸다. 광심은 정희와 만난 후 변해버렸다. 둘 사이에 어떤 화학반응이 일어난 것일까. 광심은 무엇 때문에 폭주를 해버린 걸까. 해환은 오광심이란 미스터리를 풀고 싶었다.

하지만 미스터리를 풀기는커녕 새로운 미스터리가 더해졌다. 해환은 당장 풀기 어려운 문제는 제쳐두고, 우선 고영혜의 실종이란 새로운 문제에 집중했다. 고영혜의 실종은 홍기창과 연결되며 광심과도 묶이게 됐다. 전혀 다른 종류의 문제라고 생각했지만 실은 같은 방식으로 풀 수 있는 문제였다. 해환은 문제를 풀어나가며 자연스럽게 광심을 알아갔다. 고영혜 실종 사건이 풀리는 순간, 해환은 광심의 미스터리도 해결될 거라고 생각했다. 하지만 범인이 드러나고, 사건이 거의 해결된 지금도 답은 나오지 않았다. 해환은 바닥에 드러누워 기지

개를 폈다. 퀴즈쇼에서처럼 전화 찬스라도 있다면 쓰고 싶었다.

드르르.

머리맡에서 휴대폰 진동이 울렸다. 해환이 손을 뻗어 휴대폰을 잡았다. 전화가 아니라 알람이었다. 해환은 글을 쓰는 중에는 방해를 받지 않으려고 휴대폰을 비행기모드로 해놓았다. 그렇다고 무한정 집중할 수는 없으니 타이머를 맞춰놓고 일정한 간격으로 휴대폰을 확인했다. 해환이 비행기모드를 해제하자 두 가지 알림이 떴다.

1 누군지 모르는 번호에서 전화가 왔다.
2 광심이 보이스 메일을 남겼다.

해환은 자리에서 일어나 보이스 메일부터 클릭했다. 휴대폰에서 최근 가장 많이 들었던 목소리가 흘러나왔다.

"오광심입니다."

광심은 잠시 숨을 고르고, 다시 말했다.

"전에 주신 책 다 읽었어요. 재밌네요. 왜 사람들이 작가님 책을 좋아하는지 알겠어요. 책을 읽으면서 작가님 생각을 자주 했어요. 정확히는 작가님이 창가에서 세상을 내려다보는 모습이 떠올랐어요. 탁트인 전망만큼이나 작가님은 멀리, 그리고 넓게 바라볼 줄 아는 분이세요. 책을 읽을 때뿐 아니라 함께 수사를 해나가면서도 느꼈던 부분이죠. 고영혜가 왜 작가님 책에 밑줄을 쳤는지도 알겠어요. 아쉽게도 조금 늦어버린 것 같지만요."

여기서 잠시 침묵이 이어졌다. 이내 다시 광심의 목소리가 들렸다.

"실은 아쉬운 게 하나 있어요. 말씀을 드려야 할까 고민했지만 지금이 아니면 할 수 없을 것 같네요. 부디 제 뜻이 잘 전달되었으면 좋겠어요. 작가님이 쓰신 소설은 참 좋은 이야기였지만 '조금 더 가까이'에서 들려주었다면 더 좋았을 것 같아요. 무슨 말인가 싶으실지도 모르겠어요. 저도 정확하게 표현은 못 하겠네요….”

광심이 말을 고르는 동안 해환은 듣기평가를 하는 수험생처럼 휴대폰을 귀에 가까이 댔다.

“아빠가 이런 말을 한 적이 있어요. 사람은 땅에 발을 딛고 살아가게 만들어졌다고요. 작가님이 그곳에서 바라본 세상을 조금은 힘들더라도 땅에 내려와 말해주면 어떨까요. 더 가까이 다가와 말해준다면, 당신에게 들려주고 싶은 이야기가 있다고, 눈을 마주 보고 말해준다면, 그러면 좋겠단 생각이 들었어요. 주제넘었다면 죄송합니다. 그동안 감사했어요.”

광심의 목소리가 끊어졌다.

해환은 문득 자신의 그을린 발을 내려다봤다. 담당의사는 해환이 다시는 남들과 같은 땅을 밟고 살지 못할 거라고 말했다. 의사가 예언자라도 되는 것처럼 내뱉었던 저주는 빗나갔다. 해환은 사고를 훌륭하게 극복해냈고, 수많은 독자가 사랑하는 작가가 됐다. 해환은 가끔 본분을 잊었던 그 의사가 보고 싶었다. 의사는 냉정해야 했다고 변명할지도 모른다. 하지만 의사는 병을 고치는 사람이지, 환자의 삶을 결정하는 사람이 아니다.

‘보라. 당신의 저주는 이뤄지지 않았다.’

해환은 의사를 만나 말하고 싶었다. 하지만 창가에 선 해환은 저 아래 땅 위를 걷는 사람들을 보며 그가 순순히 고개를 끄덕이진 않을 거란 생각이 들었다.

해환은 갑자기 광심의 목소리가 듣고 싶었다. 녹음된 음성이 아니라 살아서 숨을 쉬는 광심의 말이 듣고 싶었다. 하지만 광심의 휴대폰은 죽어 있었다.

'배터리가 다됐나?'

해환이 얼굴을 찌푸렸다. 보이스메일이 전송된 시간은 오래되지 않았다. 두 번째 알람에 적힌 전화번호가 눈에 띄었다. 해환은 모르는 번호에서 걸려온 전화를 받지 않았다. 해환의 번호를 아는 사람은 옥호와 형, 그리고 광심뿐이다. 걸려온 전화는 평범한 휴대폰 번호였다. 해환은 휴대폰에 찍힌 번호로 전화를 걸었다. 누군지 모르는 상대가 다급한 목소리로 전화를 받았다.

"여보세요!"

"여보세요. 누구시죠?"

해환이 말했다.

"제가 받았는데요."

젊은 여자의 목소리였다.

"압니다. 아까 저한테 전화를 거셨던데요. 잘못 거신 건가요?"

"아, 오광심 씨 친구신가요? 어떻게 아는 사이세요? 경찰이세요?"

여자가 소리를 지르다시피 말했다. 해환이 휴대폰을 슬쩍 귀에서 떨어뜨리며 물었다.

"제가 먼저 물었는데요. 누구시죠? 이 번호는 어떻게 아셨나요?"

"전 굿뉴스 보도팀장 강수미라고 합니다. 선생님 번호는 오광심 경위님이 비상연락처로 주셨어요. 오 경위님 지금 어디 있는지 아시나요?"

해환이 자세를 바로 잡았다.

"아니요. 저도 연락이 안 됩니다. 무슨 일이 있나요?"

"저한테 메시지를 남겨놓고 연락이 끊어졌어요."

심장이 뛰는 속도가 빨라졌다.

"무슨 내용이었죠?"

"작별 인사를 하는 분위기였어요. 다신 안 볼 사람처럼요."

"내용이 뭡니까? 말씀해주십시오."

강수미가 잠시 시간을 두고 말했다.

"…죄송합니다만 선생님 신분을 밝혀주시지 않으면 가르쳐드릴 수가 없습니다. 민감한 내용이 들어 있어서요."

"그게 오광심 경위의 안전보다 중요한 겁니까?"

"그런 뜻이 아닙니다. 경찰이 아니면 함부로 말씀드리기가 어려운 내용입니다."

해환은 보이스메일로 들었던 광심의 목소리를 재생시켰다. 맞춤법 검사를 하는 것처럼 머릿속에서 문장들이 휙휙 지나갔다.

- 아쉽지만 조금 늦었다.

"고영혜가 죽었습니까?"

해환이 말했다.

강수미는 대답하지 않았다. 숨소리조차 죽이고 어떠한 낌새도 내보이지 않으려는 것 같았다.

"이미 경찰에 연락은 해보셨겠지요. 하지만 경찰은 고영혜의 생사는 물론이고 오광심 경위가 어디 갔는지도 모르고 있었을 겁니다. 그냥 퇴근했다고만 했겠죠."

해환의 말대로였다. 강수미는 즉시 홍보단에 연락을 했다. 하지만 광심은 자리를 비운 후였다. 고영혜에 대해 슬쩍 물었지만 중국집에서 파스타를 주문한 것 같은 반응뿐이었다. 수색팀 쪽에 나간 기자들

역시 별다른 보고가 없었다.

'경찰이 홍기창의 소재를 파악 못한 상태에서 광심은 어떻게 고영혜의 죽음을 알았을까.'

'범인이 연락을 해온 거야.'

광심은 홍기창을 찾아갔다. 박희도를 만나러 갔던 것처럼.

"전 오광심 경위 친구입니다. 경찰은 아니지만 어떤 사건을 수사하고 있는지는 알고 있습니다. 지금 오광심 경위가 위험한 상황에 처해 있는지도 모릅니다."

오광심이 위험한 건지, 홍기창이 위험한 건지, 아니면 둘 다인지 모르겠지만 위험한 상황은 분명했다. 휴대폰 너머에서 망설임이 느껴졌다. 마침내 강수미가 짧은 한숨을 내쉬고 말했다.

"…약속을 못 지켜서 미안하다고 했어요. 계속 연락을 주고받기로 했거든요. 말씀하신 대로 고영혜는 죽었다고 했어요. 그리고 작별인사 같은 말을 했어요. 자기 이야길 들어줘서 고마웠다고. 특별히 다른 건 없었어요. 정말이에요."

"그전에 나눈 이야기라도 기억나는 건 없나요. 뭐든지 좋아요."

"글쎄요…, 아, 찾아왔을 때 좀 이해가 안 되는 말을 하긴 했어요."

"뭐죠?"

"범인은 잡히고 싶어 한다고요. 홍기창은 고영혜를 죽이고 싶어 하지 않는다고 했어요. 그래서 박인덕을 죽이고 일부러 자신을 노출시킨 거라고요."

"……."

"솔직히 말도 안 되는 소리라고 생각했는데 너무 확신에 찬 말투라 저도 모르게 설득당하긴 했어요."

"아니요. 말이 됩니다."

"네?"

그래서였다. 그래서 다시 돌아온 거였다. 광심이 남긴 메시지는 독서 감상이나 작별 인사가 아니다. 누군가를 죽이기 전에 자신을 막아달라는, 무의식중에 남긴 구조요청이었다.

광심도 같은 입장이었기에 홍기창이 어떤 마음으로 범행을 저질렀는지 알아챈 것이다. 사건의 흐름에 인물을 끼워 맞추는 것은 작가들이 흔히 하는 실수다. 사건이 아니라 사람에 집중해야 했다. 휴대폰 너머 강수미 쪽의 분위기가 갑자기 소란스러워졌다.

"무슨 일이 있나요?"

해환이 말했다.

"네, 홍기창이 어디 있는지 찾아낸 거 같답니다. 선생님, 일단…."

"수고하십시오."

해환은 바로 전화를 끊고, 옥호에게 연락을 했다. 옥호가 전화를 받자마자 해환이 말했다.

"오광심 경위가 홍기창을 찾아갔습니다. 경찰이 홍기창의 위치를 파악한 거 같은데 확인되는 대로 저한테 좀 알려주세요."

"응? 무슨 소리를 하는 거야?"

"설명할 시간이 없어요. 일단 그렇게 해주세요."

해환이 통화를 끝내고 현관문을 바라봤다. 바깥에서 잠긴 문이 아니다. 안에서 열면 언제든 나갈 수 있다. 하지만 오랜 세월 땅을 밟지 못했던 발은 좀처럼 앞으로 나아가지 못했다.

"왈왈!"

뒤에서 우렁찬 울음소리가 들렸다. 해환이 돌아보자 초원이 늠름하게 서서 소리를 높여 울었다. 푸른 들판에서 양떼를 모는 양치기 개 같았다. 해환이 초원의 머리를 쓰다듬었다.

"다녀올게."

해환이 현관으로 가서 문고리를 잡았다. 시원한 감촉과 함께 문이 열렸다. 해환은 문을 나서자마자 깜짝 놀랐다. 문 앞에 서 있던 사내 아이가 엉덩방아를 찧으며 넘어졌기 때문이다. 꼬마는 두려운 눈으로 해환을 올려다봤다. 꼬마의 눈에 해환의 그을린 손이 보였다. 해환의 손이 천천히 꼬마에게 다가가자 꼬마는 눈을 질끈 감았다. 하지만 꼬마가 두려워하던 일은 일어나지 않았다. 해환은 꼬마를 안아서 일으켜주었다. 그리곤 아무런 말도 없이 엘리베이터를 타고 사라졌다. 꼬마는 텅 빈 복도에서 친구들에게 이 이야기를 어떻게 전해야 할지 고민했다.

엘리베이터가 지하주차장에 도착하자 해환이 급히 뛰어나와 지바겐에 올라탔다. 거친 험로를 달리기 위해 만들어진 지바겐이 지하주차장의 언덕길을 가볍게 올랐다. 운전 중에 옥호에게서 연락이 왔다.

"△△산에 작업실이 있다는 첩보야. 아직 정확한 위치는 모르지만 군부대가 주변에 있어서 개발이 안 된 지역이야. 군부대에도 협조를 요청하려고 한다."

"고마워요. 아저씨."

"근데 왜 이렇게 시끄러? 뭐야, 설마 너 거기 가려고 하는 거야? 무슨 생각을 하는 거야?"

언덕길 끝에 주차장의 출구가 보였다.

"이미 출발했습니다."

해환이 세상 밖으로 뛰쳐나왔다.

31 역리의 세상

푸름을 뽐내던 산골짜기는 염료가 빠져나가듯 색을 잃었다. 땅에서 빠져나온 색의 방울들이 거꾸로 내리는 비처럼 하늘로 올라갔다. 하늘에서 뭉친 색들은 검푸른 장막이 되어 땅을 덮었다. 기창은 환각과 현실을 구분하지 못했다. 영화의 한 장면이라면 환상적인 광경이었겠지만 기창은 뒤집힌 세상이 두려울 뿐이었다.

기창의 세상이 빛을 잃기 전, 기창은 매일 산책을 하며 자연이 빚어내는 색을 눈에 담았다. 길가에 핀 꽃의 색깔, 아침과 저녁마다 다른 색으로 물들어가는 하늘과 계절에 따라 색을 바꾸는 나무와 들판을 보았다. 순리대로 살아가는 자연은 아름다웠다. 기창에게 세상은 신의 작품을 전시한 거대한 미술관이었다.

기창의 집 천장이 뜯겨나가고, 뼈만 앙상하게 남은 기둥에 엄마가 목을 매었을 때, 기창의 세상은 빛을 잃었다. 기창은 더는 아름다운 세상을 그리지 않겠다고 다짐했다.

상천5동의 폐가들은 세상이 얼마나 악한 곳인지 보여주는 모델하우스 같았다. 기창은 그 폐허의 한가운데에서 선미를 만났다. 발가벗고 죽어가는 선미의 모습은 하나의 상징이었다. 선미가 죽어가는 모습을 그린 그림은 기창이 내놓은 그림 중에서 가장 비싼 값에 팔렸다. 생명이 꺼져가는 순간처럼 극적인 장면이 또 있을까. 평온한 죽음이라도 그럴진대 믿었던 이에게 속아서 범죄의 희생양으로 죽어갔다면 그 순간에 얼마나 강렬한 감정이 쏟아져 나왔을까. 아무런 기교가 없는 사람이 찍은 영상이라도 사람이 죽어가는 모습을 담았다면 보는 이들에게 충격을 줄 것이다. 하물며 시간의 흐름까지도 그려낼 작가라면, 거기에 자신이 겪은 비극을 덧칠해 하나의 작품으로 만들어낼 작가라면, 그런 작가의 그림이 보는 사람의 마음을 흔드는 것은 당연한 일이다. 좋은 작품의 정의가 단순히 사람의 마음을 뒤흔드는 것이라면 〈적의 연작〉은 훌륭한 작품이었다.

꺼져가는 생명의 불꽃을 그려낸 〈적의 연작〉은 중국뿐 아니라 유럽에까지 알려졌다. 아시아의 발견, 기괴하고 대담한 작품, 놀라운 성취라는 타이틀의 기사가 유력미술지에 실렸다. 세상에서 버림받은 사람들이 죽어가는 모습을 극적으로 표현하며 비정한 사회시스템을 고발한 작품이란 평이었다. 모든 영광은 홍은호가 가로챘지만 기창은 아무런 상관도 없었다. 기창은 그저 홍은호에게서 벗어나 자유를 얻고 싶었다. 그리고 아름다운 색을 다시 그리고 싶었다.

기창은 홍은호의 연구실에서 영혜를 처음 만났다. 기창은 영혜를 보고서 신이 만든 최고의 걸작은 사람이란 것을 이해하게 됐다. 하지만 신이 자신의 형상을 닮도록 빚어낸 영혜는 비바람에 방치된 조각처럼 망가져가고 있었다. 영혜는 자신만큼이나 소문이 좋지 않은 아이였다. 교수 뒤꽁무니나 쫓아다니는 아이, 심지어 홍은호의 스토커라고 불리기도 했다. 기창은 홍은호와 붙어 다니다 보니 자연스럽게 영혜를 자주 만났지만 말 한 마디 붙이기가 힘들었다. 영혜가 노골적으로 적의를 드러냈기 때문이다. 기창은 영혜가 왜 홍은호 같은 남자를 따라다니는지, 그리고 왜 그토록 자신을 싫어하는지 알 수가 없었다.

기창이 마지막 〈적의 연작〉을 들고 홍은호에게 갔던 날, 영혜가 잔뜩 화가 난 얼굴로 들이닥쳤다. 기창은 두 사람이 도대체 무슨 말을 하는지 이해하기 힘들었다. 기창은 풀장에서 나와 떠나는 영혜를 따라가고 싶었지만 홍은호가 흠뻑 젖은 기창의 이마에 손을 얹었다.

"저게 마지막 그림이냐?"

홍은호가 다른 손으로 풀장 한쪽을 가리켰다. 캔버스가 가짜 시체 옆에 둥둥 떠다녔다. 기창은 그제야 정신을 차리고, 어쩔 줄 몰라 했다.

악마는 뿔을 달고 나타나 인간을 괴롭히지 않는다. 대신 자신의 손이 되어줄 인간을 찾는다. 하지만 뉴스에선 악인들의 소식만이 전해진다. 악마의 존재는 인간의 창작물 속에서만 확인할 수 있다. 인간이 만든 이야기 속의 악마는 무서우면서도 때론 재미있고 친근하게 느껴진다. 심지어 꽉 막힌 신보다 멋져 보이기도 한다. 홍은호는 악마의 방식을 그대로 따랐다. 자기 손을 더럽히지 않고, 다른 인간의 손에 피를 묻혔다. 홍은호는 영혜의 입을 막아야 했다. 말로 해결할 수 없다면 말을 못하게 만드는 수밖에 없었다. 하지만 영혜는 세상을 등진 노숙자나 버림받은 할머니와는 달랐다. 갑자기 사라져버리면 경찰이 수사를 할 것이다. 게다가 홍은호는 당장 유럽으로 떠나야 할 형편이었다. 홍은호는 잠시 고민하다가 멍하니 서 있는 기창을 발견했다. 이번에도 똑같이 하면 되는 것이었다. 자기 손으로 해치울 필요는 없었다. 기창은 이미 중독자요, 살인자였다.

'그려라.'

그 한 마디면 충분했다. 아름다움을 표현하는 수단이었던 그림이 죽음을 뜻하는 단어가 되어버렸다. 기창은 이가 부딪히는 소리가 날 정도로 떨었다.

"따…딸이라면서요? 아버지잖아요…?"

"아버지 같은 건 필요 없어. 나는 불필요한 존재는 되고 싶지 않아."

"그럼 왜 영혜를 낳으셨어요?"

"그 여자가 날 원했으니까. 나는 원하는 걸 줬을 뿐이야. 그리고 너에게도 원하는 걸 줄 거야. 영혜를 원하지? 가져. 무엇이든 해도 좋아. 네 마음이 원하는 대로 해라. 그리고 그려."

기창의 눈에 눈물이 차올랐다. 홍은호는 기창의 이마를 밀어 물속에 잠기게 했다. 기창의 눈물은 물속에서 흔적도 없이 흩어졌다. 홍은호가 기창을 보며 웃었다. 악마가 주는 세례 같았다.

기창은 결국 홍은호가 시킨 대로 영혜를 납치했다. 기창은 종일 약에 취해 있고 싶었다. 악을 쓰며 소리를 지르는 영혜의 목소리를 듣는 것이 괴로웠다. 하지만 기창은 약을 할 수 없었다. 약에 취하면 영혜를 다치게 할지도 몰랐다. 기창은 매일 금단 증상과 싸웠다. 다행히 영혜도 언젠가부터 악다구니를 퍼붓지 않았다. 대신 영혜는 차분한 목소리로 기창에게 말을 걸었다. 물 좀 달라는 부탁부터 시작해서 영혜는 기창과 한 번이라도 더 마주칠 기회를 만들었다. 기창은 방에 들어왔다가도 금방 다시 나가버렸지만 영혜는 포기하지 않고 문이 닫힌 상황에서도 계속 이야기를 해나갔다.

'홍은호가 시켜서 이러는 거 다 안다. 괜찮다. 오빠 잘못이 아니다.'

영혜는 기창의 죄책감을 덜어주고, 기창이 대화에 나서게 하려고 노력했다. 하지만 기창은 아무런 반응도 보이지 않았다. 낙심할 만도 했지만 영혜는 오히려 살아남겠다는 각오를 다졌다. 살아나가도 꽃길이 기다리고 있지 않았다. 오히려 죄인의 길을 걸어야 할 뿐이었다. 분노에 이성을 잃고, 아무런 상관도 없는 엉뚱한 남자의 인생을 파멸

시켜버렸다. 하지만 영혜는 자신의 죄를 피해갈 생각이 없었다. 고보경과 홍은호처럼 궤변으로 스스로를 변호한다면 그들과 똑같아질 따름이었다. 두 명의 아버지는 부끄러움을 모르는 인간이었다. 영혜는 그들의 딸로 살아가지 않겠다고 다짐했다. 부끄러움을 아는 사람으로, 끝까지 사람답게 살아가겠다고 결심했다. 영혜는 기창이 듣고 있을 거라 믿고 자신의 이야기를 담담히 전했다. 누구에게도 해본 적이 없는 이야기였다. 영혜는 자신을 치장하지 않았다. 지나온 고통을 과장하지도 않았다, 제발 풀어달라고 사정하지도 않았다. 영혜는 자신이 어떤 마음으로 살아왔는지, 그리고 앞으로 어떻게 살고 싶은지를 이야기했다. 영혜의 노력은 소득이 있었다. 기창은 라디오 방송을 듣는 것처럼 문밖에서 영혜의 목소리에 귀를 기울였다. 금단증상이 심해질 때마다 기창은 영혜의 이야기를 들으며 버터낼 힘을 얻었다. 기창은 영혜를 지키고 싶었다. 하지만 홍은호를 거역할 수는 없었다. 기창은 유럽에서 돌아온 홍은호의 연락을 무시했지만, 그것만으론 파국의 시간을 조금 미룰 뿐이었다. 게다가 이미 중독된 몸은 약을 할 때뿐 아니라 약이 고플 때에도 무서운 환각에 빠졌다. 기창은 결국 다시약에 손을 댔다. 현실 감각이 무뎌져 일상이 개연성 없는 꿈처럼 진행되었다. 낮이 갑자기 밤이 되고, 산 속의 집에 누웠다가 상천동의 폐가에서 일어나기도 했다. 무슨 짓을 하고 돌아다니는지 스스로도 알수가 없었다.

언젠가부터 영혜의 목소리가 들리지 않았다. 방에 가보았지만 영혜는 없었다. 영혜를 묶었던 수갑도 보이지 않았다. 영혜는 환상 속의 여인처럼 사라졌다.

'아직도 환각 속에 있는 것일까.'

268

기창의 시야에 누군가의 발이 보였다. 기창이 고개를 들었다. 한 여자가 수갑을 들고 섰다. 기창이 놀라 자빠졌다.

"영…영혜야…."

여자가 말없이 한 걸음 다가왔다. 어두웠던 여자의 얼굴이 집에서 나오는 불빛 아래로 들어오며 환하게 드러났다. 영혜로 보였던 얼굴이 빛과 어둠의 경계를 지나며 다른 얼굴로 변했다. 이름은 금방 떠오르지 않았지만 기창이 아는 얼굴이었다.

"당신이 왜 여기 있어? 영혜는? 영혜는 어디 갔어!"

기창이 소리를 질렀다.

광심이 수갑을 쥔 손을 들어올렸다. 기창의 얼굴이 일그러졌다.

"내가…내가 죽인 거야? 영혜를? 내가?"

기창이 울먹이며 말했다.

광심이 기창이 보는 앞에서 자신의 손목에 수갑을 채웠다. 갑작스런 광심의 행동에 기창은 놀란 눈으로 광심을 바라봤다. 광심은 죄인이 자수를 하는 것처럼 수갑을 찬 두 손을 기창에게 내밀었다.

"내가 죽였어."

32 설원에 피어난 불꽃

　광심이 도착했을 때, 기창은 마당에서 무릎을 꿇고 있었다. 대역 죄인이 사약을 기다리는 모습 같았다. 기창은 이미 마약에 취한 상태였다.

　박희도는 마약을 하지 않았다. 하지만 기창처럼 현실을 보지 못했다. 박희도는 산이 아닌 섬으로 광심을 불러들였다. 외부인의 왕래가 거의 없어 미행을 확인하기 좋은 장소였다. 만나기로 한 곳은 섬에 있는 작은 교회였다. 박희도는 전도 여행을 하며 섬을 방문한 적이 있어 교회 사정에 빠삭했다. 해마다 청년들이 섬을 빠져나가 남은 성도는 노인들뿐이었고, 담당 목사는 건강이 좋지 않아 교회를 떠나 요양 중이었다. 교회는 마을과 떨어진 언덕 위에 있었다. 자그마한 본당 건물 뒤편으로 나가면 펜스가 쳐졌고, 뒤는 낭떠러지였다.

　광심이 교회에 도착했다. 문이 열려 있었다. 광심은 안에 들어가 내부를 둘러보고, 뒤편 공간으로 나갔다. 그곳에도 사람은 없었다. 광심이 잠시 바닷바람을 맞고 있는데 예배당 사무실 쪽에서 전화가 울렸다. 광심이 사무실로 들어가자 문 뒤에 숨어있던 박희도가 나타났다. 박희도가 광심을 유인하려고 전화를 건 것이었다.

　박희도가 칼로 광심의 등을 누르며 말했다.

　"움직이지 마! 손들어!"

　박희도의 목소리가 떨렸다. 광심이 천천히 양손을 들었다. 박희도가 광심의 몸을 더듬어 총을 찾았다. 총을 빼든 박희도가 광심을 앞으로 밀었다. 멀찍이 밀려난 광심이 서서히 뒤를 돌아봤다. 박희도가 예배당 의자에 칼을 내려놓고 총을 겨누며 말했다.

"혼자 온 거지?"

"보면 몰라요?"

"대답이나 해!"

박희도가 소리를 질렀다. 박희도는 분위기를 주도하고 싶었다. 하지만 광심은 기분 나쁠 정도로 침착했다. 누가 봐도 겁먹은 쪽은 박희도였다. 박희도가 떨리는 마음을 억누르며 말했다.

"정희는 어쩌고 있어?"

"걱정돼요? 당신도 정희를 걱정하는 줄은 몰랐네요. 당신 걱정하는 사람은 한 명도 없던데…."

"걱정은 무슨! 걔가 하는 말 다 거짓말이야! 여기 이거 좀 봐봐…."

박희도가 주머니에서 무언가를 꺼내 자기 앞의 의자에 내려놓고 뒤로 물러섰다. 광심이 다가가 박희도가 둔 것을 집어 봤다.

##심부름센터, 24시간 무료 상담, 비밀보장.

금시계의 남자가 박희도에게 주었던 명함이었다.

"그걸 준 놈이 날 밀입국 시켜준다고 했어."

"근데요?"

"그놈을 정희가 소개해줬다고! 세상에 밀입국 브로커를 알고 지내는 고등학생이 어디 있어? 걔 순진한 애 아니야. 그거 다 쇼하는 거라고! 그리고 그놈, 정희랑 처음 만난 것도 아니라고 했어. 걔 부모가 강도한테 살해당한 건 알지? 내 생각엔 그것도 좀 이상해. 그놈이 정희랑 처음 만난 게 바로 정희 부모가 죽었던 시기랑 겹쳐. 뭔가 좀 이상하지 않아?

박희도는 여기까지 말하고 광심이 뭔가 반응을 해주길 바랐다. 하지만 광심은 미동도 없었다. 계속 반말을 하던 박희도가 갑자기 존대를 하기 시작했다.

"아니, 나는 바로 경찰에 신고를 하려고 했어요. 근데 갑자기 걔가 생판 처음 보는 사람처럼 얼굴이 확 변해서는…."

"그래서요?"

"뭐가 그래서야! 다 걔가 시킨 거라고! 그 명함 준 놈 잡아서 조사해보면 분명히 뭔가 나온다니까! 형사면서 감이 안 와?"

"감이 와. 나도 당신 말이 맞을 거라고 생각해. 당신이 아니라 정희가 범행을 주도했겠지. 그리고 이번이 정희의 첫 번째 범행도 아닐 거야."

광심의 말에 박희도가 반갑게 고개를 끄덕였다.

"그죠? 잘 아시네. 나 나쁜 사람 아니에요. 나는 그냥 순수하게 걔 도와주려고 한 거예요. 근데 어쩌다 보니까 운이 나빠서 그렇게 된 거예요."

박희도가 구세주라도 만난 얼굴로 웃었다. 하지만 광심은 웃지 않았다. 광심이 박희도가 의자에 둔 칼을 집으며 말했다.

"그리고 당신도 감이 와. 어려서부터 당신 같은 인간들 많이 봐왔거든."

"네?"

광심이 칼을 들고, 서서히 다가섰다. 박희도가 총을 겨눈 상태로 뒷걸음질했다.

"거기서 말해요. 아이씨, 멈추라고!"

"도움이 필요한 애들한테 손을 내밀지만 실은 속이 시커먼 인간들이지. 그걸 숨기려고 사랑이니 정의니 떠들고 다니는 거고."

박희도는 다가오는 광심에게 밀려 뒷문을 지나 예배당 밖으로 나가 버렸다. 박희도는 계속 뒷걸음질을 치다가 벼랑 앞에 설치된 펜스에 등이 닿았다. 더는 도망갈 곳도 없었다. 박희도가 광심을 겨눈 총을 고쳐 잡으며 말했다.

"정희, 걔는 순진한 애가 아니라고! 처음부터 작정하고, 날 꼬드긴 거라니까!"

"정희가 어떤 아이냐는 상관없어. 네가 정말 어른이었다면 절대로 정희를 건드리지 않았을 거야. 사랑해서 그랬다고? 사랑한다는 이유로 얼마나 많은 범죄가 일어나는지 알아?"

"오지 말라고 했어! 쏜다! 나 진짜 쏜다. 쏠 거야!"

"쏴. 그냥 당기면 돼. 어서."

"아악!"

박희도가 비명을 내지르는 순간, 총성이 울렸다. 광심이 걸음을 멈추고 뒤를 돌아봤다. 총알은 뒷문 위쪽에 달린 십자가상에 맞았다. 하얀 십자가에 못이라도 박힌 듯 검게 그을린 자국이 생겼다. 앞에서 울음소리가 들렸다. 광심이 돌아보자 박희도가 무릎을 꿇었다.

"아, 씨발, 그냥 갑자기 뒈져버린 걸 날 보고 어떻게 하라고오! 그게 왜 내 잘못이야…."

박희도가 소리를 지르며 흐느껴 울었다. 박희도는 땅에 머리를 박고 뭐라고 계속 중얼거렸다. 바람 소리에 묻혀 무슨 말인지는 잘 들리지 않았다.

"하나님은 회개하면 어떤 죄인이든 용서해준다지? 하지만 너는 용서 받지 못할 거야. 무엇을 잘못했는지도 모르니까 회개도 할 수 없지. 지옥은 너 같은 인간들로 가득할 거야."

광심은 들고 있던 칼을 바닥에 던지고, 수갑을 꺼내 박희도에게 다가갔다. 갑자기 박희도가 몸을 일으키더니 총구를 들어 자신의 입 속으로 삼켰다. 광심이 달려들어 총신을 잡았다. 다시 총성이 울렸다.

방금 있었던 일처럼 귀가 멍멍했다. 박인덕의 사망원인은 약물로 인한 쇼크사였다. 발견되지 않은 다른 피해자들도 마찬가지일 것이다. 기창은 피해자들이 약물에 취해 죽어가는 모습을 그렸다. 광심도 같은 처지였다. 잡스런 약물들이 몸에 들어오자 감각이 흐트러졌다. 앞에서 그림을 그리는 기창이 흔들려보였다. 기창은 사람의 언어를 잊어버린 듯 원숭이마냥 알아듣지 못할 소리를 내며 붓을 휘둘렀다.

기창은 '내가 죽였다'는 광심의 말을 듣고, 울부짖으며 광심의 머리채를 끌었다. 기창이 광심의 말을 어떻게 받아들였는지는 몰랐다. 죄책감으로 가슴이 터질 것 같은 순간에 광심이 기창에게 도망칠 길을 열어줬고, 기창은 광심이 보여준 길로 내달렸을 뿐이다. 그리고 기창을 앞세운 광심도 죽은 자의 땅으로 도망칠 셈이었다. 박희도는 혼자 가버렸지만 기창은 광심을 죽음의 길로 인도했다. 기창은 망나니가 칼춤을 추듯 붓을 휘두르다가 마침내 붓을 내려놓았다. 기창이 광심의 발을 잡고, 어디론가 질질 끌고 갔다. 문턱에 몸이 걸려 덜컹하는 느낌이 들었다.

광심은 몽롱해지는 의식 속에서 해환이 했던 말을 떠올렸다. 화상이 주는 고통에는 마약도 소용이 없다는 말. 광심은 해환의 말이 진짜라는 것을 알았다. 약물 때문에 몸의 감각이 무뎌졌지만 광심을 평생 괴롭혀온 마음의 고통은 사라지지 않았다. 동상은 화상과 정반대 같지만 비슷한 증상을 보인다. 1도에선 피부가 붉어지고, 2도가 되면 격렬한 통증이 나타난다. 3도가 되면 감각이 사라지고 조직이 죽어버린다. 조직이 죽으면 해환처럼 이식수술을 해야만 한다.

광심은 또래들이 숙제를 미루고 뛰어놀 나이에 도서관에서 의학 서적을 보며 사람을 해치는 방법을 연구했다. 덕분에 광심은 한바로에게서 동생을 구해냈다. 광심은 아버지가 기뻐하며 자신을 안아줄 거라 생각했다. 하지만 아버지는 얼어붙은 얼굴로 칼을 든 광심과 겁에 질린 한바로를 번갈아 볼 뿐이었다. 아버지뿐만이 아니었다. 아버지와 함께 온 구조대원도, 학교 선생님도, 동네 슈퍼 아저씨도 마찬가지였다.

'얘가 보통이 아니야.'

그건 칭찬이 아니었다. 정상이 아니란 말이었다. 어려서부터 수재 소리를 듣는 아이들은 기특한 녀석들이지만 살인마의 아킬레스건을 찢어버린 아이는 받아들이기 힘든 돌연변이였다.

"쟤가 개야."

사람들의 시선과 툭툭 내뱉는 말들이 쏟아지는 눈처럼 광심의 어깨에 쌓였다. 아무렇지 않은 척 몸에 묻은 싸늘한 기운을 털어냈지만 광심의 마음은 동상에 걸린 것처럼 부풀어 올랐다. 아버지가 끼니마다 차려준 따뜻한 밥상과 마음에 온기를 더해준 책들이 아니었다면 광심은 완도에서의 생활을 버텨나갈 수 없었을 것이다.

하지만 완도를 벗어나서도 광심의 처지는 달라지지 않았다. 아버지는 딸이 어두운 세상에서도 빛나는 마음으로 살라며 광심이란 이름을 지어주었다. 하지만 힘들게 들어간 대학에서 광심의 이름은 '미친년의 마음은 도무지 알 수가 없다'는 뜻으로 통했다. 광심은 처음으로 들어간 무리에서 쫓겨났고, 학과 공부에도 흥미를 잃었다. 광심은 고시원에 틀어박혀 경찰 간부 시험을 준비했다.

경찰을 택한 것은 잘한 일 같았다. 경찰 세계에선 한바로를 잡은 아이라는 과거가 오히려 장점이 되었다. 광심은 우수한 성적으로 시험을 통과했고, 신참 시절부터 싹수가 보이는 경찰로 평가받았다. 광심이 한바로를 잡은 아이란 것을 알게 된 동료들은 하나같이 똑같은 결론을 내렸다.

'타고났구만.'

그건 분명 칭찬이었다. 하지만 광심은 기쁘지 않았다. 경찰 일을 하면 할수록 자신은 이 사회의 평범한 시민과는 거리가 멀다는 생각이 들었다. 심지어 범죄를 저질러 잡혀오는 아이들조차 자신에 비하면 평범해보였다. 그러다 정희를 만났다.

정희의 마음은 온통 눈으로 덮여 있었다. 정희는 하얀 눈처럼 순수하고, 깨끗해보였지만 정희가 밟고 선 땅 아래엔 시체들이 누워 있었다. 정희는 양심의 감각이 마비된 상태였다. 이미 죽어버린 마음은 죄책감을 느끼지 못했다. 광심은 정희가 살아가는 세계와 그곳에 숨겨진 비밀을 알아챘다. 그곳은 바로 자신의 세계이기도 했기 때문이다. 광심은 가끔 옆에서 조서를 꾸미는 동료에게 고백을 하고 싶었다. 나는 한바로뿐 아니라 다른 사람도 죽이려 했다고, 두 손을 내밀며 수갑을 채우라고 말하고 싶었다. 그러지 않으면 결국 나는 정희처럼 다른 사람을 죽이고 말 거라고.

광심은 수갑을 찬 채로 기창에게 끌려갔다. 환각에 빠져든 것인지 주변의 풍경이 하얗게 변했다. 광심은 눈발이 날리는 설원에 홀로 서 있었다. 광심이 평생을 버텨온 세계였다. 광심은 정희처럼 다른 사람을 죽이기 전에 스스로를 눈 덮인 땅 아래에 묻으려 했다. 저 멀리 나무 한 그루가 보였다.

'저 나무 아래 묻히면 좋겠다.'

광심은 나무를 향해 나아갔다. 추위와 함께 졸음이 몰려왔다. 빨리 나무 밑으로 가서 자리에 누워 잠들고 싶었다. 갑자기 하늘에서 무시무시한 소리가 들렸다. 광심이 하늘을 보자 구름을 뚫고, 불꽃이 내려왔다. 불꽃은 나무에 떨어지더니 순식간에 나무를 휘감았다. 나무에서 뿜어져 나오는 뜨거운 기운이 광활한 설원의 눈을 흔적도 없이 녹여버렸다.

광심이 의식을 차리고, 현실로 돌아왔다. 광심의 눈앞에서 하늘 높이 불길이 치솟았다.

33 불타는 검

해환은 경찰보다 앞서 △△산에 도착했다. 옥호가 홍보단 사무실에서 유골을 찾아냈기 때문이다. 유골은 광심의 책상 아래에 있었고, 유골함에는 약도와 주소가 그대로 남아있었다. 해환은 옥호의 말을 듣고, 자신의 추리를 확신했다.

"일부러 찾기 쉬운 자리에 둔 거예요. 와서 자기를 살려 달라고요."

해환은 차를 몰고 산길을 올라가다가 길 귀퉁이에 서 있는 파란색 해치백을 발견했다. 광심의 차였다. 위로 갈수록 길이 험해져 차를 놓고 걸어간 것이다. 해환의 차는 군용을 베이스로 만들어진 오프로드 차량이다. 주차장만 빙빙 돌던 지바겐은 처음으로 존재의 목적에 맞는 길을 거침없이 올라갔다. 약도를 보고 계곡 정상으로 이동한 해환은 밖으로 나와 아래를 살폈다. 자갈밭과 개울이 이어진 산골 안쪽에 불빛이 보였다. 어둠이 깔려 잘 보이진 않았지만 집이 있는 것 같았다. 아래로 내려가는 길엔 나무가 빽빽했다. 아무리 힘이 넘치는 차라도 뚫고 가기는 무리였다. 해환은 차를 두고 숲속으로 뛰어 들었다. 차를 타고 올라온 덕분에 시간을 꽤 벌었지만 어떤 상황인지는 알 수가 없었다. 해환은 불빛이 나오는 쪽을 주시하며 휴대폰 라이트로 바닥을 비추고 내려갔다. 가까이 갈수록 집의 형태가 뚜렷하게 보였다. 마당 앞에 도자기를 굽는 데 사용하는 불가마가 눈에 들어왔다. 해환은 얼마 남지 않은 길을 내려와 집이 있는 평지로 내려섰다. 마당엔 아무도 없었고, 집엔 불이 켜졌다. 해환은 뒤편으로 돌아 창문을 통해 안쪽을 살폈다. 불이 꺼진 방엔 이불만 어지러이 펼쳐져 있었다. 마루 건너 반대편 방에서 불빛이 새나왔다. 해환은 숨소리도 죽이고, 그쪽으로 향했다. 방의 측면에 화장실에나 있을 법한 좁은 창이 하나 있었고, 정면 개울가 쪽이 보이는 넓은 창이 하나 더 있었다. 해환이 좁은 창으로 안을 살폈다. 남자가 캔버스 앞에 앉았고, 그 앞에 여자가 옆으로 누웠다. 두 번 볼 필요도 없었다. 여자는 광심이 분명했고, 그림을 그리는 남자는 기창일 것이다. 기창은 이상한 소리를 내며 붓을 휘둘렀다. 정신 나간 사람이 허공에 칼을 휘두르는 모양새였다. 해환이 집을 한 바퀴 돌아 앞으로 이동해 마루를 살폈다. 광심이 붙들린 방까지 몇 걸음 되진 않았지만 마루를 밟으면 소리가 날 것 같았다. 들키지 않고 접근할 수도 있었지만 혹여나 눈치를 챈다면 광심이 위험할지도 몰랐다. 해환은 기창을 밖으로 끌어내고 싶었다. 해환은 벽에 기대어 지혜를 짜내다가 무슨 생각을 했는지 갑자기 언덕 위쪽을 바라봤다. 해환이 차를 두고 온 곳이었다.

　해환이 어떻게 기창을 유인할까 고민하는 동안 기창은 환상의 여인을 그렸다. 여인은 깨진 도자기 조각들로 맞춰진 사람 형체의 퍼즐 같았다. 기창이 그린 그림은 영혜도, 광심도 아니었다. 한 조각은 박인덕이었고, 한 조각은 이름 모를 노숙자였으며, 한 조각은 기억을 잃은 할머니였다. 죽은 아버지와 선미도 한 조각씩을 차지했다. 심지어 홍은호와 정희도 하나의 조각으로 합쳐졌다. 모든 조각이 합쳐진 여인은 여자였지만 남자이기도 했고, 노인이자 아이기도 했다. 여인은 누구도 될 수 있었지만 아무도 되지 못했다. 그 모습이 기창이 보기에 좋았다. 기창은 신이 된 기분이었다. 기창을 괴롭히던 양심의 목소리는 완전히 사라져버렸다. 기창이 비틀거리며 자리에서 일어났다. 앞에 누운 광심이 진흙덩어리처럼 보였다. 기창은 창가로 걸어가 밖에 있는 불가마를 내다봤다.

기창이 해선 안 될 일을 하겠다고 마음먹었을 때, 해환은 진흙투성이 산길을 다시 올랐다. 내려올 때보다 갑절로 힘이 들었다. 평소 운동을 게을리 하진 않았지만 실내자전거 페달을 밟는 것과 진흙투성이 산길을 오르는 것은 강도가 달랐다. 한 걸음씩 땅을 밟을 때마다 발을 통해 전해지는 피로감이 온몸에 퍼졌다. 해환은 차가 있는 곳까지 올라와 숨을 몰아쉬며 윗옷을 벗어버렸다. 바깥은 아직도 여름이었는데 해환은 그때까지 집에서 입던 긴팔을 입고 있었다. 달빛 아래 드러난 해환의 몸은 군살 없이 단련된 육체였지만 이식수술의 흔적이 고스란히 남아 있었다. 해환의 피부는 상처 입은 나무껍질처럼 거칠었다. 나무가 대지에서 물을 빨아들이듯 거친 피부 위로 땀이 흘렀다.

이식수술을 하려면 죽은 조직을 먼저 제거해야 했다. 마취도 못하고 죽은 피부를 긁어내는 과정은 수술보다 고통스러웠다. 발가벗겨진 상태였지만 너무 고통이 심해 수치심을 느낄 틈도 없었다. 치료실은 고문이 자행되는 곳처럼 비명으로 가득했다. 해환은 순사에 붙들린 우국지사처럼 이를 악물고 비명을 삼켰다. 그러나 끔찍한 고통을 견뎌내도 이식한 피부가 붙는다는 보장은 없었다. 제대로 붙지 못한 피부는 결국 재수술을 해야 했다. 해환도 몇 번이나 반복해서 수술을 했다.

마침내 돋아난 새살은 결국 섞이지 못했던 죽은 조직과 달리 숨을 쉬었다. 땀을 흘린다는 것은 피부가 숨을 쉰다는 증거였다. 계곡 사이로 불어온 바람이 해환의 피부에서 흘러내리는 땀을 훑었다. 해환은 아래를 내려다보며 자신을 산 자의 땅으로 내려오게 한 광심을 구하겠다고 다짐했다.

해환이 차문을 열고 수납함을 뒤졌다. 안에는 휴지와 라이터 같은 잡동사니가 들었다. 형은 해환이 산 차를 좋아하지 않았다. 공허함에 빠진 동생이 값비싼 차로 마음을 채우려 한다고 생각했기 때문이다. 하지만 형은 해환이 산 차를 곧잘 몰고 다녔다. 해환 대신 일을 봐주며 해환의 차를 타고 다닌 것이다. 수납함에 든 물건도 전부 형이 둔 것이었다. 해환은 지금부터 자신이 하려는 행동을 형이 좋아할까 생각했다. 싫어해도 어쩔 수 없었다. 해야만 하는 일이었으니까.

의식을 잃고 늘어진 사람을 옮기는 것은 건장한 사람에게도 쉬운 일이 아니다. 기창은 몇 번이나 동작을 바꿔가며 간신히 광심을 마루까지 데려왔다. 이제 광심을 불가마에 넣고, 불을 지피기만 하면 됐다. 기창이 광심을 내려놓고 허리를 펴는데 뒤쪽에서 뭔가가 굴러 떨어지는 소리가 들렸다. 산사태라도 난 것처럼 요란한 소리였다. 기창이 놀라 뒤를 돌아보자 계곡 위에서 떨어진 뭔가가 바닥까지 내려와 어둠 속에 멈췄다. 고요해진 어둠 속에서 희미한 불꽃이 일렁였다. 기창은 벌레가 불빛에 이끌리듯 마루에서 내려와 불꽃이 보이는 쪽으로 다가갔다. 기창이 마당 바깥까지 간 순간, 폭발음과 함께 어둠 속에서 불길이 치솟았다. 기창은 몰려오는 뜨거운 기운을 손으로 막으며 몸을 웅크렸다. 도대체 무슨 일이 벌어진 것인지 알 수가 없었다. 침착하게 살펴보면 계곡 위에서 차가 떨어져 폭발했다는 것을 알아챘겠지만 마약에 취한 기창의 눈에는 마치 신이 불의 형상으로 땅에 내려온 것처럼 보였다. 기창은 공포에 떨며 뒤로 기어갔다. 하지만 기창은 얼마 가지 못하고 멈췄다. 누군가 기창과 광심의 사이를 가로막았다. 기창이 고개를 들어 자신을 막아선 존재를 바라봤다. 기창은 기겁하며 물러섰다.

"아아…!"

기창을 막아선 것은 사람의 형상을 한 나무였다. 사람처럼 얼굴과 팔, 다리가 있었지만 피부는 나무껍질 같았다. 나무 인간이 다가오자 기창이 비명을 지르며 개울가 쪽으로 돌아섰다. 하지만 불이 사방으로 번져 기창의 진로를 막았다. 기창은 불길을 피하기 위해 지붕 아래 불가마 옆으로 도망쳤다. 갑자기 하늘이 환해졌다. 기창이 올려다보니 어둠의 장막을 뚫고, 불의 비가 내렸다. 바닥에 떨어진 불의 비가 땅을 적시고 스며들더니 곳곳에 불꽃이 되어 피어났다. 나무 인간이 불꽃 사이를 지나 다가왔다. 나무 인간도 불의 비를 맞았지만 불은 나무를 태우지 않았다. 불은 오히려 가지만 앙상하던 나무를 불꽃으로 뒤덮었다. 나무 인간은 불꽃 나무가 되어 기창을 내려다봤다. 덜덜 떨던 기창이 불가마 옆에 있던 도끼를 잡아들었다. 불가마에 넣는 장작을 패는 도끼였다.

"오지 마!"

기창이 짐승처럼 이를 드러내고 울부짖었다. 나무 인간이 한 손을 들며 입을 벌렸다. 나무 인간의 입에서 불타는 검이 뻗어 나왔다. 기창은 절망에 휩싸인 얼굴로 나무 인간을 바라봤다. 나무 인간이 불타는 검을 잡고 기창을 가리켰다. 기창이 비명을 지르며 도끼를 쥐고 달려들었다. 나무 인간이 팔을 휘둘렀다. 불타는 검이 어둠을 갈랐다.

34 마음의 소리

광심이 눈을 떴다. 불꽃이 하늘 위로 솟구쳤다. 광심의 눈앞에 해환의 등이 보였다. 상처로 가득한 등이었다. 광심은 계속 해환을 보고 싶었지만 눈이 스르르 감겼다.

다시 눈을 떴을 때, 광심은 응급차에 실려 이송 중이었다. 구급대원이 분주하게 움직이며 말을 걸었다. 바로 옆에 해환이 보였다. 광심이 해환을 향해 입을 벙긋거렸다. 해환이 광심의 입에 귀를 갖다 댔다. 광심이 뭐라고 말하자 해환이 몸을 일으켰다. 해환은 광심을 바라보다 그을린 손을 뻗어 광심의 이마를 덮어주었다. 광심의 눈이 다시 감겼다.

병원에 도착한 광심은 약물을 중화시키고, 빼내는 치료를 받았다. 해환은 응급차에 실려 왔던 지난날이 떠올랐다. 광심처럼 의식을 잃었다 깨어나자 병원 복도 천장이 보였다. 형광등이 눈앞에서 획획 지나갔다. 정신없이 옮겨지는 동안 주변의 소리가 환청처럼 들렸다. 얼굴이 보이지 않는 의사가 혀를 차며 '되겠어요?'라고 말했다. 불에 탄 해환의 몸은 풍선처럼 부어오른 상태였다. 누가 봐도 '안 될 것'처럼 보였다. 의료진은 해환을 묶어 움직이지 못하게 하고 폐에 호스를 집어넣어 유독가스를 빼냈다. 해환은 치료를 받는 광심의 눈에 세상이 어떻게 보일지 알 것 같았다.

광심은 응급치료를 마치고 중환자실로 자리를 옮겼다. 면회는 허락되지 않았다. 밤이 깊어지자 보호자들이 병원 로비로 내려와 자리를 잡았다. 어떤 사람은 돗자리를 펼쳤고, 어떤 사람은 의자를 붙여 몸을 누였다. 해환은 그들을 물끄러미 바라보다 자리에서 일어나 밖으로 나갔다. 해환은 밤하늘을 보며 어디론가 전화를 걸었다. 상대는 신호가 울리자마자 기다렸다는 듯이 전화를 받았다.

"어디야? 어떻게 됐어?"

전화를 받은 사람이 걱정스런 목소리로 말했다.

"병원 왔어. 난 괜찮아."

"형사님은?"

"중환자실로 옮겼어."

"넌 거기에 있으려고?"

"응."

"네가 거기 있다고 빨리 낫는 것도 아니야. 집에 가기 뭐하면 방이라도 하나 잡아. 무리하지 말고."

"형."

"응?"

"고마워. 나 살려줘서."

형은 아무 말도 하지 않았다. 침묵의 시간이 길게 느껴졌지만 해환이 형에게 고맙다는 말을 하기까지 걸린 시간을 생각해보면 밤을 새며 기다려도 모자랐다.

'죽여줘요.'

광심이 응급차 안에서 해환에게 한 말이었다. 해환은 다시 의식을 잃은 광심을 보며 같은 상황에서 자신의 곁을 지켰던 형을 떠올렸다.

형에게 죽여 달라고 말했던 순간은 그때만이 아니었다. 맨정신으로 견디기 어려운 치료를 받으며 해환은 몇 번이나 그날 죽었어야 했다고 말했다. 형은 아무런 반응도 보이지 않고, 묵묵히 옆에서 해환을 챙겼다. 해환은 형이 자신을 외면하는 것 같아 짜증을 퍼부었다.

'그때 형은 무슨 생각을 했을까. 정말로 자신이 잘못한 것일까, 오히려 동생을 고통스럽게 만든 것은 아닐까. 그런 생각을 하지 않았을까.'

해환은 형의 얼굴 속에서 스쳐지나갔던 고통의 흔적들을 그제야 되새겨보았다.

"내가 고맙다. 살아줘서."

형이 말했다. 평소와 다름없는 담담한 말투였다.

해환은 문득 형과 광심이 닮았다고 생각했다. 형은 광심이 그렇듯이 감정을 쉽게 드러내지 않았다. 해환의 책이 올해의 추리소설로 선정되었을 때, 차분한 말투로 '그런가요'라고 되물어 담당자를 실망시킨 일화는 업계에서도 유명했다. 전화를 끊고 난 후, 소리 죽여 울던 형의 모습은 아무도 알지 못했다. 형은 아무렇지 않은 말투로 광심에게 안부를 전해달라며 전화를 끊었다.

해환은 고개를 들어 불이 켜진 중환자실을 바라봤다. 고맙다는 말은 듣지 못해도 괜찮았다. 해환은 그저 광심이 살아주길 바랐다. 살아만 준다면 고마울 것 같았다.

'차라리 죽는 게 나아. 저리 살아서 뭘 하나.'

엄마의 투병이 길어지자 어른들이 혀를 차며 말했다. 더 살아봐야 고통뿐인 삶, 본인 뿐 아니라 남편과 어린 자식들을 위해서도 하루 빨리 가는 편이 낫다고.

'결국 살아남았다.'

중환자실에서 깨어난 광심은 온몸을 짓누르는 고통 속에서 삶이 계속 될 거란 사실을 깨달았다. 침대 매트는 딱딱했고, 공간은 비좁았다. 몸에는 정체모를 줄이 주렁주렁 달려 있었다. 중환자실은 밤이나 낮이나 불이 켜져 있는데다 각종 장치들에서 나는 소음과 환자들의 신음 때문에 잠을 자기가 어려웠다. 하지만 시간이 갈수록 약물의 영향에서 벗어나면서 의식은 뚜렷해졌다. 광심은 아무도 만나고 싶지 않았지만 면회 제한이 풀렸다. 저녁 면회 시간이 되자 중환자실에 면회객들이 들어왔다 광심은 들어오는 사람들을 살폈다. 해환이 파란 비닐로 된 보호의를 입고, 사람들 사이에서 나타났다. 광심은 간호데스크에서 가장 멀리 떨어진 구석 자리에 있었다. 해환이 광심에게 다가와 인사를 건넸다.

"좀 괜찮아요?"

광심이 고개를 끄덕였다. 광심은 산소마스크를 썼지만 말을 할 수 있었다. 하지만 광심은 무슨 말을 해야 할지 몰랐다. 광심은 아직 말을 하기 힘든 척을 했다.

"여긴 밝네요. 제가 있던 중환자실은 어두웠던 것 같은데. 저는 간호데스크 바로 앞자리였어요. 나중에 알았는데 거기가 제일 위중한 환자가 있는 자리래요. 다들 제가 죽을 거라고 생각했나 봐요. 여긴 자리가 좋은데요. 바깥도 보이고."

해환이 잠시 창밖을 보다가 말을 이었다.

"홍기창은 다른 병원에 있어요. 궁금해 할 것 같아서요."

기창은 손도끼를 들고, 해환에게 덤벼들었지만 약에 취한 육체는 뇌가 내리는 명령을 수행하지 못했다. 해환은 겁에 질린 얼굴로 흐느적거리는 기창을 손쉽게 제압했다.

"아직도 죽고 싶어요?"

해환이 창가에 걸터앉으며 말했다.

광심의 침대 옆에는 바이탈 사인을 체크하는 모니터가 있었다. 해환이 질문을 던지자, 호수에 돌을 던진 것처럼 모니터의 그래프가 출렁였다. 근처에 있던 간호사가 해환을 힐끗 보고, 데스크로 돌아갔다.

"죽고 싶다고 아무 줄이나 끊고 그러면 안 돼요. 괜히 다른 사람들 고생이나 시켜요. 제가 다 해보고 하는 말입니다."

해환이 광심의 몸에 달려 있는 줄들을 가리키며 말했다. 광심이 쓰고 있는 산소마스크에 김이 서렸다 사라졌다.

"경험해봐서 아시겠지만 경위님이 택한 방법도 좋진 않았어요."

광심은 해환이 무슨 소리를 해도 반응하지 않을 작정이었다. 하지만 심장이 뛰는 것까지 막을 순 없었다. 모니터의 그래프가 다시 꿈틀거렸다.

"경위님이 저지를 뻔했던 일을 생각해봐요. 정희와 다를 바가 없어요. 다른 사람을 이용해서 살인을 저지르려고 했죠. 죽이려고 한 대상이 경위님 자신인 것만 달랐을 뿐입니다."

해환이 말한 대로였다. 광심은 자신을 살해하는 죄를 저지르면서 그 죄를 다른 사람에게 떠넘기려 했다. 정희처럼 되지 않으려고 그토록 애를 썼는데 결국 정희와 똑같은 길을 걷고 만 것이다. 광심은 경찰이 되는 길만이 자신이 평범하게 살 수 있는 유일한 방법이라고 생각했다. 하지만 아무리 노력해도 광심은 평범한 사람이 될 수 없었다.

'나는 정희와 똑같으니까, 마음이 고장 난 인간이니까.'

광심의 심박수가 빨라지자 모니터에서 경고음이 났다.

"보호자님."

데스크로 돌아갔던 간호사가 다가오며 해환을 불렀다.

"오광심 경위님, 전 이제야 경위님이 어떤 캐릭터인지 좀 알 것 같습니다."

해환은 간호사의 말을 무시하고, 광심에게 다시 말을 걸었다.

해환을 보는 광심의 눈이 파르르 떨렸다. 해환은 분명 자신의 실체를 알고 있었다. 해환이 중환자실에 있는 모두에게 그동안 숨겨온 자신의 비밀을 폭로할 것 같았다.

'이 여자는 괴물입니다. 지금까진 자신을 억제하고 있지만 언젠가 본성이 드러날 겁니다. 결국은 사람을 죽일 거예요. 자기도 그걸 알고 있습니다. 자기도 자신이 그런 존재인 것을 알고 있다고요. 살릴 가치가 없는 사람입니다.'

"경위님은 정희와 다른 사람입니다."

가파르게 치솟던 광심의 수치가 해환의 말과 함께 아래로 떨어졌다. 시끄럽게 울리던 경고음이 멎었다.

"환자 분을 자극하면 안 됩니다. 주의해주세요."

간호사가 바로 옆까지 다가와 해환을 째려보며 말했다. 해환이 고개를 숙이자 간호사가 못미더운 얼굴로 돌아갔다.

해환이 다시 창가에 걸터앉았다.

"경위님 보면 자꾸 형이 생각나요. 형이 아마 나를 이렇게 바라봤겠구나 싶어서요."

해환이 광심을 보며 말했다. 광심은 안정을 찾고, 조용히 해환의 말에 귀를 기울였다.

"보셔서 아시겠지만 우리 형은 딱 봐도 평범한 사람이에요. 솔직히 정말 재미없고, 빤한 인생이라고 생각했어요. 소설의 주인공은 절대로 될 수 없는 사람이요."

해환이 입고 있던 보호의의 소매를 걷어 올렸다. 손에서부터 팔꿈치까지 상처가 이어졌다. 옷에 가려 보이지 않는 몸도 마찬가지일 터였다. 해환이 상처투성이인 자신의 팔을 보며 말했다.

"그런 사람이 불길을 뚫고, 나를 찾아왔어요. 활활 타고 있는 내 팔을 붙들고, 그 지옥에서 나를 건져냈어요."

해환이 미소를 지으며 계속 말했다.

"어떻게 그럴 수 있었을까? 이해가 가질 않았어요. 무섭지도 않나? 나라면 그럴 수 있었을까? 쉽게 답을 할 수 없더라고요. 근데 사실 답은 간단해요."

해환이 창밖으로 시선을 돌렸다. 가로등 불빛이 어두워진 병원 주차장을 밝혔다. 해환이 호흡을 가다듬고 말했다.

"형은 저를 사랑했어요. 그래서 무서울 겨를도 없이 불 속으로 뛰어들었던 거예요. 항상 형을 은근히 무시하던 저는 절대로 할 수 없는 일이었죠."

해환이 간호데스크에 있는 전자시계를 돌아봤다.

"시간이 별로 없네요. 이제부터 진짜 중요한 이야기를 해야겠어요."

해환이 자세를 고쳐 잡았다.

"지금 완도에 제 편집자가 가 있어요. 간 지는 꽤 됐어요. 경위님이 취재에 응해주지 않는다고 가만히 있을 수는 없으니까요. 저 대신 한바로 사건에 관련된 사람들을 전부 만나보고 있지요. 저번엔 부상을 입은 한바로를 처음으로 치료했던 의사도 만났어요."

화제의 전환이 급작스러웠다. 어둔 밤길에 차를 몰고 가는데 갑자기

보행자가 튀어나온 기분이었다. 광심은 긴장감에 온몸이 뻣뻣해졌다.

"의사가 그러더군요. 한바로의 아킬레스건을 끊은 흔적은 아무리 봐도 아마추어의 솜씨는 아니었다고요. 나중에 아이가 한 거라는 이야기를 듣고 무척 놀랐답니다."

당시 한바로를 진료한 의사는 아킬레스건을 다친 깡패를 치료했던 적이 있었다. 깡패는 실수로 다쳤다고 했지만 상처가 깔끔했다. 아무데나 찔러서 마구잡이로 그은 것이 아니라 정확히 아킬레스건을 노려서 공격한 것이었다. 한바로의 상처도 그와 같았다.

"경위님이 한바로의 아킬레스건을 끊은 건 운이 좋아서가 아니에요. 분명히 노리고 한 겁니다. 그렇지요?"

광심은 당장이라도 벌떡 일어나 도망치고 싶었다. 생명을 유지하기 위해 몸에 달린 줄들이 자신을 구속하는 사슬처럼 느껴졌다. 광심의 심박수가 다시 올라갔다.

"그냥 노린다고 할 수 있는 일은 아니죠. 아마 익숙해질 때까지 꾸준히 연습을 했을 겁니다. 그것도 꽤 오랜 기간이었을 거예요. 그런데 대체 초등학생이 왜 그런 연습을 했을까요?"

모니터의 그래프가 거대한 파도가 치듯 요동쳤다. 데스크에 연결된 모니터를 주시하던 간호사가 얼굴을 찡그렸다.

"한바로는 피해 아동들이 전부 다 학대를 받고 있었다고 주장했지요. 하지만 죽은 아이들은 학대 사실을 확인해줄 수가 없었지요. 유일하게 한바로에게서 살아남은 남매의 아버지는 당시 언론을 상대로 학대를 한 적은 없지만, 아픈 아내 때문에 아이들을 잘 돌보지 못한 건 사실이라고 말했어요. 저는 그 말이 사실이라고 생각합니다. 하지만 학대는 있었어요."

간호사가 해환을 보고, 자리에서 일어났다. 간호사는 데스크를 나와 당장 해환에게 가려고 했지만 하필이면 동료 간호사가 서류를 건네며 말을 걸었다.

"한바로가 경위님의 동생을 납치한 것은 우발적인 범행이 아닙니다. 한바로가 말한 대로 경위님의 동생은 누군가에게 학대를 받고 있던 겁니다. 그게 누구였을까요. 누구에게도 의심 받지 않고, 자연스럽게 동생에게 접근할 수 있는 사람이어야 할 겁니다. 그런 사람이 한 명 있더군요."

금씨 부부는 아버지보다 연상이었지만 자식이 없었다. 금씨 부부는 아이들을 봐달라는 아버지의 부탁을 흔쾌히 받아들였다. 특히 금씨 아저씨는 자식이 없어서인지 아이들이 더 예뻐 보인다고 말했다. 금씨의 말엔 진실도 들어 있었다. 금씨는 광복을 끔찍하게 좋아했다.

간지럼을 태운다거나 엉덩이를 두드린다거나 하는 행동들은 얼핏 자연스러웠다. 광복이 웃으며 받아들이는 동안 자연스러운 장난은 조금씩 강도가 강해졌다. 광심은 학교에서 돌아와 바로 금씨네 집으로 갔다. 광복이 보이지 않았기 때문이다. 광복은 금씨네 화장실에서 홀딱 벗고 목욕을 하고 있었다. 광복을 씻겨주는 금씨도 벗은 상태였다. 아버지 친구를 따라 목욕탕에 갔다면 문제 삼을 일은 아니었다. 하지만 그곳은 두 사람만 있는 비좁은 화장실이었다. 금씨는 갑작스럽게 등장한 광심을 보고 몸을 돌렸다. 여자 아이에게 몸을 보여서가 아니었다. 누구도 장난으로 봐줄 수 없는 몸의 상태를 숨기기 위해서였다. 광심은 옷을 입을 시간도 주지 않고, 광복의 손을 잡고 자리를 떠났다. 광복은 벌거벗고 골목에 나가는 것이 창피해 소리를 질렀지만 광심은 광복을 밖에 세워놓고는 맹세를 받았다.

"다시는 아저씨랑 둘이 있지 마."

광복은 자기에게 무슨 일이 벌어졌는지도 잘 모르는 것 같았다. 정말 그때까지는 별일이 없었을 수도 있다. 하지만 분명 일어나선 안 될 일이 벌어지는 중이었다. 광심은 어부의 딸이었다. 태풍이 오고 나서는 늦었다. 오기 전에 대비를 해야 했다. 광심은 아버지가 준 낚시 칼을 집어 들었다.

"엄마는 아프고, 아빠는 엄마의 곁을 지켜야 한다고 생각했겠지요. 동생을 지킬 사람은 자신뿐이라고 생각했을 겁니다. 하지만 성인 남자를 제압하는 것은 쉬운 일이 아니지요. 경위님은 평소부터 연구를 하고, 연습을 해야 했습니다. 언제 찾아올지 모르는 위험에 대비해 동생을 지키기 위해서요."

간호사는 마침내 서류를 정리하고, 황급히 해환에게 다가왔다. 당장이라도 쫓아낼 기세였다.

"이제 주도에 관한 가장 유명한 전설은 이무기가 아닌 한바로를 잡은 소녀의 이야기지요. 전설 속의 소녀는 광기 어린 눈빛으로 연쇄살인마 한바로를 제압해냅니다. 소녀는 마치 감정이 없는 사람처럼 두려움을 모르지요. 하지만 진실은 다릅니다. 그럴 리가 없지요. 소녀는 겨우 열세 살이었어요. 다른 모든 아이들처럼 사랑받고, 보호받아야 할 평범한 아이였습니다. 무섭지 않을 리가 없지요. 주도에 가기 위해 바다에 뛰어든 순간은 불타는 집에 뛰어드는 것만큼이나 두려웠을 겁니다. 하지만 소녀는 주저하지 않았어요. 감정이 없어서가 아닙니다. 두려움에 맞서 싸운 것이지요. 보통 그런 걸 용기라고 부르지요. 그 믿을 수 없는 용기는 동생을 사랑하는 마음에서 나온 것이고요. 소녀는 그만큼 동생을 사랑했던 겁니다."

광심과 연결된 모니터에서 심장 모양의 아이콘이 깜빡이며 경고음이 울렸다.

"지금 뭐하시는 거예요."

간호사가 다가와 해환을 쏘아붙이고, 광심의 상태를 살폈다. 간호사는 광심을 보고 당황한 얼굴로 말했다.

"어디 불편하세요?"

광심은 울고 있었다. 눈물이 광심의 뺨을 타고 흘러내렸다. 소리를 내지 않으려 이를 앙다물었지만 속에서부터 터져 나오는 서러운 울음이 밖으로 새어나왔다.

간호사는 어쩔 줄 몰라 하며 해환과 광심을 번갈아 보기만 했다.

"오광심 경위님."

해환이 광심을 불렀다. 천장을 보며 하염없이 울던 광심이 해환을 바라봤다.

"이런 소설이라면 써도 괜찮겠지요?"

해환이 웃으며 말을 건네자 눈물을 닦던 광심이 활짝 따라 웃었다. 차가운 콘크리트 사이에서 햇빛을 받으며 피어난 꽃처럼.

35 화상

고보경은 고영혜의 장례를 마치고, 기자들 앞에서 의연하게 사명의 자리로 나아갈 것을 선언했다.

"저는 그 아이를 사랑했습니다. 저는 앞으로 영혜와 같은 아이들이 예술과 문화의 혜택을 받을 수 있도록 돕고, 영혜처럼 젊은 예술가들이 안전하게 창작 활동을 할 수 있도록 최선을 다할 것입니다. 마지막으로 범인에 대해 한 말씀 드리겠습니다. 체포된 범인은 마약 중독자라고 합니다. 범인은 심신미약이란 변명으로 법의 심판을 피해가려 할 것입니다. 하지만 마약을 한 것은 범인이 스스로 선택한 일입니다. 게다가 범인의 집에선 영혜뿐 아니라 다른 피해자들의 것으로 추정되는 유골도 발견되었습니다. 범인은 잔인한 연쇄 살인마인 것입니다. 저는 우리 사회가 범인에게 준엄한 심판을 내려 정의를 바로 세워주시길 간절히 소망합니다. 감사합니다."

고보경은 준비한 원고를 발표하고 허리를 숙여 인사를 했다. 고보경이 얼굴을 들자 기자들의 플래시가 터졌다.

'탈이 좋네.'

홍은호의 아버지가 고보경을 봤다면 그렇게 말했을 것이다. 사람들은 홍은호의 아버지를 예술가 혹은 사기꾼이라고 불렀다. 아버지가 사람을 속이는 솜씨는 분명 예술의 경지에 도달해 있었다. 아버지의 손 안에서 화투의 그림은 자유자재로 바뀌어 사람들에게 돌아갔다. 사람들은 아버지가 보여준 그림이 진짜라고 믿고, 자신의 인생을 걸었다.

"인생이 원래 도박판이다. 태어날 때 받은 패로 이길 수 없으면 뒤지라고? 말이 되나? 구라를 쳐서라도 살아남아야지. 내가 사기꾼이면 정치하는 놈들도 다 사기꾼이다. 저 화상들을 봐라. 하나같이 노름꾼탈이다. 입만 열면 애국을 팔고, 정의를 팔고, 자유를 팔고, 평등을 파는 구라꾼들이다."

구라를 치다 걸리면 손모가지가 날아간다. 나라를 걸고 도박을 했던 구라꾼들도 이 법칙을 벗어나진 못했다. 구라꾼들은 포승줄에 손이 묶여 법정에 서게 되었다. 그리고 아버지는 운전대에 손이 묶여 폐차장 차량 압축기 안에 들어갔다. 아버지를 자동차의 무덤에 밀어 넣은 사내는 마귀라고 불리는 자였다. 마귀는 주종이 포커였지만 화투는 물론이고 마작에도 능했다. 한마디로 승부를 가리는 모든 게임에 지독하게 강했다. 마귀는 자기 앞에 쌓인 돈뭉치보다 나락에 떨어지는 상대를 보며 희열을 느끼는 변태였다.

"눌러라."

마귀가 말했다.

홍은호는 압축기를 작동시키는 빨간 버튼 앞에 서 있었다. 유리창 너머로 아버지가 들어가 있는 압축기가 보였다. 홍은호는 마귀를 보며 고개를 저었다.

"네 아버지가 왜 저기 있는지 아나? 진즉에 버렸어야 할 패를 계속 갖고 있어서 그렇다. 구라를 쳤으면 증거를 없애야지."

마귀가 홍은호의 머리를 쓰다듬으며 계속 말했다.

"꼬마야, 네 아버지는 버려야 되는 패다. 그렇지 않으면 너도 죽는다."

마귀는 홍은호의 손을 들어, 버튼 위에 올려놓았다. 버튼 위에 올라가 있는 홍은호의 손이 덜덜 떨렸다.

"괜찮다. 다 그런다. 다 떨면서, 다 누른다. 그리고 다 잘 산다. 너도 누르기만 하면 살 수 있다. 내가 도와줄게."

마귀가 홍은호의 귀에 대고 마지막으로 속삭였다.

"싫으면 너도 저기로 가고."

마귀가 홍은호의 허리를 안고, 번쩍 들어올렸다. 홍은호는 비명을 지르며 발버둥을 쳤다. 힘차게 내지른 홍은호의 발이 빨간 버튼을 눌렀다.

'위잉'

기계음이 들리며 압축기가 움직였다. 아버지의 비명이 유리창 너머로 희미하게 들려왔다. 하지만 아버지의 비명은 차가 우그러지는 둔탁한 소리가 함께 곧 사라져버렸다. 홍은호는 마귀의 품에 안겨 아기처럼 울었다.

홍은호는 어떤 전시를 하던 쥐가 들어 있는 유리 상자를 가져다두었다. 고상한 척 해도 사람은 다 똑같았다. 유리 상자 안에 쥐가 아닌 사람이 들어있다고 해도 마찬가지였다. 티브이 화면 속에서 매일 사람들이 죽어나갔다. 사람이 죽을 수 있다는 것을 알면서도 돈을 아끼려 부실공사를 하고, 반응이 재미있다는 이유로 같은 반 아이를 괴롭혀 자살로 내몰았다. 자기 잘못을 숨기려 엉뚱한 사람에게 누명을 씌워 인생을 파멸시키기도 했다. 고보경은 기자들 앞에서 비통한 얼굴로 영혜를 사랑한다고 말했다. 그리고 정의를 세워달라고 이야기했다. 마귀의 말이 맞았다. 사랑도, 정의도 다 구라였다.

홍기창은 뇌손상이 일어나 자백은커녕 조사도 불가능한 상태였다. 〈적의 연작〉을 완성하지 못하고 홍기창이 망가진 것은 계산 밖이었지만 홍기창은 어차피 버려야 할 패였다. 게다가 홍은호는 이미 다음 판에 쓸 새로운 패를 준비해두고 있었다. 고보경은 모든 것이 끝났다고 생각하겠지만 홍은호는 고영혜와 나눈 대화의 녹음본을 갖고 있었다. 홍은호가 고보경을 찾아가는 날, 고보경은 다시 한 번 홍은호 앞에 무릎을 꿇을 수밖에 없을 것이다. 이번엔 쫓아낼 생각은 없었다. 조선문예회 회장과 대한민국 장관은 비교할 수 없는 자리였다. 계속 그 자리에 앉혀두고 나라가 아닌 자신을 위해 일하게 하면 되는 것이었다. 홍은호는 비로소 큰 판에 끼게 되었다고 생각했다. 아버지는 권력자나 자신이나 똑같은 사기꾼이라고 했지만 그 말은 틀렸다. 구라를 치다 걸린 권력자들은 잠시 동안은 곤란을 겪는 것 같았지만 결국 배부르게 욕을 처먹으면 잘 살았다.

'그까짓 욕 좀 먹으면 어떤가. 잘 살면 되지.'

두어 시간 후면 개막을 알리는 디너파티와 함께 전시회가 시작될 터였다. 홍은호는 마지막으로 준비 사항을 점검하기 위해 아래층으로 내려갔다. 한창 분주할 시간인데 스태프들은 보이질 않고, 낯선 남자 한 명이 거실에 있었다. 남자는 쥐가 들어 있는 유리 상자를 흥미롭게 보고 있었다.

"누구시죠?"

홍은호가 남자에게 말했다. 홍은호가 부르는 소리에 남자가 돌아섰다.

"아, 안녕하세요. 집주인이신가요?"

"네, 그렇습니다만."

"오늘 여기서 전시회가 열린다고 해서요. 구경을 좀 하던 중입니다.

집이 참 신기하게 생겼네요."

홍은호가 떨떠름한 얼굴로 다가왔다.

"아직 오픈 전입니다."

"그렇군요."

"여기서 일하던 사람들 못 보셨나요?"

홍은호가 주변을 둘러보며 남자에게 물었다.

"글쎄요. 전화를 받더니 갑자기 다 나가던데요."

홍은호가 고개를 절레절레 흔들며 휴대폰을 꺼냈다.

"이런 집은 얼마나 합니까?"

남자가 집을 둘러보며 말했다.

홍은호가 휴대폰을 붙잡고, 남자의 행색을 훑어봤다. 나이는 삼십
대 중반 정도, 곱슬머리에 하얀 니트와 청바지, 그리고 진갈색 워커를
신었다. 어느 하나 싸구려 같진 않았지만 홍은호의 눈엔 흔해빠진 브
랜드일 뿐이었다. 스태프는 전화를 받지 않았다. 홍은호는 인상을 쓰
며 휴대폰을 소파에 던져버렸다.

"얼마인지 알면 뭐하시게요?"

홍은호가 말했다.

"요즘 이사를 갈까 싶어서 집을 알아보는 중이거든요."

"이 집을 사는 것보단 로또에 당첨되는 게 더 현실적일 것 같은데요."

"무슨 말씀이신지…."

남자가 웃으며 말했다.

"당신이 살 수 있을 정도로 싸구려가 아니라고. 이렇게까지 말해야
되나?"

"많은데요."

"뭐요?"

"돈 많다고요. 밖에 있는 선생님 차 정도는 불태워버려도 될 정도로요."

남자가 활짝 웃었다. 홍은호가 황당한 얼굴로 말했다.

"그 차가 얼마인지는 알아요?"

"잘은 모르겠지만 제가 얼마 전에 불태운 차하고 비슷할 것 같은데요."

"…차를 태웠다고요? 왜요? 무슨 문제라도 있었습니까?"

"어두워서요. 불 좀 피우려고."

홍은호가 남자를 찬찬히 살펴봤다. 말만 들어보면 영락없는 헛소리였지만 남자의 손이 신경 쓰였다. 남자의 손은 화상을 입은 흔적으로 가득했다.

"젊은 분이 능력이 대단하신가 보네요. 무슨 일을 하시나요?"

"아버지가 부자예요."

진심인지 장난인지 모를 남자의 말투에 홍은호는 괜스레 부아가 치밀었다.

"근데 이건 뭡니까?"

남자가 쥐가 들어 있는 유리 상자에 손을 올렸다. 남자는 버튼을 보며 말을 이었다.

"누르면 어떻게 되는데요?"

홍은호는 당장 남자를 쫓아내려다가 생각을 바꿨다. 쫓아내기 전에 이 재수 없는 남자를 좀 골려주고 싶었다.

"궁금하면 눌러보세요."

홍은호가 미소를 지으며 말했다.

"여긴 누르지 말라고 쓰여 있는데요"

"누르고 싶으면 누르세요. 괜찮습니다. 이 집에 금기는 없으니까요."

"정말 마음대로 해도 되는 겁니까?"

남자가 유리 상자를 골똘히 보며 말했다.

"그럼요."

홍은호가 슬며시 소파에 던져둔 휴대폰을 집어 카메라를 켰다. 남자가 버튼을 누른 후에 어떤 반응을 보일지 찍을 생각이었다. 컬렉션에 새로운 영상을 추가할 생각을 하니 가슴이 두근거렸다.

"그럼 사양하지 않고, 제 마음대로 하겠습니다."

남자가 유리 상자를 잡고, 바닥에 거꾸로 내려놓았다. 그리고 말릴 새도 없이 워커로 유리 상자의 바닥을 때려 부셨다. 쥐가 놀라서 비명을 질렀다. 남자는 바닥이 분리되자 떨어진 부분을 떼어내고 쥐를 풀어주었다. 쥐는 순식간에 문이 열린 쪽으로 사라졌다. 홍은호가 놀란 얼굴로 말했다.

"지금 뭘 한 겁니까?"

"마음대로 하라면서요. 버튼을 누르면 어떤 일이 생길지도 궁금하지만 그보단 갇혀 있는 게 불쌍해서요. 그래서 풀어줬지요."

"…당장 나가줬으면 좋겠네요."

"아, 제가 실수를 한 건가요? 실례했습니다. 제가 눈치가 좀 없는 편이라서요. 그래서 형도 자주 뭐라고 하는데…."

"나가라고!"

홍은호가 소리를 질렀다. 하지만 남자는 미소를 잃지 않았다.

"네, 뭐 집도 다 둘러봤으니까 가야죠. 이렇게 조잡한 집을 살 생각은 없어서요."

"조잡?"

홍은호의 말에 쉿소리가 섞였다. 홍은호가 카랑카랑한 목소리로 말했다.

"보는 눈이 정말 형편없네. 이 집을 누가 만들었는지는 아나? 세계적인 건축가인⋯."

남자가 홍은호의 말을 싹둑 잘라 먹었다.

"집이라면 비가 새지 않고, 바람 잘 통하고, 여름에 시원하고, 겨울엔 따뜻해야죠. 그게 기본이잖아요. 그런데 이 집은 기본이 안 되어 있어요. 도무지 살 사람을 하나도 생각하지 않고 만들었죠. 비를 흘려보낼 지붕도, 처마도 없고, 유리창으로 둘러싸여서 여름엔 덥고, 겨울엔 춥겠죠. 누가 만들었는지 몰라도 세계적으로 한심한 인간이 분명하네요."

홍은호는 말문이 막혔다. 어떻게든 반박을 하고 싶은데 입이 떨어지지 않았다. 남자는 홍은호의 기분은 아랑곳하지 않고 계속 떠들어댔다.

"근데 전시회라면서 작품은 어디 있나요? 아무리 살펴봐도 보이질 않는데⋯."

남자가 이제야 발견했다는 듯 들판에 설치된 조형물들을 보고 말했다.

"혹시 저게 작품인가요? 아니죠? 그냥 고철처럼 생겼는데⋯."

"당장 나가요. 경찰 부르기 전에."

홍은호가 간신히 입을 열었다.

"경찰이라면 부르지 않아도 곧 올 겁니다. 그동안은 저랑 이야기나 좀 더 하죠. 잡혀가면 얼굴 보기도 힘드니까요. 죄수랑 인터뷰하기는 쉽지 않더라고요."

"당신 도대체 누구야?"

홍은호가 의혹에 가득 찬 얼굴로 말했다.

남자는 언제 가져왔는지 옆에 기대두었던 캔버스 하나를 들어 보였다. 한눈에 봐도 시선을 잡아끄는 그림이었다. 괴물처럼 보이는 여자의 누드였다. 옆으로 축 늘어져 누워있는 여자의 몸은 여러 사람에게서 떼어낸 조각조각들로 기워져 있는 것 같았다.

"이게 뭐요?"

홍기창이 그림과 남자를 번갈아 보며 말했다.

"적의 연작이잖아요. 선생님이 시켜서 홍기창이 그린 그림. 기억 안 나세요?"

"아, 그 여자 형사랑 한 패인가? 경찰은 아닌 것 같고, 기자?"

홍은호는 그제야 알겠다는 듯 말을 이었다.

"이봐요. 그 형사한테도 이야기했지만 적의 연작은 명백히 제 작품입니다. 자꾸 무슨 대작이라도 한 것처럼 이야기하는데 기창이한테 직접 물어봐요."

"뭔가 오해를 하신 것 같네요. 저는 선생님 말씀이 틀렸다고 생각하지 않습니다. 선생님을 만나지 못했다면 홍기창도 이런 그림을 그리지는 못했을 겁니다. 그런 의미에서 적의 연작은 홍기창과 선생님이 공동 작업한 결과물로 보는 게 맞겠지요."

남자가 캔버스를 다시 기대놓고 말을 이었다.

"문제는 홍기창이 저지른 살인도 선생님과의 공동 작업이었다는 거지요."

"뭐요? 기창이가 사람을 죽인 게 내 잘못이란 거야?"

홍은호가 웃음을 터뜨렸다.

"당신이 그리지도 않은 그림은 당신 것인데, 당신이 직접 죽이지 않았다고 살인은 아닌가?"

남자의 얼굴에 내내 걸려있던 환한 미소가 한순간에 사라졌다. 개기일식처럼 대낮에 해가 사라져버린 것 같았다. 천체의 움직임을 이해하지 못하는 사람이 어두워진 하늘을 보며 두려워하듯 홍은호의 눈빛이 불안하게 떨렸다.

"나는 기창이한테 그림을 그리라고 했을 뿐입니다. 대체 내가 뭘 어쨌다는 거예요?"

홍은호가 애써 침착함을 유지하며 말했다.

"아마 그랬겠죠. 안타깝게도 홍기창이 저지른 범죄에 대해선 당신에게 책임을 묻기가 어려울 거예요. 하지만 고영혜라면 이야기가 다르죠."

"그건 또 무슨 말입니까? 이봐요. 영혜가 죽은 건 비극이에요. 따지고 보면 나도 일말의 책임이 있다고 생각해요. 내가 두 사람한테 좀 더 신경을 썼어야 했어요. 하지만 그렇다고 내가 영혜를 죽였다고 하면 너무 지나친 거 아닌가요?"

"지나친 정도가 아니라 틀린 말이죠. 고영혜는 살아 있으니까."

"……"

"아쉽네. 고영혜가 지금 당신 얼굴을 봤어야 했는데."

36 부활

"이게 어디서 구라를 쳐."

홍은호가 낮게 깔린 목소리로 말했다. 탈을 벗어던진 홍은호의 얼굴은 방금 전과는 전혀 달랐다. 이마에 핏대가 섰고, 눈은 튀어나올 것 같았다. 코에선 김이 새어나오는 듯했다. 홍은호는 당장이라도 달려들 기세였다. 하지만 남자는 무서울 정도로 침착했다.

"장례식까지 다녀왔으니 이해가 안 가겠지. 분명히 납골당에 고이 모시고 돌아왔는데 말이야."

"구라 치다 걸리면 죽어. 그거 알아?"

"그 유골은 고영혜가 아니야. 홍기창 어머니 유골이지."

홍은호의 얼굴은 블루 스크린이 뜬 컴퓨터처럼 새파랗게 질려버렸다. 분명 남자의 말이 머릿속에 입력이 되었지만 홍은호는 아무런 반응도 하지 못했다. 홍기창 어머니의 유골이 왜 거기서 튀어나오는지 알 수가 없었다.

"그 유골을 오광심 경위에게 보낸 건 당신이지?"

홍은호는 어처구니가 없어 부정도 하지 못했다. 남자의 말이 맞았다. 기창은 영혜를 납치했지만 점점 홍은호의 통제를 벗어나고 있었다. 기창이 멋대로 박인덕을 죽이고, 스스로 신고까지 하자 홍은호는 초조해졌다. 결국 홍은호는 기창을 직접 찾아갔다. 그때까지도 영혜를 '그리지' 않았다면 마귀처럼 무슨 수를 써서라도 기창이 버튼을 누르게끔 할 생각이었다. 하지만 그럴 필요는 없었다.

홍은호가 도착했을 때, 기창은 유골이 담긴 함을 끌어안고, 앞마당에서 울고 있었다. 방금 사랑하는 사람의 장례를 마친 것만 같았다. 불가마는 얼마 전에 사용한 것처럼 열기가 남아 있었다. 집 어디에도 고영혜는 보이지 않았다. 홍은호는 기창의 품에서 함을 빼앗았다. 기창은 저항했지만 홍은호는 쇠약해진 기창을 손쉽게 패대기쳤다. 함에는 예상했던 대로 유골이 들어 있었다. 유골은 아직 따뜻했다.

"수고했다. 기창아."

홍은호가 웃으며 말했다. 기창은 눈물을 흘리며 홍은호의 바짓가랑이를 붙잡았다.

"괜찮다. 기창아, 내가 다 잊게 해줄게."

홍은호는 기창의 팔에 가지고 간 주사를 놓았다. 기창은 눈이 뒤집어지며 온몸을 떨었다. 홍은호는 기창을 떼어내고, 유골함을 광심에게 보냈다. 광심은 기창이 영혜를 쫓아다녔다는 진술을 기억할 것이다. 홍은호는 광심이 기창을 체포하게 되면, 영혜의 죽음이 자연스럽게 스토킹 살인으로 정리될 거라 생각했다. 자신과는 아무런 상관도 없는, 홍기창의 단독 범행으로.

하지만 눈앞의 남자는 홍은호의 생각을 훤히 알고 있는 것 같았다.

'정말 고영혜가 살아 있다는 말인가. 고영혜에게 들어서 알고 있는 것인가. 아니다. 말도 안 된다. 구라다. 이놈은 구라를 쳐서 자백을 받아내려는 것이다.'

때마침 홍은호의 머릿속에서 한 가지 생각이 스쳐지나갔다.

"화장을 한 유골은 유전자 감식이 안 돼. 뉴스에도 몇 번 나왔지. 근데 그게 누구 유골인지 어떻게 알지? 이 구라꾼 새끼야."

남자의 패를 읽었다고 생각한 홍은호가 의기양양하게 웃었다. 홍은호는 곧 흙빛이 될 남자의 얼굴을 기대했다. 하지만 남자는 측은한 눈으로 홍은호를 바라볼 뿐이었다.

"구라꾼은 당신 아버지지."

남자가 말했다. 홍은호의 낯빛이 변했다.

"당신 아버지는 사기도박 전과가 있는 노름꾼이었어. 그것도 예술가라고 불릴 정도로 잘 나갔던 인물이지. 하지만 아버지는 행방불명이 됐고, 당신은 큰아버지 댁에 수양아들로 들어갔어."

"닥쳐."

"당신 아버지 같은 꾼이 쥐도 새도 모르게 사라졌다면 아마도 손을 씻었거나 구라를 치다 죽은 거겠지."

"닥치라고 했어."

"당신 반응을 보니 손을 씻은 것 같지는 않네."

홍은호는 참지 못하고 남자에게 달려들어 멱살을 잡았다. 하지만 그것도 잠시, 남자의 그을린 손이 홍은호의 손목을 잡는가 싶더니 홍은호는 머리를 바닥에 처박고 엎어져버렸다.

"평생을 구라 속에서만 살았으니 진실을 가르쳐줘도 받아들이질 못하지. 정말 모르겠어? 고영혜가 어떻게 살아있을까에 대한 가장 확실하고, 빤한 답이 있잖아."

남자가 홍은호의 팔을 꺾은 상태로 계속 말했다.

"홍기창이 고영혜를 풀어준 거야."

홍은호는 고개를 저었다. 그건 있을 수 없는 일이었다. 기창은 아득하게 선을 넘어버린 인간이었다. 살인자였고 중독자였다.

'이미 버튼을 눌러버린 인간이 다시 그전으로 돌아갈 수 있다고?'

홍은호는 받아들일 수 없었다. 그건 곧 자신의 지나온 삶을 부정하는 것이었으니까.

"당신 머리로는 상상도 하기 어렵겠지. 당신은 홍기창을 당신이 쥐고 있는 패로만 생각했으니까. 패가 주인에게 반역을 하는 것은 있을 수 없는 일이잖아. 하지만 홍기창은 사람이야. 홍기창은 사람으로 살기로 했다고."

사랑을 하면 눈이 먼다고 한다. 하지만 사랑은 눈을 멀게 하지 않는다. 오히려 어둠 속의 불처럼 눈을 밝힌다. 분별하는 지혜를 주고, 두려움에 맞설 용기를 준다. 제멋대로 불타오르는 감정은 자신뿐 아니라 상대까지도 다치게 하지만 사랑은 가장 사람다운 온도로 서로의 마음을 따뜻하게 감싸 준다.

기창의 이성은 마비되었다. 약에 절은 뇌는 무엇이 옳은지 그른지 몰랐다. 욕망과 두려움이 기창을 지배했다. 하지만 기창은 영혜를 지켜내고 싶었다. 영혜만큼은 다치게 할 수 없었다. 영혜를 살리려면 약을 끊어야 했고, 약을 끊으려면 죽어야 했다. 기창은 살지도, 죽지도 못하는 좀비 같은 꼴이었다. 간신히 붙잡고 있는 이성의 끈조차 곧 끊어질 것 같았다. 버텨낸다 해도 홍은호가 직접 와서 끈을 끊어버릴 것이었다.

"엄마. 나 어떻게 해? 어떻게 하면 좋아아아!"

기창은 방에 둔 어머니의 유골함을 보며 통곡했다. 한동안 펑펑 울며 감정을 토해내던 기창이 문득 울음을 그쳤다. 기창은 눈물을 닦고, 유골함을 열어보았다.

'홍은호는 이게 누구의 유골인지 모른다.'

기창은 가마에 불을 때고, 가마에서 꺼낸 지 얼마 안 된 것처럼 유골을 따뜻하게 데웠다. 그리고 영혜를 빼돌렸다.

"당신이 그랬잖아. 그 유골이 누구인지는 알 수가 없다고. 맞는 말이야. 근데 당신은 당연히 고영혜라고 믿어버렸지."

"이 새끼가 소설 쓰고 있네!"

"맞아. 그게 내가 하는 일이야. 가짜를 통해서 진짜를 보여주는 거."

멀리서 경찰 사이렌 소리가 들렸다. 남자가 거실 밖을 보자 유리창 너머로 순찰차와 경찰 승합차, 그리고 파란색 해치백 한 대가 이쪽을 향하고 있었다.

"구라치다 걸리면 죽는다지?"

남자가 말했다.

문이 열리고, 경찰들이 안으로 들어오는 소리가 들렸다. 남자가 홍은호를 결박하고 있던 손을 풀었다. 바통을 터치하는 것처럼 여자의 손이 홍은호의 팔을 붙들고, 그대로 수갑을 채웠다.

"홍은호 씨, 살인교사미수 혐의로 긴급체포합니다.

광심이 말했다.

광심이 홍은호를 일으켜 세우자 형태가 이어받아 홍은호를 연행했다. 광심과 해환은 홍은호가 끌려가는 모습을 지켜봤다. 형태가 홍은호의 머리를 경찰 승합차 안으로 밀어 넣고, 차를 출발시켰다. 홍은호의 집에는 해환과 광심만이 남았다.

"고영혜는 괜찮아요?"

해환이 말했다.

"순조롭게 회복 중이에요. 조사도 얼추 끝났고요. 근데 고영혜가 살아있다는 건 어떻게 알았어요?"

"저도 처음엔 고영혜 유골이라고 생각했죠. 근데 다른 피해자들의 유골은 그냥 주변에 뿌렸잖아요. 물론 홍기창이 고영혜를 특별하게 생각해서 함에 넣었다고 생각할 수도 있지요. 그런데 갑자기 이충만 목사가 했던 말이 생각나더라고요. 그럼 어머니 유골도 거기 있겠구나 싶어서 아저씨한테 찾아보라고 했지요. 거기 그대로 두는 건 아닌 것 같아서요. 근데 없다는 거예요. 처음엔 단순히 왜 어머니 유골이 없을까 싶었는데 갑자기 질문 하나가 확 떠오르더라고요. 경위님에게 보낸 유골이 정말 고영혜일까? 만약 그게 홍기창 어머니의 유골이라면 어떨까? 그렇다면 대체 무슨 일이 벌어진 걸까? 고영혜가 살아있을 가능성은 없을까? 홍기창이 고영혜를 살리고 싶었다면 어떻게 했을까? 홍기창의 입장에서 계속 생각해봤죠."

기창은 해환이 생각한 대로 고영혜를 탈출시키려 했다. 하지만 홍은호는 생각보다 훨씬 빨리 도착했다. 기창은 급하게 영혜를 내보냈다. 원래 계획은 집 근처에 숨어 있다가 홍은호가 떠나면 다시 집으로 내려오는 것이었다. 하지만 영혜는 집 주변을 뒤지는 홍은호를 보고, 두려운 마음에 산 안쪽으로 들어가 버렸다. 기창이 자신을 풀어주긴 했지만 아직 기창을 완전히 신뢰할 수도 없었다. 영혜는 일단 산에서 내려가기만 하면 모든 것이 해결될 거라고 생각했다. 하지만 밤이 되자 길을 찾기가 어려웠다. 게다가 영혜는 극도로 지쳐있던 상태였다. 험한 산길을 걷다가 발목까지 꺾인 영혜는 산속에서 길을 잃고 헤맸다. 해환이 옥호를 통해 계속 수색을 해달라고 요청하지 않았다면 위험했을지도 몰랐다. 수사팀은 최고의 형사인 옥호의 의견을 무시하지 못했다. 근처에 주둔하는 군부대까지 합세하면서 결국 영혜는 수색대원들에게 구조되었다. 영혜는 군 의무대에서 응급조치를 받고, 병원으로 이송되었다. 영혜는 즉시 경찰에 연락해 신변보호를 요청했다. 경찰은 영혜를 보호하며 비밀리에 조사를 진행했다.

"소설 한번 써본 거네요."

광심이 말했다.

"그럼 셈이죠. 우리도 갈까요?"

해환이 웃으며 말했다.

해환은 광심의 차를 얻어 탔다. 정비가 덜 된 도로는 거칠고 좁았지만 광심은 능숙한 솜씨로 차를 몰았다.

"정말 제 이야기를 쓰고 싶으세요?"

광심이 저 멀리 앞에 가는 순찰차를 보며 말했다.

"그럼요. 저야 도와주시면 감사하죠."

"그럼 작가님도 절 좀 도와주시겠어요?"

"뭘 도와드릴까요?"

광심이 셔츠 윗주머니에서 명함 한 장을 꺼내 해환에게 건넸다. 해환이 명함을 보며 말했다.

"흥신소 명함이네요?"

"정희가 박희도를 도피시키려고 고용했던 곳이에요. 박희도 말에 따르면 정희의 부모님이 사망할 무렵에도 무슨 일을 맡겼던 것 같아요."

해환은 광심의 설명을 듣고 다시 명함을 만지작거렸다.

"정희는 조금 있으면 출소해요. 정희는 다시 살인을 저지를 거예요. 그 아이를 막아야 해요. 그 아이를 위해서라도요. 도와주시겠어요?"

광심이 해환을 힐끗 보며 말했다.

"여기서부터 시작하면 되는 거군요."

해환이 명함을 흔들어보였다.

"네, 그래요."

광심이 웃으며 액셀을 밟았다.

파란색 해치백이 푸르른 들판 사이를 힘차게 가로질렀다.

에필로그 : 꺼지지 않는 불꽃

"끔찍한 얼굴이었죠. 뭐랄까. 죽는 순간에 악마가 마중을 나오기라도 한 것 같은 얼굴이었어요."

치료감호소장 곽한진이 말했다.

한국에 하나뿐인 치료감호소는 정신질환을 가진 범죄자를 수용하는 곳이다. 곽한진은 서울구치소 보안과장을 거쳐 치료감호소 소장으로 부임했다.

"한바로 같은 살인마라고 해도 죽음 앞에서 다를 것은 없더군요."

곽한진은 처음이자 마지막으로 사형을 집행했던 날에 대해서 이야기했다.

"보통 사람 같았다는 말씀인가요?"

곽한진과 마주 앉은 남자가 말했다.

남자는 검정 터틀넥 위에 회색 캐시미어 코트를 입었고, 사무실 안인데도 가죽장갑을 벗지 않았다.

"보통 사람이라…죽을 때만 보면 그렇게 말할 수도 있겠네요. 하긴 태어났을 때도 보통 아기였겠지요. 뱃속에서부터 살인마는 아니었을 테니까요."

곽한진은 잠시 생각을 하다 남자에게 물었다.

"보통 사람이 어쩌다가 그런 살인마가 된 걸까요?"

"한바로의 아버지는 건설 노동자였습니다. 아버지는 현장에선 꽤나 인정받는 사람이었지요. 호탕하고, 의리가 있는 인물이란 평이었어요. 하지만 술을 마시고 집에만 들어가면 사람이 변했어요. 한바로는 어린 시절부터 아버지에게 폭언과 폭행을 당했지요. 말리던 어머니도 같이 맞았습니다. 어쩌면 어머니 쪽이 먼저 맞았는지도 모르죠. 아무튼 모자는 아버지를 피해 달아납니다. 하지만 아버지는 끈질긴 인간이었어요. 계속 모자를 추적했습니다. 어머니는 아버지를 끝까지 피해 다닐 자신이 없었고, 홀로 아이를 키울 자신도 없었습니다. 어머니는 결국 자기 손으로 한바로를 죽이고, 자신도 죽으려 했어요. 하지만 어머니는 차마 한바로를 해치지 못하고, 묵고 있던 여관 밖으로 뛰쳐나갑니다. 그러다 교통사고를 당해 사망하고 말지요."

남자가 이야기보따리를 풀듯이 술술 말했다. 곽한진의 눈이 휘둥그레졌다. 남자는 차를 한 모금 마시고 말을 이었다.

"한바로는 왜소한 체격에 내성적인 성격이었죠. 아버지의 폭행 아래 살아온 한바로는 거친 남자들을 두려워하면서도 그들처럼 되고 싶은 열망에 사로잡혔어요. 그래서 본인도 평생 건설 현장에서 일을 했지요. 어머니는 아버지로부터 자신을 보호하려 했지만, 결국 자신을 죽이려고도 했죠. 한바로는 여자를 대하는 것을 어려워했어요. 진지하게 한바로를 생각해주는 여자조차 언제 자신의 목을 조를지 모른다고 생각했을 거예요. 한바로가 편안한 마음으로 대할 수 있는 사람은 남자 아이들뿐이었습니다. 그것도 자신처럼 학대를 받은 아이들이었죠. 한바로는 그 아이들 앞에선 강한 남자이면서 동시에 동질감을 갖는 친구일 수 있었어요. 하지만 한바로가 아이들을 위해 해줄 수 있는 일은 목숨을 빼앗는 것 밖에 없었어요. 어머니가 하려고 했던 것처럼 요. 한바로가 받아본 사랑이라고는 그것뿐이었으니까요."

'이 사람이야말로 보통 사람이 아니군.'

곽한진이 속으로 생각했다. 경찰 고위층이 남자에게 잘 협조해달라 고 부탁을 한 것만 봐도 보통 사람은 아니었다.

"그런 건 어떻게 알고 계신가요? 저는 대부분 처음 듣는 이야기인데 요."

"그냥 소설입니다."

남자가 웃으며 말했다.

싱거운 대답이었지만 곽한진은 남자의 말을 흘려들을 수가 없었다.

"정말 진짜 같은 소설이네요."

곽한진이 말했다.

장례식까지 치른 고영혜가 살아 돌아왔다. 소설 같은 현실에 모든 언론이 속보경쟁에 나섰다. 하지만 사건의 본질을 꿰뚫은 매체는 강 수미가 이끄는 굿뉴스뿐이었다. 고영혜가 사망한 것으로 알려졌을 때, 모든 언론은 고영혜와 홍기창의 관계에 집중했다. 홍기창이 고영 혜를 쫓아다녔다는 홍은호의 코멘트가 나오며 사건은 스토킹 범죄로 정리가 되는 듯했다. 경쟁적으로 보도가 쏟아져 나오는 가운데 굿뉴 스는 침묵을 지켰다. 당시 강수미는 고보경의 불륜을 제보하는 고영 혜의 육성 녹음 파일을 갖고 있었다. 그 시점에 터뜨렸다면 대단한 위 력을 발휘했을 카드였다. 하지만 강수미는 고영혜가 살아있는지도 모 르면서 놀라운 인내심을 발휘했다. 인내의 대가는 한여름에 마시는 냉수처럼 시원했다. 강수미는 고영혜와 단독 인터뷰를 성사시켰고,

굿뉴스를 통해 고보경과 고영혜의 관계뿐 아니라 홍은호와 고영혜의 관계까지 밝혀졌다. 굿뉴스는 보도전쟁에서 완벽하게 승리했다.

고보경은 장관에 임명되고 3일 만에 낙마했다. 고보경은 전매특허인 사랑타령을 하며 방어에 나섰지만 법원은 미성년자 입양아를 건드린 것을 용서하지 않았다. 고보경은 합의 하에 이뤄진 관계임을 주장했지만 법원은 고보경이 지배적인 입장에서 미성년자였던 고영혜를 강간한 것으로 판결했다. 고보경이 원하던 대로 정의가 세워졌다.

홍은호는 대형로펌을 고용해 무죄를 주장했다. 고영혜가 살아 돌아왔는데도 홍은호의 죄를 추궁하기는 쉽지 않았다. 의혹은 많았지만 증거가 충분하지 않았다. 대작 의혹도 무죄로 판결이 났고, 이른바 〈적의 연작〉 살인 사건도 홍기창의 단독범행으로 정리가 되었다. 고영혜 납치 및 살인 미수 역시 홍은호가 지시했다는 명백한 증거는 없었다. 홍은호는 마약 거래 및 유통 혐의도 피해갔다. 그나마 방송을 통해 홍은호의 압박으로 자살한 학생의 이야기가 다뤄지면서 교수직에선 물러나게 됐지만 홍은호는 자유롭게 집으로 돌아갔다. 다음날, 아침에 출근한 홍은호의 집 가정부는 풀장에 떠있는 시체 두 구를 보았다. 가정부는 괴팍한 고용주가 풀려난 기념으로 가짜 시체를 하나 더 두었다고 생각했지만 새로 나타난 시체는 진짜였다. 홍은호는 자신의 풀장에서 익사체로 발견됐다. 범인은 홍은호 때문에 자살한 학생의 아버지였다. 세상의 법은 홍은호를 단죄하지 못했지만, 구라를 치다 걸리면 죽는다는 도박판의 법이 홍은호의 생명을 앗아갔다.

영혜는 방송에 나가 홍은호와 고보경의 죄뿐 아니라 자신의 죄도 고백했다. 그리고 전형수를 찾아가 용서를 구했다. 전형수는 손에 잡히는 물건을 다 집어던지며 영혜에게 콩밥을 먹이겠다고 소리를 쳤다. 영혜는 전형수가 던진 캔에 이마가 찢어진 상태로 무릎을 꿇었다. 영혜는 기꺼이 달게 벌을 받겠다고 했다. 그리고 죗값을 다 치루면 다시 돌아와 전형수를 돕겠다고 했다. 온 마음을 다해 용서를 구하는 사람을 용서하지 않기란 어려운 일이다. 평생 미움을 품고 사는 것은 더 어려운 일이기 때문이다.

　기창은 뇌가 망가져 모든 기억을 잃어버렸다. 기창은 자신이 왜 치료감호소에 있는지도 몰랐다. 기창이 유일하게 기억하고 있는 것은 그림을 그리는 법뿐이었다. 기창은 면회를 오는 사람들을 그려주었다. 면회를 오는 사람이라고 해봐야 이충만 목사와 영혜뿐이었다. 기창은 두 사람을 좋아했다. 두 사람이 같이 오는 날이면 기분이 두 배로 좋았다. 그런데 오늘은 무슨 날인지 면회객이 한 명 더 왔다. 이충만이 낯선 면회객을 맞았다.
　"안녕하세요. 기창이하고는 어떻게 아시나요?"
　"기창 씨 그림을 좋아하는 사람입니다. 전에 한 번 뵌 적도 있는데 아마 기억을 못하시겠지요."
　남자가 말했다.
　"그러세요. 기창아, 들었니? 네 그림을 좋아하는 분이래. 인사해야지."
　이충만이 기창을 돌아보며 말했다.
　기창은 낯을 가리는 아이처럼 영혜의 뒤로 숨었다. 영혜가 남자를 보고 가볍게 목례를 했다.

"하하, 저희가 처음 올 때도 저랬어요. 이해해주세요."

이충만이 말했다.

"괜찮습니다. 잘 지내고 있는 것 같아 다행이네요. 저는 가보겠습니다."

"벌써요? 멀리서 오셨을 텐데…."

남자는 괜찮다고 말하며 기창을 바라봤다. 기창의 손이 추워보였다. 지난밤 눈보라와 함께 강추위가 몰려왔지만 기온은 다시 영상으로 올라갔다. 기상청은 마지막 추위가 지나갔고, 곧 봄이 올 거라고 선언했다. 하지만 볕이 잘 들지 않는 감호소 내부엔 여전히 한기가 돌았다.

"선물입니다."

남자가 가죽 장갑을 벗어 기창의 손에 쥐어주었다. 기창은 장갑이 아니라 장갑을 벗어준 남자의 손을 뚫어져라 바라봤다. 남자가 인사를 하고 떠나자 영혜가 기창에게 장갑을 끼워주었다.

"오빠, 좋겠네."

"딱 맞네. 다음에 오시면 그림이라도 그려드려."

이충만이 말했다.

기창은 장갑을 껴보더니 혼잣말처럼 속삭였다.

"그렸어."

"그렸다고? 전에도 오신 적이 있어?"

이충만이 의아한 얼굴로 말했다.

기창이 장갑을 낀 손으로 창문을 가리켰다. 영혜가 무슨 소리인가 싶어 자리에서 일어나 쇠창살 너머 창문 밖을 보았다. 면회실 창문 밖으로 감호소 운동장이 보였다. 곳곳에 눈이 쌓여 있는 운동장에 한 사람이 보였다. 그 사람은 벽화 작업에 사용하는 우마형사다리 위에 올라가 있었다.

"뒤에 누구 없어요?"

벽화봉사팀장 안혜린이 말했다. 안혜린은 인상을 쓰며 감호소 담벼락을 올려다보았다. 햇빛이 밤사이 쌓인 눈에 반사되어 안혜린의 눈을 어지럽혔다.

"뒤에…."

안혜린이 다시 말하다 눈을 질끈 감았다.

교회에서 벽화봉사를 시작한지 3년이 지났지만 오늘처럼 힘든 날은 없었다. 안혜린은 지난달에 고아원에서 벽화봉사를 하다가 골목길을 지나던 택시에 발목을 밟혔다. 덕분에 한동안 깁스를 하고 목발신세를 져야 했다.

벽화봉사'팀'이라지만 봉사자 대부분은 미술과 무관한 직업을 가진 사람이었다. 안혜린이 담벼락에 스케치를 하고, 각자에게 담당 구역과 색까지 지정해주면 색칠을 해주는 수준이었다. 물론 가끔은 재주가 있는 봉사자가 참여해 손을 덜어주기도 했지만 안혜린은 벽화봉사팀의 시작이자 끝이었다. 안혜린이 부상을 당하자 모든 봉사 일정이 연기됐다. 안혜린이 끝까지 고집했던 치료감호소 봉사만 빼고.

주변에선 만류했지만 안혜린은 성치도 않은 다리를 끌고, 치료감호소로 향했다. 치료감호소는 출입허가가 쉽지 않아 기회가 있을 때 가야 한다는 것이 안혜린의 주장이었지만 안혜린이 무리를 한 이유는 따로 있었다.

지난 가을, 안혜린은 처음으로 치료감호소를 방문했다. 작업 장소는 운동장 담벼락이었다. 회색으로 칠한 담벼락은 오랜 세월이 지나며 군데군데 벗겨져 흉한 몰골이었다. 안혜린은 벗겨진 콘크리트를 녹색으로 덮어 꽃과 나무와 곤충과 동물을 그렸다. 치료감호소에 갇힌 사람들은 정신이 온전치 못한 죄인이고, 담벼락은 그들을 가두는 울타리였지만 안혜린은 수감자들이 담벼락을 보며 새로운 삶을 꿈꾸길 바랐다. 벽화부탁을 한 감호소 관계자는 수감자도 함께 그림을 그려주길 원했다. 특별히 선정된 몇몇 수감자가 벽화작업에 참여했다. 안혜린이 다시 보고 싶어 한 그림은 그때 함께한 수감자가 그린 것이었다. 안혜린은 늘 그렇듯이 수감자에게 구역을 나눠 색칠을 맡겼다. '그'는 안혜린이 스케치한 나무 위에 색칠을 했다. 안혜린은 단번에 그가 원래 그림을 그렸던 사람이란 사실을 알아챘다. 그가 붓질을 할 때마다 나무가 자라났다. 신라의 화가 솔거가 그린 소나무에 새가 날아들어 부딪혔다는 전설이 생각날 정도였다. 안혜린은 감탄했지만 그게 전부였다면 다시 올 생각까지는 하지 않았을 것이다.

그는 나무를 그리고 나서, 갑자기 나무에 불이 붙은 모습을 그렸다. 잠자코 보던 안혜린이 급히 나서 제지하려 했다. 다른 봉사자들은 단순히 그가 그림을 망친다고 생각했지만 안혜린의 눈엔 그가 그린 불조차 진짜처럼 보였다. 나무에 붙은 불이 안혜린이 그려놓은 숲을 불태워버릴 것 같았다.

하지만 나무는 타지 않았다. 불은 나무를 태우기는커녕 불꽃이 되어 나무의 가지마다 피어났다. 거대한 불꽃 나무는 안혜린이 그린 숲을 지키는 신성한 존재처럼 보였다.

하지만 그림은 완성되지 못했다. 관계자가 나타나 착오가 있었다며 그를 데려갔기 때문이다. 나중에야 그가 마약에 취한 상태로 여러 사람을 죽여 감호소에 갇혔다는 사실을 들었다. 결국 안혜린은 그림이 완성되는 것을 보지 못하고 감호소를 떠났다.

'언젠가 꼭 다시 가서 그림을 완성시켜야지.'

안혜린은 치료 감호소 일정을 다시 잡으려고 부단히 노력했다. 그리고 1년이 지난, 겨울의 끝자락에서야 방문 허가를 받아냈다. 불의의 부상으로 시간이 지체되었지만 포기할 순 없었다. 안혜린은 자신을 도울 친구 한 명을 데리고 불꽃 나무를 다시 찾았다. 하지만 친구는 도착하자마자 급한 전화를 받는다고 어디론가 사라져버렸다. 안혜린은 더는 기다리지 못하고, 옆에 둔 목발을 집었다. 혼자서라도 작업을 시작할 생각이었다.

"도와드릴까요?"

갑자기 뒤에서 남자 목소리가 들렸다.

"아, 네. 그래주시겠어요?"

안혜린이 다친 발을 옮기며 돌아보려 하자 남자가 만류했다.

"괜찮아요. 그대로 계세요. 뭘 어떻게 할까요?"

"거기 옆에 파란 공구함 보이시죠. 열어보시면 토치가 있을 거예요. 좀 꺼내서 주시겠어요."

곧 달그락거리는 소리가 들렸고, 사다리 위에 올라가있는 안혜린의 옆으로 토치가 불쑥 올라왔다. 토치를 건네는 남자의 손이 조금 이상해보였다.

"고맙습니다."

안혜린이 말했다.

"토치로 뭘 하죠?"

남자가 물었다.

안혜린은 대답 대신 토치를 들고 그림에 불을 쐈다. 불길이 그림 전체를 골고루 지나갔다.

"놀라셨죠?"

안혜린이 토치를 끄고 말했다.

"네, 왜 그러는 거죠?"

"어제 눈이 내렸잖아요. 눈이 녹아버리면 벽에 물이 스며들거든요. 그럼 벽이랑 물감 사이에 습기가 차요."

"물감이 붙지 못하고 떠버리는 거군요."

"네, 잘 아시네요."

안혜린은 남자가 자신의 말을 너무 쉽게 이해해 놀랐다.

"비슷한 걸 경험해봐서요."

"그림 그리는 분인가요?"

"아니요. 제 몸으로 겪어봤습니다."

안혜린은 남자의 말이 무슨 뜻인지 알 수가 없어 갸우뚱했다. 남자가 계속 말했다.

"그러니까 불을 붙여서 벽이랑 물감 사이에 스며든 습기를 말려버리는 거네요."

"그렇죠.

"물감은 불에 닿으면 금방 탈 줄 알았는데요."

"당연히 타죠. 기술이 있어야 돼요."

"대단하네요."

"재밌게 보셨으면 좀만 더 도와주시겠어요."

"그럼요."

남자가 흔쾌히 말했다.

"거기 뒤에 빨간 통 보이시죠. 그 옆에 씻어놓은 붓 갖고 좀 저어주
세요."

남자는 안혜린의 지시를 따라 그림을 그리는 것을 도왔다. 안혜린
은 벗겨진 부분에 덧칠을 하고, '그'가 미처 그리지 못한 부분을 채워
나갔다.

'그는 지금 어디에 있을까. 그는 어쩌다 사람을 죽였을까. 그는 대체
무엇을 봤기에 이런 그림을 그렸던 걸까.'

안혜린은 땀방울을 흘리며 그림을 그려나갔다.

"어때요? 이제 다 된 거 같죠?"

안혜린이 마지막 불꽃을 그려 넣고 말했다.

"누구한테 말하는 거야?"

"응?"

안혜린이 몸을 틀어 뒤를 봤다. 자신을 도와줬던 남자는 보이질 않
고 함께 온 친구가 멀뚱히 서 있었다.

"뭐지? 어디 갔지? 여기 누구 못 봤어?"

"있긴 누가 있다고, 너 그 자세로 졸았니?"

"분명 있었는데…야, 너 도대체 어딜 갔다 온 거야."

안혜린이 괜히 무안해져 쏘아붙였다.

"미안. 엄마가 급하게 알아봐야 될 게 있다고 해서. 근데 이거 다 된
거 같네."

"응."

안혜린이 친구의 도움을 받아 사다리에서 내려왔다. 두 사람은 땅
바닥에 나란히 앉아 담벼락을 가득 채운 그림을 봤다. 어느새 하늘이
어둑해졌다. 불꽃 나무가 어둠에 잠길 무렵에 운동장에 불빛이 들어

왔다. 라이트에서 나온 불빛이 절묘하게 불꽃 나무와 겹쳐졌다. 어둠 속에서 불꽃 나무가 환하게 빛났다.

"되게 멋있다."

친구가 감탄하며 말했다.

"그치?"

안혜린이 빙긋 웃었다.

친구가 붓을 마이크 삼아 안혜린에게 내밀며 말했다.

"안 화백님. 작품 이름은 뭡니까?"

"내가 그린 것도 아닌데…."

"뭐 어때, 다른 사람이 붙여줄 수도 있는 거지."

"음…."

안혜린은 잠시 생각에 잠겼다가 벌렁 드러누웠다. 안혜린의 눈에 온통 회색으로 칠해진 건물이 보였다.

'그는 아직도 저 안 어딘가에 있겠지. 거기서 이 그림이 보일까. 그는 이 그림을 뭐라고 부를까.'

누군가 안혜린의 입에 말을 넣어준 것처럼 생각지도 못한 말이 떠올랐다.

"불꽃…."

안혜린이 속삭였다.

"응?"

안혜린이 벌떡 몸을 일으켰다. 친구가 놀란 눈으로 안혜린을 봤다. 안혜린이 어둠 속에서 타오르는 불꽃을 보듯 말했다.

"꺼지지 않는 불꽃."

작가의 말

    돈가스 좋아하시나요? 세상에는 평생 한 번 먹어보기 힘든 진귀한 요리도 있지만 돈가스는 분식집에서도 쉽게 만날 수 있는 메뉴죠. 좋아하는 사람도, 좋아하지 않는 사람도 한 번쯤은 먹어봤을 음식이고, 누구나 그 맛을 익히 아는 음식이기도 합니다.

    하지만 맛있는 돈가스를 만나기는 의외로 어렵습니다. 공장에서 만들어낸 냉동 돈가스를 튀겨서 주는 가게도 많고, 수제 돈가스라고 해도 만든 사람에 따라 맛은 천차만별이지요.

    "기술이라고 할 것도 아니다. 내 몸이 피곤하면 된다."

    '백종원의 골목식당'이라는 프로그램을 통해 알려진 연돈 돈가스 사장님의 말씀입니다. 그는 '내 몸이 고단할수록 손님들의 입이 즐겁다'고 했습니다. 그가 만든 돈가스를 먹어본 적은 없지만 분명 돈가스를 먹기 위해 내야 할 비용이 아깝지 않을 맛일 겁니다.

    추리소설을 좋아하는 사람이나 좋아하지 않는 사람이나 추리소설이 어떤 장르인지는 알고 있습니다. 돈가스가 어떤 맛인지 알고 있는 것처럼요. 하지만 맛있는 돈가스를 만나는 것만큼이나 읽는 맛이 나는 소설을 만나는 것도 쉽지는 않습니다. 한 끼를 대충 때우기 위해 만들어진 냉동 돈가스처럼 그저 시간을 죽이기 위한 소설도 있고, 작가가 공을 들여 써낸 작품이라 해도 작가의 내공에 따라 완성도는 다 다르겠지요.

예술과 기술은 서로 어울리지 않는 단어 같지만 글쓰기는 일종의 기술입니다. 일류 요리사들이 그렇듯이 뛰어난 작가들은 탁월한 기술을 가지고 있습니다. 저는 스스로를 작가라고 소개하기도 부끄러운 사람입니다. 그저 오늘은 어제보다 조금이라도 더 나아지길 바라며 글을 쓰는 사람일 뿐입니다.

하지만 거짓을 쓰지는 않습니다. 냉동 돈가스를 수제라고 속이지도, 외국산 고기를 국산으로 둔갑시키지도, 묵은 기름을 쓰면서 신선한 기름을 사용한다고 사기를 치지 않습니다. 먹는 것 가지고 장난을 쳐서는 안 되는 것처럼 글을 쓰는 사람이라면 거짓을 써서는 안 된다고 생각합니다. 책이란 마음의 양식이니까요.

거짓을 쓰지 않는다는 말이 쉽게 이해되지 않을지도 모르겠습니다. 소설은 허구의 이야기니까요. 이 소설에 나온 등장인물과 사건들도 전부 제가 만들어낸 것이지요. 다 가짜입니다. 하지만 소설은 가짜를 통해서 진짜를 보여주어야 합니다.

'반지의 제왕'을 쓴 톨킨은 이 세상에 존재하지 않는 중간 세계의 이야기를 들려줍니다. 그곳에서 벌어지는 사건들은 온통 비현실적인 것들뿐이지요. 하지만 판타지의 외피를 벗겨내면 톨킨이 그려낸 중간 세계와 우리가 발을 딛고 살아가는 현실 세계가 하나도 다를 바 없다는 것을 알게 됩니다. 가짜를 통해서 진짜를 보여준 것이죠. 저는 이것이 소설가의 일이라고 생각합니다.

톨킨 같은 거장에 비하면 저는 호빗처럼 작은 사람입니다. 저에겐 마법 같은 글 솜씨가 없습니다. 하지만 고기를 부드럽게 만들기 위해 밤새도록 고기를 두들기는 데에는 특별한 기술이 필요하지 않습니다. 고단한 시간을 대가로 지불해야 할 뿐이지요.

이 소설을 쓰기 위해 제가 겪어야 했던 고통만큼만 여러분이 즐겁기를 바랍니다. 마지막 페이지를 덮는 순간 여러분의 마음이 한 끼를 든든하게 채운 뱃속처럼 따뜻한 기운으로 가득하길 기도합니다. 그리고 여러분의 진짜 삶 속으로 힘차게 걸어가시길 응원합니다.

2020년 1월 이동원